勸你趁早喜歡我

葉斐然——著

-4-

END

目錄
CONTENTS

第十六章　高段位綠茶

得到了邵麗麗的鼓勵，寧婉覺得幹勁大足，這兩天開始拚命對傅崢示好，先是包攬了他的早餐，然後是餐後水果，還趁著午休和傅崢一起去添置了不少日用品，去了傅崢悅瀾的房子好幾次。

只可惜出乎寧婉的意料，傅崢這人不像大部分男生，家裡除了有點灰，屋裡幾乎比自己家還乾淨，東西都有條不紊地擺放著，床褥也都鋪得非常平整，要不是床頭放著的半杯咖啡還帶了些生活氣息，寧婉甚至都要以為傅崢自始至終沒在這來之不易拿下的房子裡住過。

但這自然是不可能的。

畢竟住在悅瀾社區，離上班的辦公室既近，步行就可通勤，不僅節省時間，還能節省一筆交通費，而因為擁有自己的房產所節省下的房租，更是大部分中的大部分，傅崢決計不可能有了這麼好的房子不住。

只是寧婉平時就挺關照傅崢，她冷靜想了想，覺得自己這種笨拙的熱情和示好未必能讓傅崢理解，甚至可能理所當然認為是帶教律師對下屬的關懷。

苦惱之下，寧婉又打了電話給邵麗麗——

「麗麗，妳上次不是叫我對傅崢再好一點嗎？妳說我是不是應該更明顯一點啊？我和他……」

自從上次起，大概是關心自己的終身大事，邵麗麗一提起傅崢就特別鄭重其事，寧婉話音都還沒落，就聽電話對面她熱情指點道：『對！再明顯一點！沒問題的！總之妳聽我一句話，對他再好也不為過，妳只要記住，姐妹我是不會騙妳的！』

掛了邵麗麗的電話，寧婉想了想，覺得她說得也在理，自己如果還是按照以往一樣對傅崢，他未必會意識到自己的心意，那不如先委婉地暗示下？試探一下傅崢的態度？

也是巧，寧婉當天午休發現超市特價，自己大採購為了湊滿額多買了不少瓜果蔬菜，於是想著分點給傅崢。

雖然傅崢這天正好為了案子的取證外出了，但平時都留了他家裡的備用鑰匙給寧婉，於是寧婉傳了訊息給他徵求同意後便帶著蔬菜瓜果上了門。

傅崢的冰箱裡除了幾顆雞蛋和香蕉外也沒什麼別的生鮮，寧婉把冰箱漸漸填滿後，才終於覺得這個屋子裡更有了點暖意。

本來做完這一切，寧婉就準備轉身走了，可也不知道是鬼迷心竅還是靈光乍現，總之在離開前，寧婉腦袋裡閃過了一個難以分辨是絕佳還是絕蠢的方案。

不是正好想暗示傅崢自己的心意嗎？

這不就是大好時機？！

這一刻，某種不知名的衝動代替了理智，寧婉內心連掙扎都沒掙扎，就拿出了剛才順手買的櫻桃……

十五分鐘後，等她離開傅崢的屋子，重新回到辦公室，此前被關押的理智才回了籠，只是做都做了……

寧婉甩了甩頭，一方面心跳如鼓，像是幹了什麼作奸犯科的事，另一方面又忐忑又緊張還帶了點期待。

就在一刻鐘前，寧婉在傅崢廚房的料理臺上，小心翼翼地把自己買的櫻桃一顆一顆排列好，然後擺出了一個愛心的形狀。

雖然聽起來有些老土和小學生，但確實是寧婉貧乏的想像力裡唯一能想出的委婉暗示了。

雖然寧婉在辦案上挺勇猛直前，但是在感情上並不是那麼勇敢的人，即便不想承認，父母的婚姻還是給了她一些心理陰影。

但她不想錯過傅崢。

傅崢的溫柔，傅崢的紳士，傅崢的平和，傅崢的保護，所有的一切，細水長流，在寧婉都沒意識到的時候，她已經習慣了傅崢的陪伴。

她沒有辦法否認那些細碎生活裡的心動，沒有辦法阻止自己下意識看向對方的眼神，也沒有辦法壓制每次看到傅崢時的雀躍。

用櫻桃擺個愛心已經是寧婉最大的勇敢了。

只是傅崢看到了會怎樣？他今晚下班回家就能看到吧，會立刻打電話給自己嗎？會答應嗎？會害羞嗎？還是會遲疑？

一整個下午，寧婉都有些心神不寧，傅崢在外取證，因為塞車，到了下班的時間也沒回來，寧婉一整天沒見到他，只能在通訊軟體上提醒他回家別忘記去廚房吃水果。

收到寧婉訊息時傅崢確實塞在車陣，但並不是在回社區的路上，今晚是他媽媽生日，傅崢要趕回去和他母親吃飯。

近來因為天氣多變，傅媽媽又有些不舒服，因此傅崢最近都直接住在家裡，以防止母親要是有什麼情況，自己可以立刻照料著送醫院。

只是這自然是瞞著寧婉的，傅崢至今還沒想好如何坦白，因此只能繼續在寧婉眼裡維持著貧窮的人設，謊稱自己住在悅瀾的那間房裡，而也因為這樣，寧婉熱心地多買了水果順帶送去給自己的時候，傅崢無法拒絕，他不想顯得太可疑了。

因此，傅崢每週定期會找一天去一下悅瀾的那間房，稍微弄些生活細節諸如泡杯咖啡放床頭之類，以證明自己確實居住在此，平時寧婉幫自己買了生鮮蔬菜，傅崢也都會去取。並不是多昂貴的東西，但是只要是寧婉買給自己的，他都不想浪費。

但這次有些特殊，傅崢的媽媽生日，傅崢沒能第一時間回悅瀾的房子裡取生鮮，而母親生日過後當晚不適就加重，更是焦頭爛額，傅崢不得不立刻把人送去了醫院，去悅瀾的計畫只能暫時擱置了……

而另一邊，寧婉坐等右等，輾轉反側了一個晚上，沒等來傅崢的任何回饋。

第二天一上班，寧婉便頂著兩個大黑眼圈，而雖然傅崢略有些疲憊的模樣，但整體精神狀態很好。

「昨晚的櫻桃，吃了嗎？」寧婉有些不自然地咳了咳，「就，櫻桃不經放，不吃的話很快就會壞。」

面對寧婉的問題，傅崢露出了自然的笑容：「已經吃完了。」

寧婉瞪大眼睛看著他，結果等了半天，傅崢除了又對自己溫柔笑了下之外，別的一句話也沒有。

自己擺了那麼大一個愛心，只要不眼瞎心瘸，都能明白自己的意思。

可傅崢對此閉口不談，一句話都沒有……

涼了。

寧婉一時之間心裡只有這兩個字。

自己這波是涼了。

涼透了。

昨晚的期待、忐忑和焦慮一下子被巨大的失落和難受替代，雖說只要是表白，就有被拒絕的可能，但寧婉內心大概根本不想接受這種可能，因此連想也沒想過這種結局。

自己喜歡傅崢是一回事，並不能因此強迫傅崢接受自己，理智上很清晰，但情感上寧婉很受打擊，難過得連飯都吃不下了。

她還是第一次這麼喜歡一個人。

但慶幸傅崢是個溫柔的人，婉拒自己也很溫和，並沒有給自己難堪，用體面的不回應直接一筆揭過這事，對待自己也仍和平時一樣。

可寧婉還是有點想哭。

正因為傅崢很好，被這樣婉拒後寧婉就更難過了。

這男人這麼好，還每天朝夕相對，但竟然不屬於自己！

簡直就和櫥窗裡的美食一樣，每天看得到買不起吃不到，簡直讓人又氣又急，一想到這美食最後會被別人帶回家，心裡更是又酸又苦，恨不得砸了玻璃窗打家劫舍把東西據為己有。

寧婉偷偷盯著傅崢，一邊難過一邊閃過一個比一個更危險的犯罪念頭。

好在辦公室的電話鈴打斷了她的念頭。

「喂？啊！好的好的，知道了！謝謝！我們馬上就去！」

寧婉掛了電話，就切換回了工作模式：「派出所打來的，說比對了附近幾個社區醫院裡發生墜狗事件後打狂犬病疫苗的人，也挺巧，排查下來悅瀾社區就一個。」

陳爍如今還躺在醫院裡，但好在這事終於有了眉目，當機立斷，寧婉就和傅崢一起趕去了派出所。

等兩人到了派出所，才發現陶杏也在了，她正一臉憤慨地和警察溝通：「你要說是他，那我就都明白了！吳列就是我對面鄰居，特別討厭狗，我明明都牽著狗繩，我家多多也很乖，從不亂叫，可這人就幾次找碴上社區檢舉我，社區檢查了幾次，我養狗都是合法的，也幫多多辦過證打過一切該打的疫苗，可他就是煩我，說了幾次不許我養狗，說他家有小孩，小孩怕狗。」

警察大約已經調查清楚事實，因此除了通知了寧婉和傅崢，也通知了事件相關的當事方陶杏：「陶女士，我們打過電話給吳列了，他一開始裝傻，但後面詐了他兩句，他就承認了，說那天的黑衣人確實就是他。」

「怎麼可能不是他？」陶杏抱著狗越說越生氣，「我當時就覺得奇怪，我也沒什麼結仇的人，怎麼就突然冒出個黑衣人搶狗打狗，但現在一看你們這調查，我算是懂了。」

「他家小孩討厭狗，就恨我養狗，但我合法養狗，他找不到我的碴，於是想搶走我的狗，把我的狗弄死，想偽裝成狗自己跳樓，你說這人多惡毒？大家都要按照他的喜好過日子嗎？他家孩子是孩子，我家狗也是毛孩子啊！多多就是我的親人，他怎麼能這麼對我家孩子呢！」

陶杏說到這裡，看向了寧婉和傅崢：「兩位律師，現在真相也大白了，我想問問你們能不能也幫我代理下？這吳列私下偷走多多還把牠從那麼高的樓層扔下來，不應該賠償嗎？正好冤有頭債有主，你們那位受傷的同事，也不要找吳列賠錢嗎？」

要是吳列打傷了狗或者高空拋狗真的造成了狗的損傷，後續產生了治療費用，那法律上寵物狗是作為所有人財物的，自然可以按照財產侵權要求賠償，但陶杏的狗目前狀態一切良好，目前侵權法自然也不支持對狗的精神損失賠償，寧婉好生跟陶杏解釋了一番，她才終於甘休。

那麼接著就要處理吳列扔狗引發的墜狗侵權案了。

「吳列人呢？」

警察有些無奈：「本來正要找他過來做個筆錄的，結果後面就聯絡不上了，幸好當初電話都錄音了，可以作為證據提交。」

對此，陶杏倒是自告奮勇，雖然她臉色憔悴但精神卻很亢奮：「他就住我隔壁！你們等下午四點半的時候來，他那時候接完小孩放學會送回家，一逮一個準！」

此時距離下午四點半還有些時間，寧婉便和傅崢一起回了辦公室。

自然，這段空檔時間也沒浪費，近期需要辦一個社區普及法律趣味運動會，作為社區律師的寧婉自然需要和季主任等社區工作人員一起張羅著專案和後勤準備，把辦公室裡接諮詢電話的工作交給傅崢後，寧婉就去這次普及法律趣味運動會租借的場地幫忙了。

雖說是幫忙，但寧婉也帶了私心，她是有心避開傅崢的，如今剛被傅崢婉拒，自己又還是對方的上司，寧婉怕自己還每天和傅崢相處在一起，傅崢心理上有壓力，當然，另一方面，寧婉也是為了讓自己好受些。

自己本身就饞傅崢，還天天看著人家，那不是更糟心嗎！

好在工作是最好的調劑，一幹起正事，寧婉就拋開了對傅崢的那點小心思，等忙完運動會的布置，往社區趕的時候，正好四點左右，時間拿捏得挺準。

為了方便，寧婉和傅崢約了四點半左右直接在吳列家門口見，只是寧婉剛走到了吳列那棟大樓的樓下，就見走廊前簇擁著一小撥人。

這些人三三兩兩成群，有幾個看起來是認識的，也有零星幾個互不相識，不少都戴了口罩，雖然看不清具體長相，但寧婉分辨得出，幾乎都是陌生面孔，她在社區待了這麼久，基本沒見過這些人，而其中個別人手裡還舉著花圈和輓聯。

是這棟大樓裡誰家有了白事？

寧婉原本沒在意，只是繞過其中幾個人準備往前時隨意一瞥，結果就瞥出了巨大的震驚來。

那花圈輓聯上寫的，不正是吳列的名字嗎？

難道吳列出事了？

一聯想到警察也沒打通對方的電話，寧婉還真有些焦急起來，世事難料，人有時候確實無法知曉是未來先來還是意外先來。

此刻傅崢還沒到，寧婉便撥開人群，想直接往吳列家門口去一探究竟，而越往他門口走，弔唁的氣氛就越濃，也不知道現場是誰正在用手機放哀樂，而等寧婉走到吳列家門口，竟發現有人在他門口點了蠟燭，還有人在燒紙。

「都在幹什麼？趕緊把火滅了！」

這可是人口高密度的社區，在這裡點明火，可是有火災風險的！

只可惜寧婉的話不僅沒有得到支持，現場有幾個年輕人反而被激怒般地瞪視過來：「妳誰啊？管好妳自己，我們找吳列，不關妳事就讓開。」

也幾乎是同時，有戴著口罩的年輕人開始拿起油漆桶往吳列的房門上刷大字——

「殺人犯」、「賤人自有天收」。

寧婉看著這些亂七八糟的和難以入目的粗話，雖然有些莫名其妙，但是回過味來了，吳列看起來並沒有出事，這些上門送花圈燒紙噴油漆的，顯然是他的什麼仇人。

只是寧婉剛出言阻止，就遭到了這些烏合之眾的攻擊。

現場幾乎都是年輕人，情緒衝動，也不知道是誰喊了句「她肯定是吳列家裡人」，寧婉一下子就成了眾矢之的，幾個人沒見到吳列，正愁沒人發洩，此刻見了寧婉，當即就推搡起來……

寧婉根本沒預料到這種發展，對方又人多勢眾，也不知道是誰推了她一把，眼見著寧婉就要往地上摔。

也是千鈞一髮之際，在一片混亂裡，有人從後腰攬過了寧婉，護住了她，然後大力推開了圍堵在她身邊的年輕人。

「都怎麼回事？都散開散開！走廊裡不可以點明火！」

也是這時，伴隨著警察的聲音，社區幾個保安也一同趕了過來，當即踩滅了正燒著的紙堆，然後就開始追責：「誰噴的油漆？誰點的火？誰掛的輓聯送的花圈？年紀輕輕的不學好，都跟我來派出所做筆錄！」

等警察把這些拉拉雜雜的年輕人都揪走，一片狼藉的現場裡便只剩下了寧婉和傅崢。

因為剛才的姿勢，此刻傅崢距離寧婉只有咫尺之遙，近得彷彿都能聽到彼此的呼吸聲，寧婉幾乎是下意識就掙脫了傅崢的懷抱，然後像是被燙到一般地蹦到了一邊。

被傅崢拒絕後，她比傅崢還注意避嫌，生怕距離太近了自己心猿意馬，顯得自己這個帶教律師太不專業，然而不管怎麼告誡自己，寧婉的心還是加速跳了起來，臉上也漸漸有發燙的跡象。

結果她還沒擺出上司的模樣開口，傅崢倒是先開了口——

「下次不要單獨行動。」

他的聲音認真鄭重，雙眼盯著寧婉，瞳孔的倒影裡也都是她：「以後等我一起。」傅崢抿了抿唇，「我怕妳出事。」

寧婉剛才稍微平靜些的情緒又平靜不下來了。

她心裡一方面喜歡傅崢的溫柔，一方面又有些痛恨他的溫柔。

垃圾暖男，毀我青春，這話說得一點都不假。暖男這種生物，真是中央空調一樣的存在，明明都婉拒自己了，還無時無刻不散發著曖昧的暖。

只是寧婉也不得不承認，非常絕望的，自己還真是吃這一套，對溫柔的人絲毫沒有抵抗力。

傅崢卻沒有意識到寧婉的情緒，他的注意力顯然都放在剛才的騷亂上了，簡短地向寧婉解釋道：「陶杏氣不過，偷偷在派出所錄了音，然後和之前黑衣人搶走她狗那段影片一起混剪了放到了網路上，指責吳列傷害自己狗的行為。」

「天降大狗之前就上過熱門，現在又來了後續，熱度一下子就很高，雖然陶杏沒有公布吳列的私人資訊，但好事的網友很快就靠著細節把吳列人肉搜索出來了。」

一講案子，寧婉也立刻甩開了腦子裡的風花雪月，立刻進入狀態了：「所以這些人都是網友？什麼樣的網友這麼閒？鍵盤俠還不夠，還要上升到現實生活？」

傅崢抿了抿唇：「是狗粉。」

他這麼一說，寧婉就懂了，社群上有一撥非常偏激的愛狗人士，雖然初衷是好的，但表現形式卻特別激烈，其中部分特別誇張的極端人士甚至認為狗的權益大於人的，其中很多人口口聲聲是為了幫助不能說話的動物小夥伴，然而卻連能說話的人類小夥伴的利益都枉顧，完全不顧及大眾安危做出高速攔車救狗、甚至打傷司機的行為。

「所以這些人在網路上看到了影片，過來示威的？」

傅崢點了點頭：「對，都是些年輕人，情緒比較激烈，自己都是養狗的，特別能感同身受，一見影片裡陶杏哭訴，都代入了，陶杏那影片裡還講因為沒有財物損失沒辦法讓對方賠錢，因此這些人就組成了所謂的正義聯盟，說要讓吳列付出傷害毛孩子的代價，其中有兩個甚至都不是容市的，真正的跨區來『執法』了。」

吳列公然搶狗扔狗自然不對，但自詡為正義就肆意對他人進行私刑的更不對。道德層面永遠不應該進入法律審判領域。

想替狗維權想推進動物立法和保護是好事，但上門送花圈噴漆就未免過分了，以暴制暴這種方式看起來簡單直白讓人大呼爽快，但對於真正維權和表明自己的立場並沒任何好處，何況任何新聞或者影片都有可能沒展現事件全貌，或許是有偏頗和引導煽動性的，萬一吳列並非當事人，而是網友人肉搜索錯了人，那私刑執行的豈不是完全侵犯了他人的權益嗎？

寧婉只是隨便發散一想，然而沒想到自己一語成讖。

她和傅崢是在派出所見到吳列的，他整個人看起來很憔悴：「我說了，當初那個黑衣人確實是我，我電話裡承認的是這點沒錯，可我真的沒扔狗啊，我也沒說是我扔了狗！那破狗，都把我咬傷了，力氣大得要死，蹬開我就跑了！」

他說到這裡，還忍不住罵罵咧咧：「我就說了，狗哪裡有好的，是是是，所有狗在沒咬人前都是溫和的！可狗這東西就是會咬人啊！沒有一隻狗是無辜的！」他說著，伸出手腕，「你們看看，我這不是被咬了嗎？你說這狗還溫和嗎？我可不能讓我孩子生活在有狗的環境裡！」

吳列這人絮絮叨叨，寧婉從敘述中才得知，他對狗的這份仇視，完全源於自己的孩子，他孩子才四歲的時候，當時的鄰居家也有一隻平時挺溫和的狗，結果沒想到有一天突然狂暴差點把小孩咬死，以至於小孩長大後一直害怕狗，吳列也對狗有了偏見，覺得所有狗不管看起來多乖，也說不定會發狂。

「但我真的是冤枉的，那狗真的不是我從樓上扔下去的，那死狗力氣特別大，又是掙扎又是想咬人的，我根本抱不住，後面那狗自己跑了，和我無關！」

吳列一說起這事，反而也哭訴上了：「我打狗搶狗確實不對，可我真的沒扔狗，那天我就是喝了點酒，想起自己孩子每天進出門看到陶杏那狗擔驚受怕的樣子就心疼，才腦子發熱去搶了狗。」

「結果現在也不知道怎麼回事，網路上都說是我把狗扔下樓，說我歹毒。你們也看到了，一群人跑過來我門口噴油漆送花圈，還有一堆人傳騷擾訊息辱罵我的，這都什麼事啊？孩子回家時被這陣仗嚇得夠嗆，我還想找出到底是誰扔狗呢！」

吳列這人挺直白，也沒遮掩自己的內心：「我就想問問這人怎麼想的，扔狗就扔俐落點，怎麼沒把這破狗扔死呢？就不能朝人少的地方扔嗎？把人砸了不說，狗他媽的竟然還沒死！現在害我被網暴！這人怎麼做事的？！」

他氣憤道：「要是他真的把這死狗弄死了，我背個鍋我還能忍，至少孩子不用擔驚受怕了，結果狗也沒死，我還背上這黑鍋了！警察先生，你們要還我清白啊！」

一下子，吳列竟然從加害人變成了受害人，而他確實也舉出了自己並非扔狗嫌疑人的證據，天降大狗影片的拍攝時間裡，吳列正因為被狗咬而跑去社區外的全家超市買ＯＫ繃。

「也是在那裡，店裡的小女生和我說，被狗咬了一定要打狂犬疫苗，我才跑去社區醫院。」

全家超市門口有監視器鏡頭，警察調取核對後，確認了吳列的說法，他確實不是扔狗的人。

寧婉對這峰迴路轉的發展簡直目瞪口呆，沒想到一個簡單的高空墜物案，最終竟然變得撲朔迷離了，可不是吳列做的，那又是誰？

本以為終於可以讓陳爍「沉冤得雪大仇得報」，結果案子進展到這裡，竟然又橫生枝節了。

雖然也拉拉雜雜忙了大半天，但最終寧婉和傅崢只能無功而返，寧婉抬起手腕一看，這個時間已經接近下班時間了。

雖然感覺沒辦法和陳爍交代，但還是應該向陳爍同步下最近案子的進展，外加寧婉也有幾天沒去看他了，於是準備今天去醫院探望陳爍。

往日裡自己每次去探視，傅崢總是很積極地一同前去，寧婉絲毫不懷疑，今天只要自己提及看望陳爍，傅崢絕對又要一起去。

只是寧婉今天不想和傅崢一起去，一旦從工作模式切換到私人模式，寧婉光是看著傅崢心裡就不是滋味，想想不僅有些心疼自己，更心疼櫻桃。

不過幸好寧婉買的是打折的山東櫻桃，沒買進口櫻桃，一念之差，至少不用流血還流淚、沒愛還沒錢，要知道進口櫻桃的價格可是山東櫻桃的好幾倍！

只是便宜果然沒好貨，這打折款的山東櫻桃根本就不甜，入嘴就是一股都能酸掉牙的酸味，寧婉昨晚吃了些，直到今天都還能記清那酸澀的感受，而因為傅崢的婉拒，寧婉現在心裡更像是被塞了一整盆發酵的酸櫻桃。

不僅胸悶，還難受。

從傅崢剛來社區眼高於頂開始，到如今溫柔紳士，親民還有人文氣息，自己像是幫別人調教了個男朋友。

寧婉越想越委屈，只覺得自己這波虧大了，傅崢這豬剛能出欄呢，結果自己沒吃上一口豬肉，就要拱手送人了！

因為這樣，雖然喜歡吃豬肉，但連帶著看豬也不順眼起來。

而哪壺不開提哪壺，豬本人還不諳世事地詢問起寧婉：「妳今晚打算幹什麼？有安排嗎？」

都拒絕我了，你管我晚上幹什麼呢！

寧婉心裡氣呼呼的，但想了想，還是不能因此遷怒傅崢，只打哈哈道：「回家睡覺。」

「妳最近工作強度是有些大，要注意休息。」

寧婉又心不在焉地和傅崢隨便客套了幾句，然後才和對方告辭。她自然是不準備回家睡覺的，等傅崢走了，寧婉轉身就朝醫院走。

她決定好了，先看望下陳爍，再回家複習複習，準備應考大Par的筆試。

另一邊，傅崢的母親住在和陳爍同一個醫院裡，VVIP病房，今晚出院，因此他特地確認了寧婉的行程，生怕她也會去醫院探望陳爍，在沒想好完全的坦白計畫前，傅崢並不想貿然被寧婉撞破身分，更不想寧婉單獨和陳爍相處。

只是今天寧婉對他的態度非常奇怪，傅崢感覺她在看自己，但不是自己想要的那種看，準確來說，寧婉是在瞪自己，傅崢好幾次轉過頭，寧婉還來不及移開視線，眼神裡甚至還隱隱帶了點殺意，搞得傅崢後背發涼。

寧婉是不是對自己有點意見？

但傅崢好好想了下，自己最近沒做什麼出格的事，安分守己，人設也還好好地裝著，想來或許是自己太在意寧婉，因此疑神疑鬼想多了……

只是十分鐘後，傅崢就意識到，自己沒有想多——

他去幫自己母親取藥時，在醫院大廳裡見到了號稱回家睡覺的寧婉，她提著果籃，正心無旁騖地朝骨科的住院部走去……

她竟然背著自己去私會陳爍了！

光是這個認知，傅崢這一瞬間心就徹底沉了下去。

等抑制著內心的情緒把母親送回家安置好，傅崢的自制力已經到了臨界點。

或許永遠沒有最好的時機，只有最快的時機。

傅崢覺得自己不能等下去了，再等下去寧婉就要沒了，他必須把坦白和表白都提上日程了，等辦完這個案子，把陳爍送佛送到西，就可以計畫一場表白了。

第二天，兩個人自然重新回到了社區辦公室，再次頗有些不自然和拘謹地見了面。

寧婉心裡一臺大戲，傅崢也不遑多讓，只是兩個人心懷鬼胎，偏偏表面功夫都做了很足，愣是都雲淡風輕波瀾不驚。

不過寧婉的一臺大戲裡，此刻傅崢的占比並不大，她心裡還有更重要的事焦慮著，再過一天就是那位新任大Par選團隊成員的筆試考試了，雖然寧婉嘴上對邵麗麗說得特別自信，但心裡到底有些緊張。

手頭高空墜狗案又進入了瓶頸，雖然陳爍很通情達理，但寧婉還是很自責，平時為社區的居民維權都做得不錯，結果關鍵時刻卻連自己的學弟都幫助不了，只覺得有些無力和慚愧。

這類案件，照理說寧婉已經把該做的都做了，律師並不是萬能的，到這一步也是無可奈何。如今的情況也很明朗，因為狗並非是出事大樓住戶所有，因此找住戶連帶索賠顯然不合適，而狗最終是在吳列的搶奪下從陶杏手裡走失最終墜樓的，在無法舉證狗的墜樓有另外第三人故意介入之前，理論上狗砸傷陳爍造成的損失，應當由吳列和陶杏一同承擔，至於承擔的比例，如果協商不成，那就要起訴後由法官定奪了，往後要是明確找出了第三人扔狗的證據，陶杏和吳列可以向對方追償。

只是……這種方案必然遭到吳列和陶杏的拒絕，想走協商和解的路線恐怕很難。

陶杏顯然無法接受自己需要賠償：「要不是吳列來搶多多，多多能受驚跑走嗎？讓我賠就不合法吧！而且多多不傻，肯定不會自己跳樓，不是吳列也肯定有別人對多多下黑手！」

吳列也一臉抗拒：「兩位律師，你們看看我自己都是受害者，門口還放著花圈呢，這破狗害我連用了十多年的手機號碼都換了，家裡座機也只能拔掉電話線，否則大半夜全是騷擾電話，都快神經衰弱了，我自己還想維權呢！讓我為這破狗賠錢，沒門！我還要找陶杏那女的賠錢呢，她不上網發什麼影片，我能變成現在這樣？她這不合法吧？」

「……」

寧婉和傅崢上門溝通，不僅兩邊態度堅決，甚至還差點又為這事吵了起來。

協商解決看起來是不行了，可起訴也不是最好的辦法，一來時效太長，二來吳列和陶杏都不會服氣判決結果，陶杏這人情緒看起來又是大起大落的，為人挺衝動，吳列現在被網暴，和她發的那個控訴影片不無關係。

「陳爍這個案子，即便走了起訴流程，陶杏作為狗主人肯定會對寵物侵權有責任，到時候她不服，又上網寫個小作文發個哭訴影片，隱射下陳爍是律師，暗示我們法院內部有關係，到時候陳爍即便不被網暴，恐怕也會被影響口碑，容市就這麼小，他以後在律師圈還要繼續發展呢。」

寧婉愁眉不展，想來想去想不出好的辦法：「何況別看陶杏情緒大起大落，但挺聰明的，吳列這事，她其實沒直接公布吳列的個人資訊，也都幫對方打了馬賽克，而是激化了輿論，借網友的手人肉搜索對方了，吳列現在還不能告她，我就擔心未來陳爍也遇到這種事。」

律師也是人，律師也會被侵權，也會成為受害者，但律師這層身分，讓律師自己在對上素人的維權裡，反而在輿論上處於劣勢，因為大眾的觀念裡，律師是吃法律飯的，在警局、檢察院、法院還能沒幾個人脈？要是律師勝訴了，那說不定是靠關係贏的！

寧婉一想起這，就有些無語地吐槽起來：「可得了吧，現在整個法律體系越發規範了，法官還怕律師敲詐是熟人被拉到網路上批判呢，恨不得避嫌避得乾乾淨淨的，有點什麼就立刻申請迴避，我們律師哪裡有那麼大的能耐。」

雖然事實如此，大眾並不這麼覺得，因此陳爍這事，起訴並不是最好的方案。

傅崢對此也很認同：「我倒是覺得，這案子裡應該確實存在第三人，把狗扔下去或者驅趕下去了，因為正常情況下寵物狗不可能在沒有外力的干涉下跑上樓跳樓，或許可以從別的角度思考下，當天那棟大樓裡是否有小孩追趕過狗？小孩子有時候沒有輕重，狗懼怕躲避之下墜樓也不是不可能。」

寧婉點了點頭，或許可以再找陶杏溝通下，問問社區裡是否有小孩平時追逐過她的狗。兩個人因此折回了陶杏家門口，結果也是巧，竟然又撞見了陶杏和她前夫夏俊毅在門口拉扯——

「夏俊毅，都說了，別找我了！起訴離婚第一次不判離，那我等半年後再起訴第二次，現在也已經分居了，我對你沒感情了！不想和你過了！」

這婚顯然是陶杏想離，因為夏俊毅臉上寫滿了哀求：「陶杏，我們之前感情一直很好，結果妳突然說感情破裂了一定要離婚，妳要是有別的喜歡的人了，我放妳幸福，可妳並沒有，而且我知道妳這幾年精神狀態一直不好，一下垂頭喪氣一下又跟個鬥雞似的，有什麼壓力妳說出來？我們是夫妻，一起扛就行了，妳這樣我也不放心妳一個人住……」

「我沒一個人住！我有多多！我不想生孩子！多多就是我的孩子，我和你過不到一塊去，聽明白了嗎？」

夏俊毅還在懇求：「陶杏，妳冷靜點，是生孩子這事給妳壓力了嗎？可我們不急著生孩子，什麼時候想生都聽妳的，生一個生兩個都是妳說了算，我不強求這些，孩子跟妳姓都行，關於生孩子這事妳要是有什麼不滿意的直說就行……」

夏俊毅的姿態放得很低，顯然對陶杏有很深的感情，也根本想不通為什麼會突然被離婚，只是不論他多麼渴求，陶杏卻打定了主意拒絕溝通，把人往外趕，而陶杏的狗多多又一次對著夏俊毅狂吠了起來，要不是陶杏拉住，甚至凶相畢露到想要撲到夏俊毅身上撕咬般衝動。

夏俊毅見陶杏油鹽不進，也是一臉無奈和心酸，只能放下手裡的東西：「這是我剛去買的土雞蛋，還有一些新鮮的水果蔬菜，還買了幾件衣服給妳，不知道妳喜歡嗎？反正隨便穿穿，東西我留下了，下次再來看妳……」

夏俊毅說完，才有些落魄和憔悴地轉身離開了。

而他一走，原本劍拔弩張的陶杏也沉默了下來，她也像是被抽走了精氣神一樣委頓了下來，臉上露出了灰敗頹喪的茫然，寧婉很細心地發現，雖然陶杏想要努力抑制，但她的眼角有些發紅，帶了點淚光。

她很快注意到了寧婉的打量，憋回了眼淚，重新板起了臉：「寧律師，如果又是為了狗的事就別找我了，我自己這事都忙得焦頭爛額，沒閒心管別的。」

大約是還有些尷尬，陶杏伸手摸了摸多多的腦袋，低聲埋怨道：「你也真是的，還好沒出事。」她看著狗，心情漸漸平復下來，語氣低沉道：「都說動物通人性，以前你這麼喜歡他，他一回家就恨不得撲人身上去；現在我一提離婚，你也變臉了，見了他就狂叫一通，也不知道你這叫有良心還是沒良心……」

陶杏口中的「他」指的自然是夏俊毅，本來也是她下意識的隨口一句，然而說者無心，寧婉這個聽者倒是有意了。

「陶女士，多多是從什麼時候開始對夏俊毅態度大變的？妳能好好回想一下嗎？真的是從妳提離婚分居開始的嗎？」

雖然這問題完全不相關，但陶杏被這麼一問，倒是愣了愣：「好像也不是，我們分居一段時間了，一開始夏俊毅也過來想說服我，那時候多多確實對他還是挺友好的。」

一講到這裡，陶杏也有些唏噓：「多多很聰明的，細枝末節裡肯定感覺到我和他出問題了，就和孩子似的，爸媽離婚最終還是不得不站隊一方……」

「妳仔細回想一下，狗是不是從出了墜樓的事以後，對夏俊毅態度大變的？」

面對寧婉的問題，陶杏第一反應就是否認：「這有什麼關係啊？多多對他的態度還能和墜樓有關係嗎？」

寧婉的問題其實並沒有明說什麼，然而陶杏是個聰明人，寧婉這麼一問，她就品出了點味道來，只是她幾乎是下意識就回護起對方：「這不可能，他很喜歡小孩的，也喜歡小動物，對多多很好的，是個脾氣很好很溫和的人，他不可能對多多做什麼的，當初吳列搶走多多，也是他第一時間追出去的……」

只是陶杏越往下說，臉上也越難看，到最後，她也不願說了，看向寧婉的眼神也帶了戒備和敵意：「總之這事和他沒關係！以後別來找我了！」

說完，陶杏也不顧禮節冷著臉逕自甩上了門。

只是她雖然不說，她的行為還是進一步加劇了寧婉的猜想，即便可能是自己想得有點太野了……

而寧婉有些自我懷疑的瞬間，傅崢給出了和寧婉不謀而合的猜測，一下子更堅定了寧婉的想法——

雖然此前全程並沒有多發言，但傅崢顯然非常安靜地傾聽著觀察著，他微微皺著眉：

「我覺得夏俊毅有問題。」

誠然狗是通人性的，很多人確實把狗當成了自己的孩子，但即便是小孩，在幼年時期也未必能立刻敏銳地判斷出父母已經離異從而對另一方冷淡，更別說是狗了。

「陶杏自己其實也意識到問題了，她自己剛才說著說著就絕口不提了，她肯定也發現，狗真正對夏俊毅態度大變，應該是從墜樓事故發生後。」

寧婉頓了頓，看向傅崢：「那麼這個時間節點就很有意思，狗出事時，夏俊毅正好也在場，還追出去了，那是不是有可能，他其實追到了狗，而狗見是自己另一個主人，也不再掙扎，夏俊毅就完全可以把狗抱到樓頂扔下去？」

陶杏的那隻狗體型不小，因此能咬傷吳列掙脫，想被陌生人制服並扔下樓的可能性其實並不大，但如果是熟人作案……

這麼一想，好像邏輯都能理順了。

寧婉和傅崢對視一眼，都在彼此眼中看到了默契——

詐一詐夏俊毅。

當機立斷，寧婉就打了電話給夏俊毅，一邊開啟了同步錄音：「夏先生，抱歉打擾您，但我們收到了最新目擊者的影片，裡面很清晰地顯示，是您從樓上往下丟了狗，最終造成了砸傷路人的事故，希望您能配合解決受害者的賠償問題，否則我們將依法起訴你追責。」

回答寧婉的是夏俊毅漸漸變粗重的呼吸聲，但他仍舊沒有表態。

寧婉聲音肅穆地繼續追擊道：「另外，因為您和陶杏女士還是合法夫妻，您如果不進行賠償，我們也會將這段影片提供給陶杏女士透過她尋求溝通協商……」

這話一下去，夏俊毅那邊氣氛明顯就不一樣了，他語氣焦急地打斷了寧婉：『別……別告訴她，我願意溝通，我、我願意賠錢。』

寧婉掛了電話，算是鬆了口氣，幸而萬分順利的，夏俊毅果然承認自己扔了狗，一聽要告訴陶杏，他幾乎立刻表態願意賠償積極解決這事，只求寧婉不要和陶杏說，因為牽扯到陶杏，他比寧婉還急，半小時後，他就趕來社區辦公室協商——

「其實出了這件事以後，我心裡一直很自責，也覺得對不起被砸的人，但……但我不敢說這件事，說了，陶杏和我之間就完了，她特別寶貝多多。」

夏俊毅還是老好人的模樣，垂頭喪氣的，說到這裡，也忍不住自嘲了下：「不過現在說不說，我和她之間都完了，這婚，她是離定了，但我……你們說我沽名釣譽也好，虛偽也好，我還是想在她心裡留個好印象……萬一以後她有事，我還能去照料照料，但要是知道我扔了狗，她肯定和我老死不相往來了。」

一旦承認自己扔狗以後，夏俊毅的賠償態度挺積極：「我就根據法律賠，包括你們同事的醫藥費誤工費，總之你們把帳單給我，我都按數額賠了，也向他道個歉，我當初確實沒想到會出這種事，頭腦一熱就把狗扔了。」

夏俊毅很配合地簽了相關的協議，事已至此，總算是幫陳爍討回了他的公道，但寧婉總覺得事情沒完。

傅崢顯然也是一樣的想法，在夏俊毅簽名時，他問出了寧婉想問的問題：「方便告訴我們，你為什麼對狗這樣嗎？陶杏說你是那種對小孩和小動物都很友善的人，聽說狗之前和你也很親近，為什麼會對狗下手？」

這個問題讓夏俊毅很頹喪：「我做完就後悔了，也是鬼使神差不知道怎麼的腦子壞了。我和陶杏是青梅竹馬，戀愛長跑了十年才結婚，婚後感情也好，結果她突然就說對我沒感覺了，不願意和我生孩子，要離婚，以後帶著狗過就行了，我幾次三番求她，她也很絕情，對我不聞不問給足了冷臉，唯獨對狗青眼有加，好好的別墅不住，跑來這個以前我們買的小公寓裡，就和狗住在一起，而且對狗比對自己還好！」

「所以你就遷怒了狗？」

「是，說出來挺丟人的，我覺得她愛狗勝過愛我，我心裡挺不平衡的，想來想去想不通她為什麼突然這樣，覺得可能是養了狗把她精力都分走了，才不願意生孩子，那天我來求她別離婚，結果又被拒絕了，本身情緒就很激動，正好她那鄰居又追打狗，我就起了這個念頭……」

夏俊毅說到這裡，寧婉也有些了然了：「你想著正好神不知鬼不覺處理這狗，說不定陶杏就能回心轉意了？」

「我總想著有點改變我才有機會，多多要是沒了，她肯定需要有人陪在身邊，正好脆弱的時候，我就能趁虛而入，說不定感情就能修復了。而且狗要是沒了，她說不定才會發現除了狗，身邊其實還有我能一直陪著她。」

夏俊毅嘆了口氣：「扔了以後我就後悔了，多多哪裡有錯？我很愛陶杏，為了她犧牲自己也可以，但這樣糟蹋狗，覺得自己也太陰暗惡毒了，其實這些日子我也挺痛苦的，或許陶杏想和我離婚說和我沒感情了，也是因為我本質並不是多好的人，也是活該吧。」

夏俊毅說著說著，眼眶也有點紅了：「算了，人心就這樣，感情也有保存期限，可能確實沒什麼理由，她就是對我沒感情了，我就學會放手吧，雖然以前一直想像和她的孩子會長得像誰，但現在她想離婚，不想和我有孩子，我要是真的愛她，就要學會放手⋯⋯」

人在極度的壓抑和情緒激動時常常會衝破理智，做出事後完全不敢置信的事，夏俊毅平時溫吞，但一旦鑽牛角尖又被某種情緒裹挾，寧婉相信他確實是腦子發糊才做出了扔狗的行為。

本來到此為止就好，不論夏俊毅還是陶杏，都沒有委託自己來處理這場離婚糾紛，介入他人的感情婚姻糾紛也常常是吃力不討好，大Par的筆試又迫在眉睫，實際應該是多一事不如少一事的，但寧婉咬了咬嘴唇，還是決定再多此一舉一下。

她總覺得，陶杏並不是真的對夏俊毅沒感情了，夏俊毅離開後陶杏那發紅的眼眶，強忍住的淚水以及下意識的維護都騙不了人，她明明還是很愛他。

雖然提出離婚的是陶杏，態度堅決的也是她，然而寧婉卻覺得，陶杏像是要藉離婚為緣由拚命把夏俊毅往外推，反倒像有什麼苦衷。

而陶杏的精神狀態顯然也有些令人擔憂，寧婉幾次和她接觸下來，發現她情緒變化非常大，有時候頹喪自閉般不願說話，有時候卻是情緒亢奮，非常容易被激怒，幾乎一點就炸。

寧婉向夏俊毅確認了下：「陶杏平時情緒就這麼大起大落嗎？」

果不其然，夏俊毅給出了否定的答案，也坦言陶杏是向自己提出分居離婚前才變成那樣。

如此又和夏俊毅聊了一些細節，寧婉心裡大概有底了，自己的推測八成沒錯，陶杏並不是因為想離婚才情緒大起大落，或許反而是因為某些原因不得不離婚，心理壓力巨大之下才有了躁鬱症一般的表現。

寧婉看向夏俊毅，語氣鄭重而認真：「你如果願意，我有個辦法試一試。」

夏俊毅顯然只要有一絲希望，都想要挽回自己的妻子，等他耐心聽完寧婉的方案，雖說有些遲疑，但最終抱著死馬當活馬醫的想法，還是決定破釜沉舟最後試一試。

「行，我也算給自己最後一次機會吧！要是這樣都不行，那我就死心了！」

一旦徵得了夏俊毅的同意，寧婉一分鐘也沒浪費。

社區律師辦公室裡有一間雜物間，並不起眼，不仔細看都不會注意，寧婉讓夏俊毅躲在這雜物間裡，然後把雜物間的門虛掩上。

做完這一切，她才看向了傅崢：「那我準備打電話了，你現在可以出去了。」

傅崢點了點頭就往門外走：「好，我會注意看時間，到時間了才進來。」

三個人安排妥當，寧婉便深吸了一口氣，然後撥通了陶杏的電話：「陶女士嗎？妳好，我是寧婉，關於多多的案子，我們這裡找到一些新的細節證據，這案子可能和夏俊毅有關，因為妳也是這案子的當事人，覺得有些事妳也有必要知道。什麼證據？抱歉，事情比較複雜，證據也很多，不太方便在電話裡講，妳方便的話能直接到我們辦公室來嗎？」

果不其然，只要一提夏俊毅，陶杏幾乎是火急火燎地掛了電話就趕了過來，而為了避免她帶著狗一起來，寧婉特地關照了下說社區辦公室裡不能帶狗，以免多多一來嗅到雜物間裡的夏俊毅一下子狂吠把人暴露了。

「寧律師，到底是什麼情況？我老公他不可能做這種事的，他不可能傷害多多！他是個很好的人，我們認識結婚這麼久，從沒凶過我，脾氣好為人溫和……」

寧婉一句話都還沒講，陶杏就倒豆子似的維護著夏俊毅辯駁起來，情急之下，她自己甚至都沒意識到，她提起夏俊毅下意識說的就是「老公」。

「高空墜狗的事和他沒關，他那天只是正好路過……」

寧婉演戲自然是要演足的，她板著臉嚴肅道：「妳心裡可能也已經意識到了，不願意承認罷了，但我們收到了社區別的住戶正好拍下的影片，影片裡就是夏俊毅在樓頂，而且夏俊毅自己……」

陶杏自然要繼續為夏俊毅說話，寧婉悄悄看了手機一眼，時間差不多了——

「啪」的一聲，也是這時，門口傳來了門被用力推開的聲音，傅崢臉色難看地站在門口，氣喘吁吁——

「寧婉，陳爍情況不太好。」他的聲音肅穆而自帶低氣壓，「說他突然顱內出血，整個人現在陷入昏迷，已經去搶救了，看來之前被砸還傷到了別的地方。」

寧婉當即站了起來，連手邊的水杯都打翻了，臉上露出了倉皇和恐懼：「怎麼……不是說只是外傷嗎？突然就這樣了？」

「已經通知父母了，病危通知書都下了，醫生說他可能要不行了……」

室內的氣氛一下子降到了冰點，陶杏一聽陳爍的情況，當即整張臉也白了，她不傻，知道陳爍如果只是外傷，那麼扔狗的肇事人不論如何也就是個侵權責任，承擔民事賠償責任即可，但一旦陳爍死了或者重傷，那這個案子性質就完全不同了……

也是這時，傅崢看向寧婉開了口：「如果陳爍真的出事了，那這案子就是刑事案件了。如果陳爍只是之前骨折的情況，那傷情鑑定最多也就是輕傷，所以扔狗的人也不屬於犯罪，但如今陳爍情況危急，就不是簡單的高空墜物侵權案了，而是過失致人重傷甚至過失致人死亡的刑事犯罪了。」

傅崢的臉色肅穆，看起來非常有壓迫感，聲音低沉眼神充滿威壓，要不是寧婉知道這是在走劇本，恐怕也要信以為真。

他這番話下去，陶杏果然嚇得面如土色，一下子有些語無倫次了：「那、那怎麼辦？」

「怎麼辦？當然是移交檢察院公訴了，夏俊毅這是觸犯刑法了！」

「可他不會這麼做的……他可喜歡小孩還有小動物了……」

「自欺欺人有用嗎？」寧婉步步緊逼道：「我剛才還沒說完，夏俊毅自己已經承認扔狗了，也和我們坦白了……」

在陶杏不敢置信的目光裡，寧婉簡單卻重點分明地講述了夏俊毅衝動扔狗的真實理由。

「不管有怎樣的情緒和苦衷，他扔狗自然是不對的，所以甚至不敢面對妳和妳坦白，但我想不論作為夏俊毅目前的法定妻子，還是作為多多的主人，妳都有資格知道真相。」

陶杏的情緒本來已經緊繃到極點，傅崢突然出現帶來陳爍急轉直下的情況打得陶杏措手不及，如今再聽到寧婉說出夏俊毅扔狗的緣由，整個人的偽裝終於徹底崩潰——

「他怎麼這麼傻！我想和他離婚完全是為了他好，我這種人有什麼好值得挽留的！」

陶杏此刻淚流滿面：「我們結婚好多年了，他喜歡孩子，一直想有個自己的孩子，結果備孕幾年都沒懷上，那天我也是突發奇想去醫院做個檢查，結果查出來自己卵巢早衰，這輩子都不可能懷孕了。」

原來如此！

「可為什麼不說出來溝通？夏俊毅那麼愛妳，或許比起孩子來，妳更重要啊！」

「是，我知道我說了，他一定不會離開我，可我不想這樣，他太好了，正是這樣，我不希望他留有一輩子的遺憾，也不希望他為了我和他爸媽鬧得不可開交，兩個老人肯定不能接受一輩子沒孩子的，所以我不能告訴他，我寧可這樣離開他，讓他恨我也好，恨了才能忘，忘了才能開始新生活……」

「傻的不是我，是妳啊！」

夏俊毅推開雜物間的門，同樣淚流滿面：「妳才傻，結婚一定要有孩子嗎？孩子是挺好，但其實養也很辛苦，還占時間，我現在改主意了，覺得人一輩子為自己活就挺好，頂客也很好，至於我爸媽，妳管他們幹什麼？我都這麼大歲數的人了，難道還聽我爸媽的？這是我的人生，我自己做主！」

事情到這個地步，已經不再需要寧婉和傅崢，兩個人便也默契地退出了辦公室，寧婉走時還挺貼心地幫陶杏夏俊毅帶上了門。

他們會有足夠的時間和空間去溝通和解釋清楚這些事的來龍去脈，也會體面而完美地解決後續的所有事宜。

而一旦陶杏和夏俊毅重修舊好搬回別墅，多多也就不用再住在悅瀾這個小公寓裡了，吳列怕狗的問題也能迎刃而解。

出了辦公室，寧婉才終於鬆了口氣，此刻室外陽光燦爛，像極了寧婉此刻的心情。

陳爍自然是沒有問題的，他恢復得很好，後天就能出院，剛才一切不過是寧婉想出來的「劇本」而已。

只是此前向傅崢和夏俊毅托盤而出自己的方案時，寧婉本以為傅崢會反對，因為高空墜狗案其實已經能夠結案，自己如今所做的一切都算是多此一舉了，但傅崢沒有，他全程非常安靜地聆聽，最終也非常配合地準備完成這個方案裡屬於他的那部分工作。

團隊工作並不是每次都能有默契而彼此認同的，世界上沒有兩片相同的樹葉，也沒有兩個三觀和想法完全相同的人，對工作方案有意見或者爭執都是有可能的，但寧婉沒想過傅崢給予自己的是全力的配合，而寧婉明明才結束了好幾個差點就出差池的案子。

「雖然我是你的帶教律師，但是如果我在辦案時用了你不能接受的方案，或者走了你不認同的道路，你不用礙於上下級的情面就忍耐，做好律師工作最重要的本來就是獨立的思辨能力，以後如果有不同的意見，甚至說不想參與某個案子，都是可以直接和我說的。」

寧婉想了想，覺得有些話還是想和傅崢說，她不希望傅崢因為婉拒了自己的表白，害怕被打擊報復，就在工作中更害怕自己的遷怒而變得小心翼翼，對於他不想做的事也只能配合。

寧婉覺得應當表明自己的態度，她委婉道：「你可以放心，你工作上合理的要求我完全會尊重，絕對不會帶上自己的情緒，夏俊毅這個案子我知道我又多此一舉了，剛才那些事看起來都很多餘，你下次要是不想參與的話完全可以直接和我說，不用不敢開口……」

「我沒有不想參與。」傅崢卻提前打斷了寧婉的話，他看向寧婉，「我沒開口是因為我對妳的決定沒有意見。」

「你真心支持我那麼做？」

此前舒寧案、蔡珍案，要不是運氣好能化險為夷，一個讓當事人撤銷了投訴，一個則因為那位大Par介入懲處了金建華，寧婉的多此一舉或許真的不僅會影響自己的職業前景，也會影響傅崢的，正常人總會趨利避害，不願意總為這些多餘的事冒險也很正常。

然而傅崢卻再次給了寧婉肯定的回答，他黑亮的眼珠看向寧婉，語氣溫和：「我是真的支持妳那麼做。」

傅崢頓了頓，低下頭：「但我有時候確實希望妳不要再做案子結案以外的事。」

明明是寧婉自己讓傅崢坦白，鼓勵他可以說出自己的意見，然而真的聽到傅崢這麼說，寧婉心裡卻有些難以形容的難受，她忍住了難堪，移開了眼神，不希望傅崢尷尬，因此佯裝自嘲的語氣道：「我有時候也覺得自己有些過分熱情和多管閒事……」

「沒有。」傅崢抿了抿唇，「妳能在社區堅持下去，能做好社區律師的工作，很大程度上得益於妳很容易產生同理心，也因為這樣，妳對即便不是自己分內的事，也會很熱情，會主動介入，但我從沒覺得這是過分熱情和多管閒事。」

傅崢的語氣認真：「我從沒覺得這樣不好。」

「很多時候人文情懷或者說人性往往在於一些常人看來多餘的事上，就像《辛德勒的名單》裡一樣，辛德勒作為德國人，在納粹迫害猶太人時完全是事不關己的，他本可以什麼都不做，但他做了，甚至為了做這件事付出很多犧牲很多。有些人看來，這可能很蠢，完全不是自利的行為，但人類之所以成為人類，或許很多時候還有人在做這樣『蠢』的事情。」

傅峥溫和地看向寧婉：「妳的熱情，還有妳自己眼裡多餘的事，從來不多餘，也不逾越，不過火，不自利，有時候還會給自己惹麻煩，但對這個世界來說很重要。」

寧婉幾乎是當即不好意思地開始反駁：「沒有，我根本沒辦法和辛德勒那種行為比，我做的事太小了。」

「可從來都是微小和平凡組成了偉大。社區律師的工作很小很小，在個案裡看，可能對整個社會的推動都是微乎其微，但妳每一次『多餘』的工作，都可能改變一個人的人生。」傅峥朝寧婉笑笑，「我記得很清楚，這還是妳和我說過的話。」

「那你為什麼希望我不要再做案子結案以外的事？」

寧婉這個問題下去，傅峥有些不自然地移開了目光，「我有時候希望妳不要再做案子結案以外的事，並不是出於對妳性格的意見，我對妳的性格沒有任何意見，我這麼希望只是出於自己的私人意見而已。」

傅崢這話倒是把寧婉說愣了：「嗯？」

這下傅崢不僅目光移開了，連側臉都微微別開了，像是要躲避寧婉的注視，然而他的聲音卻很鄭重：「同理心是很珍貴的能力，對那些受傷害或者遭遇困境的人來說，正因為妳有同理心，才能向他們伸出援手，才能主動攬下燙手山芋一樣的案子，才能去做『多此一舉吃力不討好』的事，所以很多時候，同理心對別人是好事。」

「但對擁有強烈同理心的人本身並不一定是好的。」傅崢抿了抿唇，聲音微微輕了下來，「因為同理心是會受傷的。」

他垂下了目光：「我不希望妳受傷。」

寧婉的心劇烈的跳動了起來，然而她努力抑制著自己的情緒，她的心間洋溢著某種明媚又光明的實質化的愉悅，然而她努力讓自己不要太過快樂，因為理智告訴她，傅崢已經拒絕了自己，他這樣說或許只是為了展示友好。

只是即便這樣告誡自己，寧婉內心還是忍不住起了波瀾，她心裡甚至有些賭氣地埋怨起傅崢，既然拒絕了自己，為什麼又要說這麼曖昧的話。

而為了掩飾自己的失態，寧婉移開了視線，她胡亂地轉移了話題：「啊，我想起來今天櫻桃限時特價！時間不早了，我先趕緊去買了！」

寧婉說的時候沒覺得，但話音剛落心裡就懊悔不已，自己可真是哪壺不開提哪壺，還轉移話題呢，結果怎麼轉移到櫻桃上了！就算自己喜歡吃櫻桃，也不能老提櫻桃啊！傅崢都拒絕自己了，他肯定不想再提到什麼櫻桃！

她生怕傅崢以為自己提及櫻桃是在暗示什麼，想趕緊逃離現場。

結果自己都這麼注意避嫌了，另一位當事人傅崢卻完全沒有這個意識，他還在看著寧婉微笑，黑亮的眼睛盯著寧婉，認真到都有些深情的錯覺：「我和妳一起去吧，水果買多了拎起來也很重，我可以幫妳一起拎回家。」

「？？？」

這男人怎麼回事？？？

明明拒絕了自己，如今竟然還這麼雲淡風輕地給出這麼曖昧的互動？不知道自己這種剛被拒絕的人會更不容易走出來嗎？

這合適嗎？

寧婉抿緊嘴唇看向傅崢，想從他英俊的臉上看出一絲端倪，然而對方除了繼續保持該死的英俊之外，並沒有一點破綻，看起來自然到簡直天衣無縫……

寧婉一瞬間既狐疑又混亂，難道自己一直以來看走眼了？傅崢不僅不是個傻白甜，反而是個高段位的白蓮花綠茶？

妳很好但我們不適合，我只是把妳當朋友？？？

披著傻白甜的外衣，先對自己的示愛視而不見，既不答應也不拒絕，然後吊著自己當備胎？？？仗著自己喜歡他，這麼若即若離藕斷絲連的，不讓自己徹底失望，總是關鍵時刻給點希望，好讓自己為了討好他在工作中不自覺給他一些便利和關照？

寧婉覺得自己腦子有點亂，但下意識覺得，感情這種事，一定要掌握主動權，切忌被人牽著鼻子走。

她決定遠離傅崢，冷靜下來好好思考，於是移開視線，婉拒道：「不用了吧，我自己去就行了，我只準備買一點，不會很重，你忙自己的去吧。」

結果傅崢這人似乎聽不懂暗示似的，他鎮定而自然道：「也不只是幫妳拎東西，我本來也要去買點水果。」

他看了寧婉一眼，然後又露出了犯規一般的笑：「不是櫻桃打折嗎？正好也去買些，上次妳買給我的很甜。」

哦⋯⋯

這樣啊⋯⋯

寧婉第一時間被傅崢的笑晃得有些恍惚，以至於沒有立刻反應過來，直到真的和傅崢一起去買了櫻桃，傅崢一路幫自己拎著送自己回了家，然後兩人告別，等自己一個人靜下來，寧婉才品出了不對來。

自己買給傅崢的櫻桃很甜？？？

那東西明明酸得自己的牙都要掉了！

傅崢是年紀輕輕味蕾壞死嗎？

等等……

寧婉突然想到了一種可能——

傅崢會不會根本沒有吃自己的櫻桃，他會不會根本沒回過悅瀾社區的房子裡，以至於根本就沒見到自己用櫻桃擺出的愛心？因此他根本不知道自己對他的暗示，以至於如今做派看起來如此白蓮花綠茶？？？

但他為什麼騙自己吃過櫻桃了？按照他這不知情的模樣，怕是這幾天都沒回過家，那他住在哪了？

寧婉的心裡冒出了一堆問號，這下覺得傅崢越看越可疑了。

只是同時，寧婉內心又完全不合時宜隱祕地雀躍了起來。

傅崢大概根本沒吃櫻桃也根本沒看見櫻桃愛心，那麼他是不是也沒有拒絕自己呢？自己竟然還沒涼！

寧婉保持著懷疑，決定這幾天偷偷密切觀察下傅崢，結果她很快發現，傅崢也常常在看她。

寧婉心裡還想著傅崢的欺騙，當即不樂意了：「傅崢，你幹嘛老看我？」

本以為自己的質問會讓傅崢手足無措，結果這傢伙心理素質比自己想的好得多，不僅十分鎮定，還十分無辜：「要是妳不看我，怎麼知道我在看妳？」

「……」

不過寧婉沒和傅崢糾纏，今天是個非常重要的日子，大 Par 團隊成員競聘筆試成績就會在今天公布。

在兩天前，寧婉參加了這場筆試。

不得不說，大 Par 的水準很高，出的題目看似簡單平常，但案情裡都充滿了陷阱，不僅考察商事領域的理論知識，對實踐操作也有很高的要求，而除了商事卷外，還有民事卷。

雖然商事卷裡的題目和大 Par 私下幫寧婉輔導的並沒有重複，完全不存在洩題，但寧婉因為此前的特殊待遇，也積極補足了不足，外加法律辦案本來最考驗的就是律師的思辨能力，同一個案子，不同的處理方案甚至可能得到不同的結果。

大 Par 對寧婉的指點更像是授人以漁，而非簡單的授人以魚，讓寧婉遇到複雜的商事案件能夠用更成熟縝密的思緒去分析，因此這次筆試，寧婉的商事卷答得頗為自信，而民事卷裡，則涉及到大量的實踐細節，以寧婉在社區辦案多年的經驗，更是答得如魚得水。

而就在魂不守舍的忐忑裡，寧婉終於等來了成績公布——

『寧寧！！妳過了！！！筆試第一名！！比第二名高了五十分！』

邵麗麗今天正在總所，幾乎是在所裡的員工資訊欄裡剛張貼公示了入圍人的筆試成績，她就第一時間傳來了賀電給寧婉。

也是挺巧，被寧婉甩開了五十分的第二名，不是別人，正是差一點被金建華逼到離開的蔡珍，如今金建華被處理，蔡珍沒了後顧之憂，在筆試裡也發揮了自己的水準。

「總之真是好事，蔡珍也高興死了，一個勁說是和這位大 Par 有緣，當初就是他大刀闊斧處理了金建華，現在蔡珍激動得很，就想著能趕緊和妳一起進人家團隊共事呢！」

沒多久邵麗麗就從所裡趕來了社區辦公室，竟然還順手買了束花給寧婉，有模有樣地送給她祝賀。

除了員工資訊欄裡直接張貼成績單外，這次筆試的排名自然也以郵件形式寄給了每個應試人，寧婉看到自己排在第一的名字後，內心自然是澎湃激動的，但很快，她掃了名單裡別的姓名一眼，就開始有些沉默了。

這次筆試採取的是一比三的錄取比例，一個團隊裡招三個人，因此第一輪筆試入圍的有九個，只是除了寧婉外，剩下的八個名字裡，沒有傅崢。

寧婉偷偷瞟了傅崢一眼，此刻的他尚在接著社區的諮詢電話，很投入認真的模樣，側臉的線條好看，唇角微翹，眼睛黑亮，睫毛纖長，電話裡的諮詢人看起來並不太懂怎麼挑著糾紛的重點講，但情緒急躁，嗓門大到寧婉都能聽見，但傅崢不驕不躁，耐心而溫和地解釋著，沒有任何不耐煩的意味。

他看起來根本還來不及知道這次筆試的結果。

寧婉突然有些不忍心。

只是邵麗麗並不知道寧婉心中所想，她還沉浸在興奮裡，興高采烈道：「這樣吧，今晚一起吃個飯！慶祝下……」

雖然筆試過後還有一輪面試，但筆試的分數占百分之九十，面試的話大約是走個過場，除非發生重大意外，否則作為筆試第一名，還遠遠甩開第二名五十分的寧婉，進大Par團隊基本是十拿九穩。

但自己是一隻腳踏進大 Par 團隊了，傅崢卻連榜上都無名……

寧婉生怕傅崢聽到了難過，剛想叫邵麗麗別這麼大張旗鼓，結果傅崢那邊已經掛了電話朝著自己看過來：「是有什麼好消息要慶祝嗎？」

「是、是寧婉過了大 Par 的筆試，我、我們想慶祝一下。」

也不知道怎麼回事，剛才邵麗麗還口若懸河熱情似火，結果傅崢這麼一問，她不僅瞬間耗子見了貓似的安分了下來，說話都緊張得有些結巴了。

寧婉不清楚，邵麗麗心裡清楚，笑話，這就是大 Par 本人，自己能不謹小慎微嗎？

何況這位大 Par 看起來溫柔和善，在社區也沒露什麼鋒芒，除了長得確實太出挑，看起來完全是一個平平無奇的帥哥，要不是邵麗麗早就窺破天機，也還以為他真的是實習律師小傅……

如今這位傅 Par 越溫柔和善，邵麗麗心裡就越為寧婉捏一把汗。

因為他並不是真的如此溫柔無害的。

就在邵麗麗無意間向他吐露了崔靜的事後，崔靜休完假一回所裡，在會議上，高遠公開表揚了崔靜近期「親自加班」翻譯的法律文書品質，肯定了她的法律英語水準，而崔靜還沒來得及得意，就被臨時通知要求她加入英語電話會議，由她作為英文翻譯，就條款裡的法律術語進行溝通，畢竟從她「親自翻譯」的文書水準看，這樣的溝通不在話下。

結果自然是崔靜當場翻車了，會議談判差點因為她的胡亂翻譯而進行不下去，也是這時，高遠把邵麗麗叫進會議室救場，雖然這種現場翻譯壓力很大，但邵麗麗還是依靠平時的積累和練習完美完成了工作。

事後，高遠對崔靜的表現震怒，查清情況後，以此為由頭徹查了她這種甩鍋搶功勞的行為，而所裡從來沒有永恆的祕密，壞事更是容易傳播，很快，所有人都知道了崔靜的下場，一時之間人人自危，不少平時也有崔靜陋習欺壓實習生的律師更是戰戰兢兢，完全收斂了，所裡氣氛一度大好了起來。

而邵麗麗也因為臨時救場的優秀表現，一舉得到了多個大 Par 的認可，如今自己團隊的老闆也願意把更複雜的大案交給她一起參與了。

因為大學院校並不是一流的，邵麗麗一度覺得自己能有帶教律師已經十足幸運，從沒想過有一天自己的能力和努力能被看見，如今能破除院校的偏見而得到賞識，有機會參與真正的大案，她幾乎是感激涕零的。

她不傻，知道崔靜這件事並不是事出無因的偶然，自己的臨時救場也不是真的隨意的安排。

傅崢在寧婉面前非常溫柔無害，像是什麼事都等待寧婉的指點，但邵麗麗知道，傅崢本人在處理所裡的事務上非常強勢、殺伐果決，幾乎說一不二，她不會不知道崔靜這件事是誰在背後安排高遠處理的，而這處理手法高明得沒有任何痕跡，愣是誰也不會知道崔靜這件事是邵麗麗捅到大Par面前的，一切看起來都那麼自然，自然得像是個意外事件，邵麗麗也完全像是真的隨意被叫進去正好救場的。

因此，即便邵麗麗是這件事後的唯一獲利者，也沒有任何人會指責或背地討論她，反而同情她一直被崔靜壓榨。

對傅崢的這種處理手法邵麗麗自然是感激的，但感激之外，她對這位大Par內心更是肅然起敬起來。

白切黑這種生物，要是和他站一隊還好，真是難以想像萬一自己和寧婉站錯隊了，那是多慘烈的血雨腥風……

這麼想著，邵麗麗就偷偷瞥了傅崢一眼，此刻這男人正露出了恰到好處的驚訝表情：「成績都出了嗎？」然後他用手機查了下郵件，用訝異的語氣道：「寧婉考了第一，真厲害！那是該慶祝一下，今晚我來請客吧。」

邵麗麗忍不住感慨，如今當合夥人真是不容易，不僅業務能力要好，管理手段要狠辣，還得進修一下演技……

寧婉毫不知情，還露出了欲言又止的表情：「可你……」

都這樣了，這位白切黑大 Par 還能繼續裝，他露出了適度的惆悵，努力調整心情的模樣：「我沒關係，妳能進大 Par 的團隊就好了，我會繼續努力的。而且，也不是未來就不會共事了，很多事情其實還挺巧的……」

那個瞬間，寧婉根本沒品出人家話中有話，看向對方的眼神果然充滿了難以掩飾的憐愛。

但不管如何，最終，傅崢還是說服了寧婉一起去吃頓慶祝晚餐。

第十七章　怕黑怕鬼愛哭包

寧婉發現邵麗麗今天一直有些坐立不安的緊張，寧婉和她還有傅崢三人落座後，寧婉提出要去洗手間，邵麗麗也立刻站了起來——

「我也要去廁所！寧婉！我和妳一起去！」

寧婉有些奇怪：「妳十分鐘前不是剛在社區上過廁所嗎？妳可以留下和傅崢一起看看菜單呀。」

邵麗麗哽著脖子：「我最近、最近腎不太好！尿頻！」

「……」

其實細細想來，今天的邵麗麗整個人都很奇怪，彷彿無法直視傅崢，連帶著和傅崢之間的相處好像也非常尷尬。

等從廁所出來，寧婉左想右想，還是有些憋不住：「小麗，妳是不是看上傅崢了？」

結果自己不問還好，這一問，邵麗麗幾乎抖成了帕金森：「我沒有！我不敢！妳別嚇我！」

沒有就沒有，怎麼還不敢了？傅崢就一個實習律師，又不是什麼霸道總裁，和自己還有邵麗麗這樣的小白領不是挺登對的嗎？雖然帥是帥了點，但也不至於說不敢看上吧？

「那妳見了他怎麼都像快要跪下了？他怎麼妳了？」

「沒沒。」邵麗麗連連擺手，「我最近有點恐男，是我自己的問題，和傅、傅崢無關！傅崢是無辜的！錯的一定是我！」

行吧……

邵麗麗前階段不是還恨嫁嗎？怎麼就恐男了？是相親受了什麼刺激？

不過她不喜歡傅崢，寧婉心裡倒是鬆了口氣，畢竟自從推測傅崢並沒有get到自己的櫻桃愛心後，寧婉心裡就一直在打著他的主意。

這男人自己是不會放手的。

要是傅崢條件太好，寧婉還不敢下手，而雖然傅崢長得特別好看，可家道中落，事業也剛起步，不至於是高攀不起的高嶺之花。

因為當初還在社區工作，對於進大Par團隊這事也是八字沒一撇，寧婉擺起愛心櫻桃來心裡還有些犯怯，可如今離進大Par團隊已經一步之遙，以後自己進了新團隊，收入和案源上都不可同日而語，一瞬間就覺得自己更加抬頭做人了，錢包一鼓，自信好像也膨脹起來了，對傅崢的賊心也更強烈了。

但怎麼再次表明自己的想法？

寧婉一時之間有些糾結，她看向了在一邊洗手的邵麗麗：「妳說……我上次和妳說的，對傅崢的示好，是不是不用太委婉啊？」

「當然不用！」邵麗麗幾乎想也沒想就接了寧婉的話，「妳聽我一句，對傅崢，再怎麼明示都不為過！妳就直白點！坦率一點！就擺出那種，我很欣賞你、我想對你好的姿態就行！妳就大膽放開說，不要藏著掖著！」

邵麗麗還在教學：「妳知道人和人之間，從來都是真心換真心的，妳不用怕，寧寧，我知道妳是什麼人，妳只要把妳自己的內心展示給傅崢看，傅崢一定會懂的！」

邵麗麗覺得自己只能幫寧婉到這裡了，很多事她不能明說，但寧婉一向很關愛新人和下屬，教她把自己善良的心展現給傅崢看，總不錯吧？畢竟給老闆留印象的話，再好也不為過，如今寧婉也馬上要進傅崢團隊了，傅崢對她越認可，她未來這獎金和紅包可不是越豐厚嗎？

只是寧婉面對邵麗麗的加油鼓勵，還是有些遲疑：「但這麼敞開說，會不會很尷尬啊……會不會把氣氛弄得太嚴肅啊……」

寧婉覺得明明白白的表白不是不行，畢竟自己也是個經歷過社區錘鍊鐵骨錚錚的女子，這種事，不帶怕的，但這麼一本正經地表白，會不會太正式啊……

邵麗麗想了想，很快提出了解決方案：「那妳這樣，妳就假裝喝醉酒！都說醉酒了以後很多話就是人的真情流露，是心裡話，更讓人信服！而且氣氛也不會太嚴肅，喝醉酒了說出來還顯得更加自然真實！」

邵麗麗的眼裡，寧婉不知道傅崢的真實身分，如今以為他「落榜」了，於是想要進一步表示對他的安慰以及鼓勵、欣賞。

這是多好的拍老闆馬屁的時間啊！即便不知道傅崢是老闆，仍能如此關愛他，設身處地，換自己是傅崢，面對寧婉醉酒後下意識的關愛示好，豈不是更為感動，對寧婉的善良也更記憶深刻？

只是邵麗麗完全不知道，自己和寧婉對同一件事的理解差了十萬八千里。寧婉此刻想著的根本不是假裝醉酒表達對傅崢的關愛，而是假裝醉酒對傅崢下手。

寧婉的腦袋裡此刻也正在激烈分析著，邵麗麗說得沒錯，假裝喝醉酒，這樣氣氛不至於太嚴肅，而且迴旋的餘地很大，傅崢要是答應，那自己就是喝醉酒後的真情流露；傅崢要是一時之間遲疑了或者不答應，那自己也可以假裝是喝多了亂說的，此後兩個人相處也不至於太尷尬，自己還有臺階下。

寧婉想，畢竟自己好歹也是傅崢的上司，要是正經地向下屬告白被拒絕，自己不要面子的啊？如此偽裝醉酒就甚好！

一想明白這些，寧婉對邵麗麗的佩服就越發真心實意了：「小麗！想不到妳這個人手段這麼多！」

邵麗麗臉上露出了深藏功與名的淡然，還有一絲莫名的心有戚戚：「沒事，總之妳記得，以後在傅崢面前多美言我兩句就行了……」

這種事自然不在話下，以前寧婉也見過，有些女孩確實一談戀愛後，和自己閨密就疏遠了，有些女孩的男友也未必能和閨密相處好，閨密覺得男友搶走了自己的朋友，男友也覺得閨密占用了自己女友太多時間，彼此不對付的情況並不是沒有。

但寧婉還真沒想到，邵麗麗平時那麼大大咧咧，關鍵時刻竟然還挺纖細敏感，自己還沒把傅崢搞上手呢，就已經在關照自己以後處理好兩人關係了。

她不禁有些得意：「妳對我就這麼有信心啊？」

邵麗麗拍了拍胸：「那當然！」

寧婉得到了邵麗麗的鼓勵，頓時信心倍增：「那今晚！就這麼辦！等等妳記得配合下我的『醉酒』！」

「沒問題！」

等和邵麗麗達成了共識後，寧婉就跟她一起回到了包廂，傅崢已經點了幾道菜，寧婉和邵麗麗又補充了一些，就讓服務生出菜了，而趁著傅崢沒注意，寧婉偷偷在酒水裡加上了雞尾酒，但自然，她不能真醉，於是叮囑了服務生，可以上正常的雞尾酒給邵麗麗和傅崢，但是一定要幫自己上無酒精雞尾酒，不過上酒的時候千萬不要說破就是了。

大概是因為心懷鬼胎，這場聚餐的前半場，寧婉都有些魂不守舍，好不容易熬到雞尾酒端上來，寧婉就豪邁地端起了服務生給自己的那杯。

邵麗麗也端起了自己那杯抿了一口，當即露出了驚愕慌張的表情：「寧寧，妳那杯……妳不能……」

好姐妹就是好姐妹，沒想到關鍵時刻演技這麼給力！

寧婉卻趁她還沒說完，就豪邁地把自己的雞尾酒一飲而盡。

她喝完，邵麗麗後半句話才終於說了出來，還是非常稱職的一臉焦急：「妳不能喝酒啊……這雞尾酒有、有、有酒精！」

這感染力，簡直滿分了！演得都像是真的一樣！都結巴了！還結巴得如此自然！

寧婉這時才配合著佯裝露出了恍然大悟的後悔：「都怪我被大 Par 的團隊錄取太高興了！一下子都忘了這點！唉！等等萬一我有點什麼，你們可要拉住我啊。」她偷偷看了傅崢一眼，咳了咳，不自然地暗示道：「我喝酒以後也不知道自己會做出什麼……」

因為平時自己主動不碰酒精，其實無酒精雞尾酒這種新鮮玩意也是寧婉第一次點來喝，味道竟然意外的還不錯。

以前寧婉吃過一些素菜餐館，確實所有的菜餚都沒有葷菜，很多所謂的「肉」，也是用了豆製品作為替代，仿製成了肉的口感，再加上佐料烹飪，吃起來倒也解饞，想來這無酒精雞尾酒也是一樣的道理，也不知道裡面用了什麼別的成分替代，寧婉一口下去，竟然也有點淡淡的酒味。

這一口「酒」下去，寧婉心思便活絡了，她等時間差不多感覺自己該酒精上頭了，就開始把椅子往傅崢身邊挪——

「傅崢，你是單身吧？」

雖然經自己觀察，傅崢應當是單身，但是切入話題總要有點客套話，而且再確認一遍也更保險，寧婉狀若自然地看向傅崢，然而臉卻不自覺地開始燒起來，不是沒喝酒嗎？怎麼緊張得和喝酒了似的……

傅崢顯然沒料到這個話題，愣了愣，才看向寧婉：「是單身。」

「哦，我也是單身。」

也不知道是怎麼回事，明明自己早就想好了等傅崢回答完單身要說點什麼鋪墊，諸如先循循善誘人家年齡差不多可以談個戀愛了，然後再說其實找同行挺好，一起工作的更棒，最後再引出自己，然後給出順水推舟的暗示……

可事到臨頭，寧婉也不知道自己怎麼了，她只覺得自己的臉越來越燙，呼吸也急促了起來，手心微微出汗，心跳加速。

是緊張嗎？

以往寧婉也不是沒緊張過，但好像從沒這麼緊張過，以至於這緊張起來的感覺還真的有點像醉酒的徵兆。

明明自己也不怯場，可說完這句以後，寧婉彷彿也卡住了，她也不知道該再說點什麼，只覺得一時之間連手和腳都放得不是地方，她的嘴巴像是被人貼了封條，只能瞪大眼睛看著傅崢。

只是瞪著瞪著，寧婉就覺得不對了……

她的腦子好像越來越暈，理智也漸行漸遠，總覺得……這熟悉的感覺——

自己是不是喝酒了？？？

而寧婉抬頭，映入眼簾的，是自己對面邵麗麗那慘澹的臉，她看起來像是拚命在對自己做嘴型，一臉絕望的模樣——

「妳拿錯酒了！我的那杯才是無酒精的！」

只可惜即便分辨出了邵麗麗想要傳遞的內容，寧婉的理智和自控力已經大勢已去……

她直勾勾地盯著傅崢看了兩眼，然後伸出手推了傅崢一下：「喂。」

傅崢便下意識地朝著寧婉看過去，他像是詢問般地看了邵麗麗一眼，但謹慎得沒有開口。

寧婉有些不太開心了：「傅崢，你不說點什麼嗎？」

傅崢頓了頓，看向寧婉：「妳想讓我說什麼？」

「寧婉，妳醉了！別說了！」也是這時，邵麗麗一臉驚慌地跑了過來，試圖拉起寧婉就走。

但寧婉此刻是真真正正酒精上頭了，這一刻，她的大腦分裂出了兩個小人，一個冷靜克制，一個瘋狂恣意，如今瘋狂恣意的那個占了上風，掌控起寧婉的行為，把寧婉的理智和冷靜都驅趕到了角落裡。

她又瞪了傅崢一眼：「你是不是裝傻啊？」

「我既然問了你是不是單身，又說了自己也是單身，想暗示什麼你不懂嗎？」大概真是酒壯人膽，酒精助長了寧婉腦海裡的不理智，「這種時候，你不應該有所表示嗎？」

傅崢的表情果然漸漸地變了，他淡淡地看了邵麗麗一眼，然後朝寧婉伸手，似乎想要摸一下寧婉的額頭：「寧婉，妳醉了。」

寧婉氣呼呼地一把拍開了傅崢的手，這一刻，此前擺出櫻桃結果傅崢並無回應時的委屈和忐忑一下子湧上心頭，傅崢或許是真的沒有看見自己的示好，但寧婉還是更委屈了——

「我沒醉。」

她站了起來，然而因為醉酒，很快踉蹌了兩下，幸而幾乎是同時，傅崢也站了起來，然後扶住了寧婉，寧婉此刻渾身無力，有些軟綿綿的，像是倒在傅崢的懷裡一樣。

也不知道是真的委屈過頭了還是徹底自暴自棄了，寧婉靠在傅崢身上，感受著他的體溫，整個人被這溫度灼燒得完全喪失理智了。

只是明明腦子已經完全被酒精代替了，但寧婉的模樣看起來還是很冷靜，她推開傅崢，站離得稍遠了些，拉開了兩人間的距離，然後清了清嗓子，盯著傅崢，一本正經地擺出了談話的架勢——

「其實這件事，我一直想要和你聊聊，是這樣的，你看你也單身，我也單身，我們還是同事，彼此之間也互相了解過，雖然你還是個實習律師，但我挺欣賞你的。」

「我們悅瀾社區最近『千里姻緣紅娘牽』這個相親群組，業績不太行。」

寧婉說的時候，傅崢一直盯著她，然而自己都那麼認真了，傅崢的表情卻從一開始的有些迷惑到如今竟有些意味深長，他又看了寧婉一眼，有些好整以暇，拉長了聲調，有些慢吞吞的意味，語氣裡卻好像帶了點笑意：「所以？」

他這樣的態度，是要嘲笑自己了嗎？

即便是醉酒，寧婉心裡還是有些不開心，但想來都走到這一步了，索性死個明白：「所以我們要不要替我們社區這個相親群組衝一下KPI？」

傅崢微微動了動嘴唇，像是要開口說什麼的樣子，而另一側邵麗麗的表情則搶鏡多了，她臉上露出了「我他媽該不是見鬼了吧」的震驚神色，用力捂住嘴生怕自己會叫出來似的。

寧婉有些納悶了，自己不是聽了她的意見大膽明示告白嗎？邵麗麗這表情怎麼看起來像是無辜路人突然知曉了天大祕密即將被滅口前夕？

但傅崢想說話，寧婉自然是不讓的，她生怕傅崢拒絕一樣：「我知道這是一個重要的決定，我希望你回答我之前能進行縝密的思考。」

「畢竟我工作經驗比你更豐富，所以下面我先跟你分析分析喜歡我的好處和不喜歡我的弊端。」

邵麗麗終於忍不住了，她發出了哀號：「寧婉，妳醒一醒！！！」

可惜很快，傅崢看了她一眼，她就幾乎是老鼠見了貓似的閉上了嘴，只是臉上的絕望更濃重了，活像是在什麼慘劇現場似的。

傅崢倒是挺識相：「好的，我想聽一下妳的分析。」

寧婉這時候已經顧不上去想為什麼邵麗麗會面帶絕望了，傅崢溫和的眼睛彷彿蠱惑了她，讓她拋棄理智繼續大言不慚分析下去——

「首先，你看你長得挺帥，但我也很美，所以長相上我們很匹配；你不富，我也挺窮，物質上我們也沒什麼代溝；事業上……事業上我現在差不多是能進大Par的團隊，你還是實習律師，這裡我們確實是有點差距，但我不嫌棄你賺的錢比我少。」寧婉頓了頓，看向傅崢，鼓起勇氣認真道：「沒關係的，我可以養你的。」

傅崢臉上的微笑慢慢變得更濃重了些：「妳分析的挺有道理，還有嗎？」

寧婉覺得受到鼓舞，她想了想，補充道：「你要是跟了我，我從大Par那裡學到什麼，肯定都一五一十地傳授給你，另外，摸魚甩鍋的技能，其實我還有一些私藏，也不是不可以教你，但是實話說，我這套絕學傳給你，也不是沒有代價的，你知道，以前人家武功祕笈，也都只傳自己人的，所以呢，綜上所述，我勸你趁早喜歡我……」

傅崢臉上的笑容越盛，邵麗麗臉上的想死就越濃厚，等寧婉說完最後一句，她的臉上已經有了當場去世的徵兆，看起來快要不能呼吸了。

寧婉醉酒的大腦暈乎乎地運轉著，邵麗麗是哪裡不舒服嗎？這臉怎麼白成了這樣，身體看起來也在發顫，抖得都快和個篩子一樣了……

而就在她開口準備詢問邵麗麗身體情況時，傅崢先一步行動了，他看了邵麗麗一眼，下逐客令似的：「邵麗麗，妳是不是有什麼事要忙？」

「啊？啊！是！是！我還有個工作沒幹，立刻回去加班！你們兩人繼續！」

傅崢話音剛落，邵麗麗臉雖然還慘白慘白的，腿也還抖著，但動作竟然很俐落，竟然當場就身姿矯健像逃似的跑了。

跑之前她大概還想和寧婉說什麼，可又被傅崢輕飄飄地看了一眼後，邵麗麗好像完全不敢再多話了，用一種「我只能幫妳到這裡」的眼神看了寧婉一眼，對她放棄搶救一般夾著尾巴跑了。

「？」

表白前不是她幫自己打氣的嗎？

寧婉暈乎乎地想，自己是說錯什麼了？好像沒有啊？

只是邵麗麗一走，包廂裡就只剩下自己和傅崢了。

而傅崢還沒有回答寧婉的問題。

寧婉抬頭瞪向了傅崢，決定鄭重其事再問一遍，她清了清嗓子——

「所以傅崢，我喜歡你，你願意和我在一起嗎？」

只是寧婉明明都心跳如鼓了，傅崢卻還是很鎮定，他微微含笑，看向寧婉：「妳這樣算是要職場潛規則嗎？」

「……」

酒精徹底麻痺了寧婉的理智和羞恥觀，她盯著傅崢的臉，腦子裡只有「我想擁有這男人」這個念頭，根本沒有辦法去想自己這樣下手以後怎麼收拾殘局的問題，明明此前小心翼翼地分析著怎麼表白才能不讓傅崢尷尬不給傅崢壓力，可一點酒，就讓寧婉的智力徹底退化了，她甚至都沒意識到自己勸別人喜歡自己的發言多麼霸權主義。

傅崢這話，寧婉罷工的大腦終於運轉起來了，她有些尷尬，微微移開了目光：「什麼潛規則不潛規則，我就是大膽說出自己的想法，你要是不同意就算了，也不為難你。」

「另外我都跟你表白了，你一直沒表態，所以我給你十秒鐘時間回答，你再不拒絕的話我就當你同意了。」寧婉說到這裡，開始倒數，「十、九、八……」

這一刻，寧婉是徹底豁出去了，她在內心祈禱傅崢就這樣默認，不要說話不要有任何動作，只等她飛速地數完十秒，然後他就歸她了。

只是事不遂人願，當寧婉才喊到八的時候，傅崢就朝她走了過來，然後他拉住了寧婉的雙手，像是要制止她的數數行為一般。

寧婉下意識就開始加速數數，傅崢顯然意識到了她的行為，他有些無可奈何般忍不住笑了笑，然後也加快了動作，他短暫地放開了寧婉的手，然後捧起了她的臉，俯下身，在寧婉還自以為聰明飛快念著「五」的時候，傅崢的臉已經離她咫尺之遙，然後在她還來不及反應的時候，傅崢吻住了她。

在無法言說的寂靜裡，寧婉覺得自己不僅是酒精上頭了，她的臉燙到不似正常人，嘴唇上是微微潮濕的觸感，傅崢輕巧地撬開她的唇舌，和她接了一個短卻深入的吻。

在寧婉快要落荒而逃的剎那，傅崢終於退出了她的唇舌，然後他用他漂亮的黑眼睛盯著寧婉——

「我覺得妳勸說的很有道理。」

「我接受妳的潛規則。」

「妳說的都對。」

因為距離太近，寧婉甚至能感受到這男人說話吐息間的溫熱氣息，他的聲音帶了微微的沙啞，像是抑制著什麼情緒，低沉性感而帶有餘韻，光是這個聲線就彷彿擁有無限的荷爾蒙。

然後這男人望著寧婉的眼睛笑了：「那以後我就跟妳了，要記得養我。」

養養養！

寧婉一瞬間覺得血流都湧上了腦袋，完完全全詮釋了什麼叫做被沖昏了頭腦。

而傅崢還嫌不夠似的，他看了寧婉兩眼，然後俯身又親了她。

這個吻更為綿長，傅崢的氣息有些不穩，但他仍舊努力把控著，直到吻得越發深入，他才像是為了克制什麼一般意猶未盡地退了出來，然後很快，他看了寧婉一眼，又飛快低頭啄吻了她一下。

面前的男人放開寧婉後，雖然也有些臉紅，但立刻就佯裝冷靜，然後就用好整以暇的目光看向寧婉：「我還真沒想到自己有朝一日會遭遇『職場潛規則』。」

寧婉被看得有些不好意思，哽著脖子解釋道：「大概真的是正元所裡上梁不正下梁歪吧，金建華那樣，高遠也那樣，我工作幾年沒學到什麼好，被這麼耳濡目染，現在有樣學樣，也沒毛病吧。」

傅崢看起來愣了愣，然後有些尷尬的樣子，也不知道是不是在尷尬高遠這件事，他有些無可奈何般輕輕拍了下寧婉的腦袋，然後微微屈膝，讓視線和寧婉的持平：「關於高遠，我有一件事要和妳說。」

寧婉幾乎是一聽到高遠的名字，腦海裡的警報雷達就響了起來：「高遠比我先對你下手了？！我提棍子幫你打他！」

「……」

傅崢的樣子看起來有些失笑，也有些頭疼：「算了，我忘了妳現在不清醒，有一些事，等妳清醒之後我會和妳說。」

但醉酒的人哪裡有理智，寧婉幾乎是強迫症般地追問著關於高遠的事：「那色鬼對你下手了嗎？你、你和他？他睡過你嗎！！或者……你、你睡過他嗎？」

問到最後，傅崢看起來都有些崩潰了：「我發誓，我和高遠之間是清白的。我沒睡過他，他沒睡過我，這樣可以了嗎？」

得到了滿意的答案，寧婉才嘀咕道：「那就好……反正我肯定比高遠長情。」

寧婉一說到這裡，就委屈了，忍不住嘀咕道：「這都是我第二次表白了……」

雖然她說得很輕，然而傅崢卻敏銳地抓住了關鍵資訊：「第二次？」

他這個疑惑的態度，顯然坐實了寧婉櫻桃告白的失敗。

寧婉有些沮喪，但同時也有些雀躍：「你果然沒看見！」

看見的話一定早就答應自己了！畢竟自己這麼有人格魅力！

傅崢看起來確實挺驚訝，但更多的是循循善誘：「所以妳是怎麼表白的？」

「你最近都沒回家吧？我上次買給你的水果你也沒吃是不是？」

傅崢愣了愣，才意識到寧婉說的回家指的是悅瀾社區那間中古屋，他只能點了點頭。

寧婉臉上露出了果然如此的表情，然後有些不好意思地轉移了話題：「算了，以前的事你不知道就算了，反正我又跟你表白了。」她說到這裡，又想到什麼一般盯向了傅崢，「那你那麼久沒回家，你都住哪裡了啊？」寧婉頓了頓，「你該不會沒找高遠，但找別的富婆了吧？」

傅崢簡直無可奈何：「沒有，願意養我的富婆至今我只遇到妳這一個。」

傅崢長成這樣，活到這麼大竟然只有高遠和自己對他提供了潛規則的 offer？這不科學吧？

但沒人提也更好，這樣寧婉就更可以獨占傅崢了。

「反正你歸我養了！高遠沒什麼好的！我馬上要跟的大 Par，收入比他厲害多了！你等我跟著大 Par 學習偷師一陣，以後我一定會比高遠更厲害的！」

寧婉有些語無倫次地保證道：「你放心吧，我以後偷大 Par 的案源養你！」

結果自己這麼認真和破釜沉舟的保證，傅崢臉上倒是沒有太大的感動，反而有些忍俊不禁，甚至還反過來勸說寧婉：「妳這樣，大 Par 知道了不太好吧？妳不是挺喜歡這個大 Par 的嗎？偷他的案源養別的男人，妳沒有罪惡感嗎？」

傅崢提的倒確實是個問題，可因為醉酒了思辨能力有限，寧婉想了想，沒想出個所以然，最後索性也不想了，只強詞奪理起來：「那大 Par 又不和我談戀愛，還是內外有別的，你都從了我了，以後就是自己人，大 Par 再好，又不是內人……」

「那大 Par 聽到可能要傷心了，不是給妳特殊待遇很久了嗎？」

寧婉大言不慚道：「我會把他當恩師的，而且我和你說的這些話，我們兩個知道不就行了？又不會傳到他的耳朵裡，他怎麼會傷心啊？」

也真是奇怪，這種確定關係的時刻，傅崢這人都在想什麼啊？不想想以後和自己好好攜手共進做一對律政比翼鳥，結果在這裡想什麼大 Par 不大 Par ？

不對，自己怎麼忘了？這次傅崢沒被大 Par 錄取！所以他內心到底還是有些介意？因此嘴上不停地提起大 Par ？

自己和傅崢現在算是上下級戀愛，這種男弱女強的戀愛，寧婉以前也在社群感情帳號上看過，女方一定要注意尊重男方，不能挫傷了對方的自尊心——

「傅崢，你不要自卑！你才三十，三十還很年輕，這個大Par可能已經七老八十了！等你到他那個年紀，成就可能比他還高呢！」

結果明明是安慰的話，傅崢的臉色並沒有變得多燦爛，而是有些耐人尋味：「希望妳見到那位大Par本人時還能這麼講。」

他看向寧婉的眼神都有些憐愛了：「好了好了，妳別說了，我怕妳再說下去，等清醒過來會想不開。寧婉，妳還真是喝酒了就完全失控了。」

「？」

怎麼會想不開呢，自己都按照邵麗麗說的大膽表白把傅崢搞上手了，大Par的筆試又過了，簡直是事業愛情兩得意，高興還來不及呢！

而同時，醉酒的典型後遺症也體現出來了——絕對不承認自己喝醉了。

寧婉當即就反駁起來：「我沒醉，我身上根本沒酒氣！」

剛才雖然拿成了有酒精雞尾酒，但那點酒精含量確實不至於有酒氣，只是寧婉一杯倒的酒量，這麼點酒精已經足夠她現原形了，然而已經原形畢露的當事人本人卻不承認。

「有。」

「什麼？」

傅崢抿了抿唇，輕笑了下，再次重複道：「有酒氣。」

寧婉忍不住嗅了嗅自己的衣袖：「哪裡有啊？完全……」

她的「沒有」兩個字還沒說完，傅崢就湊到了她的耳邊，他的語氣輕緩，像是無法預測的野生藤蔓，順著潮濕和溫熱的氣息爬上了寧婉的耳畔，明明動作那麼輕柔，然而不知不覺間已經占領了所有，等寧婉反應過來，那些藤蔓已經枝椏繁茂盤根錯節地攻城掠地了。

「我嘗到了。」傅崢的聲音猶如蛇信般游離曖昧，他親了親寧婉的耳朵，「在妳嘴裡。」

寧婉整個人都感覺著火了，一瞬間只想跑掉，之前覺得傅崢就是個傻白甜，可現在怎麼覺得這男人身上充滿了危險氣息？好像自己遠離他才能恢復正常的平靜。

最後是傅崢把寧婉送回家，然後一段只有十幾分鐘腳程的路，寧婉和傅崢走了快半小時，不是寧婉撲到傅崢身上索吻，就是傅崢忍不住俯身主動獻吻，這一晚，寧婉過得簡直和色令智昏的昏君一樣，除了看著近在咫尺傅崢英俊的臉蛋，就是用濕漉漉又像是裝滿了星星的眼神追隨對方，而每次自己那樣看傅崢，不出所料迎來的就是傅崢俯身的吻。

每次意外酒醉後，寧婉的情緒會不斷放大，總是忍不住想到自己糟糕的父親，醒來後情緒也常常低落，然而這一次沒有，她滿心滿眼都被自己這位強搶來的新晉男友占據了，以至於根本想不起那些逼仄糟糕的記憶。

從沒有哪一次，寧婉覺得醉酒的感覺這麼好，一切都變得色彩斑斕了，一切也都變得輕飄飄了，寧婉的心裡像是塞滿了棉花糖，再多一分就快要甜得發膩。

像這樣就很好，不需要財富，不需要事業，不需要一切一切的加成，光是傅崢這個人就好，能和他在一起寧婉就覺得已經是全世界最幸福的事。

她徹底斷片前腦海裡最後的印象是自己被傅崢抵在自己房門上親吻，對方在自己耳畔聲音沙啞地說，他還有祕密要告訴寧婉，但說了養他就必須養他，不許抵賴不許反悔。

抵賴自然是不會抵賴的，反悔也不可能。

笑話？！自己費盡心思好不容易酒壯人膽才搞上手的男人，自己怎麼會抵賴和反悔啊！

第二天是個週末，寧婉睡了個大懶覺，一起床，才發現邵麗麗連夜傳了無數則訊息給自己——

『寧寧，我對不起妳，是我沒拉住妳。』

『只希望妳以後能原諒我。』

「？」

都什麼跟什麼啊，也不知道邵麗麗有什麼誤解，寧婉當即打了電話給她：「我怎麼會怪妳啊！昨晚妳放心吧！一切都好！」

可惜自己都這麼說了，邵麗麗的聲音還是有些發抖：『真的一切都好？那妳和傅、傅崢道歉了沒啊？』

「道什麼歉？」寧婉奇怪了，「雖然我喝醉了！可我的真心實意還是都絲毫不差傳遞給傅崢了！他同意了！我們已經在一起了！他沒拒絕我！我現在脫單了！」

自己脫單果然是個大消息，這話下去，邵麗麗直接震驚地大喊了起來：『妳？和傅崢？？？』

「嗯啊。」

『這……不太合適吧？』

「有什麼不合適的，我覺得他挺好的，雖然三十了，但是為人溫和體貼，還善良，雖然有時候太過天真和理想主義，又有點學院風，變通上還和我有點差距，但我不嫌棄他，也願意養他，我覺得一個男人，最重要的不是有錢，是他這份難得的質樸和純真！李安成名前他老婆還養了他好幾年呢！」

『……』

邵麗麗只覺得生活非常玄幻，一切從昨晚服務生陰差陽錯端錯雞尾酒開始就亂套了，昨晚傅崢使眼色讓她走以後，雖然早早回了家，但邵麗麗幾乎是度過了不眠的一晚，她一度很擔心寧婉是不是還活著，當然，現在確認寧婉是活著，還活得挺好，活蹦亂跳的，但從她隻言片語裡給出的訊息量卻大得邵麗麗覺得更嚇人了。

寧婉顯然還不知道傅崢到底是誰，以至於現在還狗膽包天地不嫌棄人家，打算養人家……

邵麗麗想起傅崢，不自覺打了個寒戰，這高級合夥人不會也準備對寧婉騙財騙色吧？寧婉這傻子都告白成這樣了，還不坦白身分？

邵麗麗不知道的是，幾乎是同時，傅崢也正在計畫著坦白身分，他並沒有打算隱瞞，甚至要不是寧婉出乎自己的意料突然告白，傅崢是計畫著自己坦白後表白的。

而傅崢想起寧婉醉酒後傻兮兮的可愛模樣，即便是現在也忍不住笑，嘴唇上甚至還帶著寧婉的氣息——是淡淡的酒味。

昨晚和寧婉分別後，他並沒有立刻回家，而是先調頭去了悅瀾社區那間中古屋。

寧婉沒有細說怎麼表白，但傅崢不傻。

只是等他開門走進房子，轉了一圈，最終在廚房發現那些愛心形狀的櫻桃時，整個人都有些失笑了。

在自己眼前的東西，如果不仔細看，已經完全看不出櫻桃的形狀了，接連幾天忙著照顧母親，傅崢也好多天都沒有來悅瀾這間房，櫻桃不經放，如今已經都長毛了，變成了一個毛茸茸的愛心，看起來像個凹造型的細菌培養皿……

傅崢一向對變質過期的東西沒有任何愛，然而如今看著這堆毛茸茸的小黴菌，竟然覺得內心很柔軟，連那些毛都覺得挺可愛。

他拍了張照片留念，才開始清理這「愛的表白」。

然後他站在這中古屋裡，打了通電話給高遠。

高遠接到傅崢電話的時候還在正元所裡加班，而一聽說自己還在所裡，傅崢竟然表示立刻趕來。

是遇到什麼棘手的問題？這個時間了，能讓傅崢不睡覺的，肯定是工作了！而他第一時間能想到自己，可見自己在他心目中的地位。

本著這份友情，高遠迅速把自己手頭的工作收了尾，也幾乎是同時，傅崢推開了他辦公室的門。

「所以你是有什麼問題想聽聽我的意見嗎？」高遠殷勤地幫對方倒了杯水，「我可以給你最專業的意見。」

傅崢如今眉頭微皺，眼神清明，嘴唇緊抿，以往他面對上千萬美金目標額的案子時都沒這樣，如今看來真是遇到了不得了的困難。

而就在高遠等著這個難倒傅崢的世紀難題時，只聽傅崢鎮定自若地開了口——

「我在想怎麼和寧婉坦白我的身分。」

「？？？」

這不……高遠滿頭問號，說好的工作難題呢？就這？就這？他的腦海裡閃過自己最近剛從網路上補充來的新口頭禪——我褲子都脫了你就讓我聽這個？？？

傅崢顯然根本無視了他的疑惑，他只是掃了高遠一眼，然後繼續道：「哦，忘了說，我和寧婉在一起了。」

「……」

雖然自己已婚了，但高遠還是覺得莫名被塞了一嘴狗糧，尤其是傅崢那種微微笑著看向他的眼神，這男人雖然什麼也沒說，語氣裡的驕傲自得都快要溢出來了……

「收收你那驕傲的嘴臉！」高遠忍不住了，「大晚上的，你就跑來和我說這個？至於嗎！」

「至於啊。」傅崢笑笑，「我在寧婉眼裡既沒錢也沒事業，就是一個實習律師，但是她還是喜歡我，願意和我在一起，我為什麼不驕傲了？她這麼漂亮，性格也好，又可愛，明明可以找更好的，但就是喜歡我……」

「……」高遠很想叫傅崢醒醒，不要再吹噓寧婉了……

「但你要知道，你現在騙了寧婉，所以你的一切都是建立在謊言上的，你先別得意她不顧你身分就愛你，人家要是知道了你的真實身分，很可能就敬而遠之了，畢竟你這樣的行為，和詐騙有什麼區別？不坦誠！」

一席話，傅崢的臉色已經不好看了，可高遠還使勁地補刀：「你看過八點檔電視劇嗎？男主角一旦欺騙了女主角，這愛情就岌岌可危，最終真相大白，女主角一定怒而分手……」

「可電視劇的結局，女主角總還是和男主角在一起了。」

「是啊。」高遠喝了口水，不負責任地繼續打擊道：「那一般是在男主角得了絕症，或者缺手臂斷腿以後，女主角因為同情原諒了他，然後通常在一起沒多久，男主就死了，女主會用餘生來紀念他，最後的鏡頭一般都是女主去幫死掉的男主上墳，然後為了展現已經過去了很多年，一般會給墳頭草一個特寫，對，那些墳頭草都老高了……」

「……」

傅崢臉色不愉，提醒道：「我今天來找你是問你建議的。你一個高級合夥人，應該習慣解決問題，而不是提出問題。還有，少看點垃圾言情片。」

「兩個免費的商事案子諮詢。」高遠頓了頓，「加入正元所後第一年減少五天帶薪年假。」

這可真是獅子大開口了。

然而面對這樣的屈辱條款，傅崢想也沒想就同意了：「成交。」

高遠得到了談判的勝利，倒也實在，立刻就建議起來：「坦白自然是要坦白的，但你呢，不要把這種坦白的氣氛搞得太嚴肅，因為氣氛一旦嚴肅起來，不自覺給人的心理暗示就是，這件事情很嚴重，寧婉心裡因為謊話對你的不信任也會加劇。」

傅崢皺了皺眉：「可這種事有什麼辦法委婉坦白？」

高遠掏出了一張廣告：「喏，這個，為你量身訂做的。」

傅崢接過來一看，抿了抿唇：「遊樂園？」

「對，這是最近新開的遊樂園，主題是成年人的童話世界，並不是針對小孩子的，十八歲以上才能進，口碑很好，你帶寧婉去玩。」

「去遊樂園坦白？」

「對，這遊樂園有一個設施，叫做祕密交換樹洞，兩個人參加，中間造景擺了一棵大樹，左邊右邊各造了一條路，兩個人一進去就一左一右分開走，然後到各自單獨的告解室，很多情侶或者曖昧向、戀人未滿的朋友去了以後，各自寫下彼此心裡的祕密，然後工作人員會幫你藏進樹洞，之後呢，工作人員會把你的樹洞號碼告訴一起來的另一位，彼此就可以拿著樹洞號碼對應的密碼去開啟彼此的祕密。」

高遠說到這裡，有些眉飛色舞起來：「你完全可以用這個祕密交換樹洞，把你自己這個祕密寫下來，然後交換給到寧婉，當然啦，在去這個祕密交換樹洞設施之前，先帶她在這個遊樂園裡玩一玩，升溫一下感情，醞釀一下情緒，這下氣氛大好，也不會太正經，輕鬆的環境裡把你的身分告訴寧婉，她要是看到了你交換的祕密內容有些不高興，想發脾氣，你還能趁著在這個遊樂園裡多哄哄，嘴巴甜多道歉，不就行了？」

傅崢一臉沉吟地聽著，眉心倒是漸漸舒展開來，他看了看手上的小廣告，覺得這個方案確實可行，只是……

「你怎麼對這些這麼有經驗？你不是都結婚好幾年了？怎麼這些市面上小情侶玩的新鮮東西，你比我還清楚？」

「我這不是最近加班多，老婆都快和我鬧離婚了嗎？」高遠擠眉弄眼道：「你才剛談戀愛，以後你就懂了，哄人是現代男人的必備技能之一，而且還需要長期進修，更新知識儲備。」

說到這裡，高遠指了指小廣告：「你還別說，這個祕密交換樹洞還挺好用的，創辦人挺有想法，畢竟情侶和夫妻之間常常也有些無傷大雅的小祕密。」

傅崢收起了廣告，然後看了高遠一眼，委婉地斟酌用詞道：「其實不僅情侶和夫妻之間有祕密，有時候朋友之間也有祕密。」

高遠哈哈大笑起來：「有嗎？我們之間有什麼祕密嗎？難道你還有什麼瞞著我的？」

「也不叫瞞著你，但等我和寧婉坦白完後，我建議你和我也一起去一下這個祕密交換樹洞。」

「？」

「有些事，也和你坦白下。」

「搞這麼神祕幹什麼？我和你之間有什麼你就直接當面坦白就是了，兩個男人去祕密交換樹洞像什麼樣子啊，怪怪的……」

可惜面對高遠的嘀咕，傅崢還是挺堅持：「不了，有些話當面坦白說，我怕你承受不住，還是找個氣氛好一點的機會更妥當些。」

高遠有點納悶，朋友之間當然不可能什麼生活細節都共享，各自有祕密是正常的，但傅崢這副態度，像是隱瞞了自己什麼不得了的事，都用了坦白兩個字，以至於直到傅崢離開，高遠還在猜測傅崢到底有什麼祕密。

寧婉一覺醒來，頭腦還有些不太敏感，一度恍惚地以為自己昨晚做了夢。

然而拿起手機，才早晨六點多，手機上已經有了傅崢的訊息——

『醒了嗎？』這則是五點半傳來的。

『大概還沒醒。』這則是五分鐘後的。

『今天有空嗎？』

『妳要是有空的話能見面嗎？』

『算了，上一句當我沒問，妳要是沒空，反正我有空，還是想見面。』

「……」

因為傳訊息的時候寧婉尚在睡覺並沒有回覆，這一則則看起來都像是傅崢的自言自語，然而凌晨五點半，這位男士顯然自言自語得還挺上癮，拉拉雜雜傳了十幾則訊息給寧婉——

『不知道妳八點會不會醒？』

『七點可能會醒吧。』

『醒了打給我。』

「……」

寧婉幾乎有些失笑，直到這一刻她才有了點實感，自己是真的把傅崢搞到手了，此刻她看著這些訊息，甚至能想像出傅崢一本正經拿著手機等回覆的模樣，還真是有點可愛。

幾乎是立刻，寧婉拿起手機，打給了傅崢——

結果傳訊息挺溜的傅崢，在電話裡倒是有些不自然，像是帶了微微的緊張：『妳醒了嗎？』

「醒了。」

『有空去遊樂園嗎？』他頓了頓，『正好有點事想和妳說。』

傅崢有點緊張，而寧婉心裡也心跳如鼓，雖然兩個人理論上已經確立關係了，可稍微回想下自己昨晚要命的告白，寧婉就尷尬得恨不得找個樹洞把頭埋起來，自己昨晚都說了什麼啊？！竟然正經做案例分析似的跟人家分析喜歡自己的利弊，還一臉「我是為你好」地勸說對方趁早喜歡自己……

也是沒誰了……

只是沒想到傅崢竟然還真的吃了這一套……

「可、可以啊。」寧婉忍著臉紅，「那我們約在哪裡見？」

『在妳家樓下吧。』

「那你多久後到？」

傅崢的聲音似乎鎮定了下來：『半小時左右。』

只是寧婉剛想說什麼，樓下傳來了電鑽的聲音，近來樓下商鋪新裝潢，即便是週末，一過八點，就開始動工了，嘈雜得很。寧婉本來沒有在意，然而幾乎是同時，手機的聽筒裡傳來了幾乎一模一樣的電鑽聲——

寧婉抿了抿唇：「傅崢，你在哪裡？」

電話那端的傅崢開始用咳嗽試圖掩蓋背景音。

「你就在我家樓下是嗎？」

都這時候了，傅崢卻還妄圖負隅頑抗：『沒有，就是我這裡也正好在裝潢……』

然而一切都太遲了，該暴露的都已經暴露了，寧婉衝到陽臺，低頭往下看，一下就看到了不遠處站在社區花壇邊樹下的英俊男人，他穿了一件淺色的休閒上衣，藏青色的褲子，更襯得雙腿修長。

也是這時，傅崢抬頭，然後視線和陽臺上的寧婉撞了個措手不及。

寧婉真的快笑出來了：「你是打算在外面站半小時等著？到時間了才假裝真的剛到一樣上來？」

這種撒謊被當場抓獲的尷尬下，傅崢終於放棄了抵抗，他沉默了片刻，才努力用自然冷靜的語氣更正道：『哦，我看了下，今天週六，沒有上班的尖峰時段，不塞車，所以不用半小時左右。』

寧婉也不戳穿他，只拿著手機，望著樓下傅崢的身影笑：「那你需要多久？」

傅崢像是考慮了一下的樣子，竟然還裝模作樣地抬起手腕看了看手錶，然後寧婉才聽到了他的聲音——

『現在就可以。』

這男人也真是的，都被自己目擊到在樓下了，結果還是死活嘴硬不承認，變著法強行挽尊。

但一想傅崢好歹三十歲了，比自己年長，這點面子是要給的，寧婉只能憋住笑：「那你來吧，到了就直接上樓，反正你知道我家。」

『嗯，我爭取快點到。』

只是掛了電話，語氣裡勉為其難爭取早點到的傅崢，幾乎是片刻後就走上樓了，寧婉正好刷好牙洗完臉，幫他開了門，然後把這一本正經的男人讓進了客廳：「你先坐一下。」

她幫傅崢倒了杯水，想起什麼似的看向他：「還沒吃早餐吧？」

五點半就開始傳訊息給自己了，又不知道到底是什麼時候就已經在自己家樓下了，這男人大概是沒吃，就算吃了，那也該餓了……

傅崢果然默認了。

寧婉歪了歪頭：「那我等等幫你做早餐！稍微等一下！」

女朋友牌手工早餐，一定會讓傅崢記憶深刻的，只是寧婉沒想到，自己話音剛落，傅崢就從身後提出了個袋子——

「我帶了，可以一起吃。」

寧婉這才發現，自己剛才沒留意，傅崢竟然是自帶「乾糧」上門的，寧婉打開，是個包裝得非常精緻的餐盒，而從外面的品牌標識來看，是一家寧婉有所耳聞特別貴的餐廳的訂製早餐。而在餐盒的旁邊，是一束新鮮的還帶著露珠的粉色玫瑰，飽滿而濃烈。

感受到寧婉的目光，傅崢咳了咳：「出門的時候正好路過花店，就順手買了。」

「那訂製早餐呢？」

「也是順手買的。」

「哦……」

只是沒記錯的話，這訂製早餐是需要預訂的，而且還挺貴。

寧婉也不想步步緊逼把傅崢一下子逼到絕境，她笑了笑：「我去換衣服，下次不用買這麼貴的東西。」

「不貴……」

寧婉拿起粉色玫瑰聞了下，然後聽到身後又響起了傅崢的聲音——

「以後不要收別人的粉紅色玫瑰了。」

寧婉還沒反應過來，就聽對方繼續道：「就那個張子辰，雖然年紀小精神狀態也不穩定，但是也不行。」

「畢竟他太小了，還有那個病，對他人行為的分辨能力不強，妳收了他的花，他很可能會誤解，以為你們之間是什麼關係了，要是偏執起來，對這小孩也不好，不利於他的病情控制和未來發展。」

「妳要是喜歡粉色玫瑰，以後我每天都可以送妳。」

「所以也沒必要收他的，妳喜歡什麼和我說就可以，我都可以買。」

傅崢每說一句就會頓一頓，語氣也因為尷尬而顯得有些生澀和乾巴巴，然而一句句聽下來，寧婉終於品出他話裡的味道來，前段時間張子辰病情控制得當又重返了學校，為了表示感謝買了束花給自己，就是粉色的玫瑰，結果自己和張子辰這兩個當事人都沒太在意，倒是傅崢在意吃味到了現在。

寧婉有些忍俊不禁：「所以你這粉色玫瑰還是順手買的？我最後確認一遍，你要不要改口供？要知道坦白從寬抗拒從嚴，最後的自首機會。」

傅崢看起來有些被逼到絕境了，他一開始顯然還是哽著脖子不願承認，但最終，在寧婉的注視裡，臉也有些不好意思般的微微紅起來，聲音倒是還很鎮定——

「哦，剛才記錯了，是我特地買的，也不算順手。」

寧婉憋著笑，見好就收，也不再逗弄傅崢了：「好了，我去換衣服。」

說完，就跑回了房間，把客廳留給傅崢，好給他個人空間好好緩和下剛才當場被戳穿的尷尬。

最終，兩個人吃了一頓很棒的早餐，寧婉哼著歌把玫瑰修剪後插進了花瓶裡，然後準備跟著傅崢去遊樂園。

傅崢不希望突兀的坦白驚嚇到寧婉，因此並沒有開出自己的帕加尼，決定在交換祕密之前繼續維持貧窮的人設，於是最終他被寧婉牽著手上了地鐵，然而以往覺得難以忍受的擁擠地鐵，此時此刻和寧婉在一起，竟然也覺得心情不錯。

甚至傅崢以往最反感的因擁擠造成的陌生人肢體接觸，也覺得不那麼難以忍受了，畢竟因為這些肢體的推搡，最終傅崢不自覺形成了抱著寧婉的姿勢，寧婉也被車裡的人推擠著越發壓向傅崢的懷裡，本來因為剛確定關係的不好意思也因為這種被動的靠近顯得不那麼尷尬。

寧婉努力佯裝著淡定，然而她微微變紅的臉頰和耳垂還是洩露了她的害羞。是真的有點可愛。

傅崢被身邊的人擠著，內心卻和風細雨般溫柔，他一隻手攬著寧婉的腰，一隻手為她隔開出一小片空間，也同時把她禁錮在自己懷裡一般，兩個人之間因為微晃的車以及每次到站後上下車的人流而不斷輕輕碰擦，可能是寧婉的額頭輕輕碰到了傅崢的嘴唇，也或許是寧婉的頭髮輕輕拂過傅崢的臉，甚至偶爾只是兩個人不經意間抬頭的對視，每一次這樣的觸碰都很短暫，周遭也充斥著各式各樣的聲音，然而一切彷彿都被放慢，傅崢只覺得和寧婉之間的所有空氣都變得曖昧，帶了點危險的意味，像是充斥著易燃品的細小粉末，只消一點點明火就會燃燒，而擁擠的空間甚至放大了這種感官。

傅崢心猿意馬，寧婉也不遑多讓。

她微微抬頭看了傅崢一眼，對方全程都認真地盯著她，那種眼神專注而熱烈，而他好看濃密的睫毛則像是一把小小的刷子，在寧婉的心裡隨便上上下下，讓寧婉只覺得空氣炙熱得都快無法呼吸了，傅崢的眼神像是自帶了一把小鉤子，讓寧婉即便轉開頭，都無法不介意，那目光像是能化成實感，輕輕地撫過她。

而也是這時，地鐵到了一站，身邊一位提著行李的大叔匆忙下車時沒注意，行李箱撞了傅崢的腿一下，以至於傅崢一個閃避，微微向寧婉靠過來，兩人之間此前距離也不遠，如今一來，就更近了，近到寧婉甚至覺得傅崢能夠聽清她呼吸裡的緊張，結果自己都窘迫得手心微微出汗了，傅崢這人卻是十足惡劣，他反而更湊近了點，然後趁著混亂的上下車時機，飛快地啄吻了寧婉一下。

寧婉被偷襲，等反應過來，只能色厲內荏地瞪向傅崢。

結果都這樣了，傅崢還俯身湊近了寧婉的耳畔：「再瞪我就再親妳了。」

這話下去，寧婉嚇得趕緊收了眼神。

不瞪了，再也不敢瞪了，傅崢這男人真的是自己以前認識的傻白甜嗎？怎麼感覺一點都不克己守禮，雖然他的動作太快並不引人注意，完全沒人看到，但這、這還是在地鐵上啊！

好在此後傅崢總算是消停下來，他牽著寧婉的手，終於到站下了車。

傅崢找的這家遊樂園挺好找，兩人沿著路標前進，很快就到了大門口，等買票進去，寧婉才發現傅崢選擇這家遊樂園的理由——裡面確實別有洞天。

沒有太過幼稚的設施，但保留了很多少女心的童話場景，整個主題樂園看起來像是情侶向的，充滿了情侶雙人活動，遊樂園內隨處可見的也是卿卿我我的小情侶，撒狗糧秀恩愛的氣氛很明顯。

寧婉拉著傅崢先坐了個熱身的旋轉木馬，然後去了摩天輪，又排隊玩了好幾個熱門設施，只是不知道是不是自己的錯覺，雖然傅崢一路都溫和地笑著，但看起來像是有些心不在焉。

而直到兩個人走到一個「祕密交換樹洞」的設施前，傅崢才終於一掃此前的心不在焉，他看了寧婉一眼，有些不自然道：「我想玩這個。」

這大約是遊樂園裡的熱門設施，此時設施外排了很長的隊，寧婉愣了愣：「你確定？」

傅崢點了點頭：「因為有些事想和妳說。」

寧婉看了這個設施的遊戲規則一眼，有些失笑：「所以要交換祕密？」

傅崢也真是，怎麼和小學生似的，還交換祕密呢！

只是雖然聽起來有些尷尬和幼稚，傅崢還是默認了。

好在隊伍雖然長，但因為整個設施不過就是兩人分開，進去各自的樹洞告解室寫下祕密，然後交換樹洞號碼，最後去樹洞櫃領取屬於彼此的祕密，整個流程並不複雜，人來人往的，工作人員挺多，因此並沒有等很久，很快就輪到寧婉和傅崢了。

這設施是傅崢指定要玩的，然而越臨近上場，傅崢的表情雖然還很冷靜鎮定，但握住寧婉而微微漸緊的手卻洩露了他的情緒——他竟然有一點緊張？

「兩位，請女生往左邊，男生往右邊哦。」

而等正式輪到兩人，寧婉準備和傅崢分開往左邊走之前，傅崢又拉住了她的手，他抿了抿唇，三十歲的成熟男人了，此刻看起來竟然有點像個忐忑的小孩，只是最終，傅崢沒有說別的話，只是親了下寧婉的臉頰，然後盯著她的眼睛，很鄭重的模樣——

「不管我有什麼祕密，喜歡妳是真的。」

他說完這句，才放開寧婉的手，隨著工作人員的指引往右邊走。

寧婉愣了愣，才也轉身往左邊走，只是傅崢剛才的樣子讓她心裡有點慌亂。

傅崢到底瞞著自己什麼事了？

寧婉這人思緒有點廣，這幾分鐘的路程裡，已經幫傅崢預設了無數種「祕密」……

他有什麼祕密？

是嫖娼被抓過？身陷網路貸款？還是委身過富婆？還是……再誇張一點？

不舉？

寧婉覺得自己不能再想下去了，越想越離譜了。

她咬了咬嘴唇，然後在粉色的紙上寫了自己的祕密，然後交給了工作人員。

雖然這個設施因為熱門安排了很多工作人員配合，但現場人流量實在太大，這個遊樂園又是近期剛開始營運的，整個管理經驗和流程完善上大概還有所欠缺，寧婉看著收走自己粉色祕密紙條的工作人員又焦頭爛額地去輔導身邊另外一個一看就新入職的工作人員，最終還順帶幫她收走她服務的那位女生的粉藍色祕密紙條。

寧婉不知道別人的祕密是什麼，但她的祕密其實挺簡單，只是講出來有點不好意思——傅崢是她第一個男朋友。

都工作幾年的人了，有時候沒有感情經驗都稱不上一種優點，講出來反而會有點異類的樣子。

現代社會節奏太快了，大家甚至都沒了慢慢靠近彼此慢慢磨合慢慢成長的耐心，很多時候男生也只想找個有過感情經歷更為成熟懂事的女孩子當女朋友。

只是寧婉寫下自己的祕密後，又忐忑起來，所以傅崢呢？傅崢的祕密是什麼，以至於讓他這麼鄭重其事？

傅崢被引入右邊的樹洞告解室後，抿著唇認真地寫下了自己對寧婉做出的隱瞞，因為習慣用電腦，平時工作也都是打字，其實已經很多年沒有手寫過字了，但傅崢還是耐心而鄭重地一個字一個字解釋了自己「微服私訪」的原因。

傅崢的字本來就寫得很好看，如今為了寧婉，他寫得也更用心了點，只希望寧婉看到這樣賞心悅目的字，被欺騙的氣憤能先消散一大半。

告解室提供的祕密紙條寫了整整一頁，傅崢還覺得不足夠表達自己內心的情緒，他又翻了一面，繼續寫。

雖然造了人設，身分是假的，但對寧婉的感情是真的。

就像期末考試遇到沒把握的論述題一樣，即便不清楚自己的答案是不是老師想要的，但下意識就想拚命寫，寫得越多越好，洋洋灑灑，把整個答題區都寫滿，也不知道是心理安慰還是真的有用，總想著萬一寫的長篇大論裡有意外踩中正確答案的點呢？即便是打了個擦邊球，也能再多得點分？又或者，即便完全和正確答案背道相馳，但至少希望自己答滿答案紙的態度，能讓老師知道自己是想認真答題的。

傅崢恍惚間覺得自己就是一位這樣的學生，因為自己的過錯沒有好好複習，不知道寧婉安排的考試的正確答案，但是還拚命想要得到盡可能多的分數。

在這種心態趨勢下，傅崢最終把這一個交換祕密的小紙條寫成了一份坦白錯誤展望未來改正缺陷的自白書。

工作人員催了他好幾次，他才終於抿著唇把紙摺好放進專門的祕密袋裡交走。

接著就是漫長的等待和忐忑。

只可惜傅崢死也沒想到的是，收走他紙條的那位工作人員，在拿著他的祕密往外走的時候，因為等待傅崢的時間有點長而需要快速把傅崢這個紙條放進對應的樹洞裡，走路時過於匆忙，以至於在轉角處猛地和自己的同事撞了個滿懷。

「對不起對不起！」

被撞的那位同事手裡也抱了好幾個祕密袋，這麼一撞，和這位工作人員的全都混雜在了一起。

原本負責傅崢的那位工作人員心裡火急火燎，又是個新來的實習生，擔心自己工作超時，只記得自己的那個祕密袋挺厚，還是藍色的，見地上有個厚度顏色完全相對應的，想也沒想，就趕緊彎下腰撿起來，又和同事道過歉後，才趕緊往樹洞櫃跑去了。

寧婉坐等右等，終於等到了負責傅崢的那位工作人員送來存放傅崢祕密的樹洞櫃密碼。

為了保護隱私性以及給出彼此空間，各自將在獨立的空間取樹洞櫃裡的祕密，寧婉拿著密碼，在忐忑和緊張不安裡取出了傅崢寫給自己的那封信。

這是一封很厚的信，見到這厚度，直感傅崢應該有個大祕密，寧婉心裡也有些沉重，她小心地拆開袋子，映入眼簾的便是——

好醜的字！！！

寧婉幾乎被撲面而來密密麻麻的醜字驚得差點把信扔了。

社區現在也推廣無紙化辦公，因此以往在社區的諮詢紀錄等多數都是直接錄入電腦，以至於寧婉平時確實沒見過傅崢寫字，唯一見過的也就是他自己的簽名……

只是明明這傢伙簽名的筆力看起來非常渾厚，幾乎可以說是蒼勁有力了，怎麼別的字竟然寫得如此之醜！

以往邵麗麗就嫌自己平時的字體太過幼稚，沒什麼律師風範，因此在網路上購買過簽名設計，照著設計苦練一陣後確實每次簽名都龍飛鳳舞很有氣勢，然而一寫別的就打回原型。

只是邵麗麗字再幼稚，也不至於……不至於像傅崢這樣……

也太醜了……

即便寧婉帶上了男友濾鏡，也還是不得不感慨，真的好醜啊……

都說字如其人，那按照傅崢這個字，他還能長成那樣，可真是整形般的長相，也可謂是天賦異稟了……

不過字醜歸醜，這麼厚厚長長的內容，都不能說是紙條了，幾乎稱得上是一封信，可見他內心對這次祕密交換的鄭重。

寧婉抱著忐忑的心情打開了傅崢的祕密，結果第一句話就把寧婉鎮住了——

「一直以來騙了妳。」

「？？？」

寧婉有些揪心了，這……傅崢到底騙了自己什麼？如果是原則性的欺騙，即便自己再喜歡他，還是不能原諒的！

好在第二句話，就讓寧婉……或許是鬆了一口氣？

「其實我根本沒多成熟穩重，平時的樣子都是裝出來的，我其實特別怕黑，怕鬼，還是個愛哭包。作為男人，有這些弱點，說出來真的很丟人，但覺得還是想和妳坦白，希望妳能喜歡真正的我。」

「雖然都說男人應該保護女人，可我覺得這也是種刻板印象，我……我有時候也渴望靠在妳的肩膀上被妳保護……」

「……」

拉拉雜雜千字的長信，寧婉看完，心裡有些複雜。

這還確實是個挺勁爆的小祕密。

寧婉從沒想過，傅崢這種成熟穩重的外表下，竟然藏著纖細敏感的少女心？還是個哭包？

雖然光是想像一下傅崢倚靠在自己肩上哭得梨花帶雨我見猶憐的樣子，就有些違和，但寧婉在社區幹久了，是個挺包容的人，一百八十幾的傅崢「大鳥依人」地靠在一百六十八的自己身上，自己霸道總裁般地安慰對方「男人，別哭」，想想這場景好像也不是不能接受？

何況傅崢願意主動擁抱自己向自己坦白，這是很有勇氣的行為！

寧婉覺得，自己無論如何都要給他支持。

只要不是劈腿出軌裸貸詐騙這些人品有問題的事，寧婉其實都覺得可以理解。

何況傅崢這封信上，還帶了斑斑駁駁已經乾燥的水痕，可見寫這封信時，傅崢恐怕也哭得很慘。

光是這麼一想，寧婉就有些於心不忍了，要一個內心脆弱的男子每天都故作堅強，違背自己的真實性格，完全不能放飛自我，想來也是挺慘的……

因此，等寧婉重新在會合點見到傅崢，心裡充滿了對這個男人的憐愛。

傅崢相比倒是挺拘謹的，可能是剛坦白了自己內心最大的祕密，看起來頗有些緊張的模樣，他見到寧婉，有些不自然：「妳看了吧？」

寧婉點了點頭：「我看了。」

傅崢的樣子甚至有些小心翼翼：「那妳還願意……」

寧婉打斷了他，她盯著傅崢，認真道：「我願意。」

傅崢這一刻也有些驚愕：「妳不介意嗎？我之前騙了妳。」

「不介意。」寧婉安撫地笑了下，她清了清嗓子，「雖然你確實騙了人，但你的出發點並沒有主觀惡意，也是陰差陽錯才這樣的，而且我也可以理解，你中間雖然有多次坦白的機會，但礙於心理壓力不坦白的原因，畢竟這種事，貿然那麼正式的講出來坦白，我可能確實接受不了。」

畢竟作為個男人，是個哭包這種事，讓當事人當面坦白確實是強人所難。

寧婉這話說完，傅崢原本緊繃的表情在錯愕後隨即便是鬆了一口氣的自在，他原本像是在等著一場狂風暴雨的侵襲，然而最終得到的是和風細雨的潤物細無聲，臉上一時之間有些百感交集和感激——

「對不起，但不論怎樣，騙了妳就是我的錯，但喜歡妳是真的，不論我是怎樣的人，我都想和妳在一起。」

傅崢說著，輕輕抬起了寧婉的手，然後落下了一個輕淺的吻。

他這個動作讓寧婉始料未及，因此心跳更快了。傅崢也真是的，不都坦白了自己內心就是個少女心脆弱哭包了嗎？怎麼如今面對自己還在造著成熟魅力男士的人設啊？何況這裝得還挺像的，撩人於無形似的。

「既然都坦白了，以後在我面前就沒必要裝了，該怎樣就怎樣吧。」

結果寧婉這話下去，傅崢倒是愣了愣：「妳確定？」

「確定啊，沒必要再遮遮掩掩了，你就真實點，坦誠點！大膽做你自己！」

傅崢其實在交換祕密之前，預設了很多不同的發展，但大約都離不開寧婉生氣，只是每種假設裡，寧婉生氣的程度有所不同，然而事情最終竟然往他根本沒想過的方向走了——寧婉看起來一點也不介意，非常大度地原諒了他的欺騙。

甚至還鼓勵自己真實點？

傅崢內心充滿了難以言表的欣喜，真實的自己有一身老闆病，確實就是她曾經說的那種少爺做派，有時候甚至還挑三揀四的，但寧婉竟然讓自己做自己，她不僅接納了自己的優點，連自己的缺點都一併認可了。

「以後要走夜路的話記得叫我陪你，我買個小手電筒給你，就掛在你的鑰匙串上，另外以後有了我，你有什麼委屈的事，也別放在心裡，想哭就哭出來吧……」

傅崢真心實意有些感動，沒想到寧婉如此溫柔地接受了自己的欺騙，甚至連自己身上的所有都包容了。因為太過激動，以至於寧婉後面那一連串奇怪的關照，傅崢也沒有在意，只是溫柔地看向寧婉，畢竟真要想的話，傅崢也懂寧婉這些話是什麼意思，雖然在外自己是個獨當一面的高級合夥人，但在寧婉的眼裡，自己可不還是個小寶貝嗎？

男人，即便是像自己這樣成熟的成功人士，在職場和社會上拚殺，不也會遇到蠻不講理的客戶和糟糕的事嗎？可寧婉需要的不僅是自己強大的一面，也願意在自己受挫折的時候接納自己。

傅崢越想越覺得，寧婉這個女朋友，自己交得簡直太值了。

寧婉眼見著傅崢的表情由忐忑緊張到錯愕，最終到動容，心裡也是非常感慨，想來這男人也不容易，社會外界給男女定下了過分死板的分工，彷彿都應該男主外女主內似的，可每個人的特質不同，也有男生喜歡照顧家人熱愛家庭生活勝過職場生活，更有女生願意投入到職場競爭和廝殺裡去。

誠懇地想一想，傅崢三十了，這次又錯過了大Par團隊的挑選，即便學歷不錯，第一份工作就進了正元這樣的大所，但未來其實還是很艱難的，真實性格又是個哭包，寧婉覺得，以後自己真的要承擔起養他的責任了，自己負責賺錢養家，傅崢負責英俊如花，好像也沒什麼不對？

而一旦自己的祕密得到了寧婉的諒解和接納，傅崢看起來整個人都放鬆了，也終於騰出心思來調侃寧婉的祕密，他駕輕就熟地攬過了寧婉的腰：「我是妳第一個男朋友？」

寧婉有些色厲內荏地瞪了傅崢一眼：「你想暗示什麼？你有很多個前女友嗎？」

「沒有。」

「沒有？」

傅崢這個答案倒是讓寧婉真實震驚了，他這樣的長相外貌，又早早留學國外，如今何況都三十了，有一兩個前女友都正常，寧婉心理上也都接受，只要別太多就行，只是沒想到……竟然沒有？

「你不是騙我吧？你們留學生不是都開很多Party嗎？還有去酒吧之類的？」

傅崢有些失笑：「妳對留學生的印象也太刻板了，留學生確實為了融入或者好玩會去參加一些Party，也可能好奇去酒吧，但是並沒有妳想像裡的那麼容易找對象，學校裡亞裔總體算是少數族群，在本身就少的同類型裡再找彼此合適的，也沒有那麼容易，很多留學生可能留學好多年也保持單身好多年，反而羨慕國內的男大學生呢。」

說到這裡，傅崢低下頭，輕輕吻了吻寧婉的耳尖：「我朋友和我抱怨羨慕國內男大學生的時候，我一直沒什麼切身感受，但現在還真的有點羨慕，或者說是嫉妒。」

寧婉被親得不好意思，覺得耳朵紅了，連帶著臉蛋也紅了。

傅崢卻還嫌不夠似的，他壓低了聲音：「特別是羨慕和妳同個學校的男生。」

「不僅羨慕和妳同個大學的，還羨慕和妳同個高中的。」

「比如陳爍。」

「國內的男大學生可真是挺開心的，那麼多漂亮的同齡女生，課業也不存在語言障礙需要更加刻苦的情況，整個大學期間比起留學生來說不是輕鬆多了？一邊上學還可以一邊談戀愛。」

傅崢說到這裡，真的有點吃味了：「不僅這樣，國內還有各種菜系，哪裡像留學生，在國外被太多口味詭異的所謂的中餐傷害了，以至於都習慣吃西餐了。」

「美國的法學院壓力很大，根本不輕鬆，沒有時間去約會。」

聽到傅崢此前並沒有結交過前女友，寧婉心裡忍不住有些竊喜，然而一聽他這話，又有些不高興了：「你這是什麼遺憾的語氣？」

「不遺憾。」傅崢笑了笑，他壓低聲音道：「有些人和妳是高中同學是大學同學又如何？最後做妳男朋友的還是我，所以沒什麼可遺憾的。」

他說完，看了寧婉一眼，然後有些不自在地移開了視線，聲音仍舊冷靜，但聽起來其實有些隱藏得非常好的害羞：「既然都是第一次談戀愛，那就互相摸索著來吧，我要是有做得不夠好的地方，妳直接說就好，我會改。」

傅崢這番話，說得還挺有那個架勢，寧婉拉著他的手晃了晃：「知道啦。」她想了想，補充道：「既然大家都是第一次，那我有什麼地方不好，要是讓你難過了，你千萬不要憋著……」

傅崢這麼愛哭，看起來還挺善妒，寧婉覺得自己以後還是要好好保護他的少男心。

這一天，交換了祕密的兩人一路都牽著手，像遊樂園裡所有普通的情侶一樣，一起創造了彼此人生裡很多共同的第一次：第一次在「洞穴探險」的山洞裡背著其餘團隊成員偷偷接吻、一起去情侶漂流被對面船上的人潑得頭髮都濕了、一起排隊吃超級超級熱門的手槍雞腿、一起分食一支抹茶冰淇淋，結果吃著吃著又親了……

這麼多年來，寧婉或許是第一次完全忘記了自己的身分，忘記了一切一切現實裡的壓力、不完滿或者遺憾，只沉浸在滿心的甜蜜裡。

在這裡，她不需要做一個情緒緊繃隨時待命的律師，不需要為社區的工作所煩惱，不需要焦慮怎麼在職場上更加有競爭力，也不再需要為未來職業道路而忐忑，簡簡單單，只是寧婉。

傅崢很好，好像有了他，寧婉終於可以有偶爾逃避現實壓力的避風港，雖然傅崢自稱自己是個內心脆弱的哭包，但也不知道怎麼回事，寧婉卻覺得，在他身邊就很安心，好像光是他在就覺得很可靠很踏實。

到了傍晚時分，寧婉拉著傅崢的手，終於迎來了遊樂園最後一個項目——煙火。

說來也巧，今天這個情侶主題遊樂園剛開業滿一百天，因此寧婉和傅崢也才好運地趕上了煙火表演。

只是畢竟是小規模的低空煙火，遊樂園裡占據高地適合觀賞煙火的地方又不多，等寧婉和傅崢趕到，好位置都被別的情侶占了個七七八八。

說不遺憾是假的，但寧婉不想影響傅崢的心情，便也笑著安慰他沒事。

然而沒想到，等煙火真正開始綻放，寧婉正準備踮著腳尖努力從前面遮住自己視線的人頭和身影裡窺視點煙火的倩影時，傅崢輕輕下蹲，從身後攬了她的腰，然後抱住了她的腿，像是舉小孩子一樣把寧婉舉了起來。

他的動作非常穩健，甚至還遊刃有餘，寧婉被這麼舉起，一點沒覺得傅崢的動作出現晃動，而他的動作也非常小心，寧婉在他的動作下，並沒有覺得任何不舒服，只覺得視線突然開闊起來，眼前終於是無人遮擋的煙火。

絢爛的、美麗的、多變的，就在寧婉的眼前轟然綻放。

而自己因為被傅崢抱著舉起而能看清煙火，傅崢的視線卻完完全全被自己遮擋住了，這場煙火，他所能看到的只有寧婉的背。

因此煙火雖好，但到中途，寧婉就從傅崢手裡掙脫了出來：「傅崢，你也看呀。」

結果傅崢卻不在意：「我年紀比妳大，看過的煙火也多，少看一場也沒事，所以妳看煙火就好，我看妳就夠了。」

這話說的，幸而煙火爆破的聲音和周遭的人聲掩蓋了寧婉的心跳聲，否則她懷疑那聲音大得是個人都能聽到。

始作俑者卻不甚在意，又朝著寧婉伸出了手臂：「來吧，我抱妳看。」

傅崢的動作非常紳士，雖然抱著寧婉，但沒有一點多餘的動作，純潔而克制，彷彿真的是在舉著一個小孩子，小心翼翼又足夠讓人信賴。

因為父親的原因，寧婉的童年裡從沒有像別的小孩被親親抱抱舉高高的記憶，然而這一瞬間，被傅崢這樣托舉著，看著眼前絢麗的煙火，她突然和過去、和自己的生活和解了。

好像沒有什麼再值得遺憾和憤懣的了，好像心裡關於童年的那些負面情緒都可以埋葬了。

生活有時候會從你手上奪走一些什麼，但只要還在認真向上地活著，這些東西總會以另一種形式回到你的手中。

並不是多高端的遊樂園，也並不是多昂貴的煙火，更不是多富有的男朋友，然而這種平淡真實的幸福卻讓寧婉覺得安心和踏實。

雖然只聽說過向流星許願會靈驗，並沒有任何說法說向煙火許願也會，但寧婉固執地覺得，煙火和流星本質上並沒什麼不同，都是短暫美好稍縱即逝的東西，因此用煙火替代流星也沒什麼不妥。

她的臉蛋因為激動和緊張而有些泛紅，眼睛裡映照著煙火的光，然後她悄悄地許下了自己的心願——

希望這一刻永不結束。

第十八章　狗膽包天的寧婉

傅崢最近可謂春風得意，既贏得了愛情，也順水推舟坦白了自己假身分的祕密，一切比他預料得還順利，寧婉非常溫順包容地接納了這一點。

原本傅崢還擔心，一旦坦白了自己老闆的身分，即便寧婉原諒自己，也多少因為身分差距要生出嫌隙和距離感，然而沒想到這一切都沒有，以往寧婉怎麼對自己，如今還是怎麼對自己。

度過了一個甜蜜的週末後，傅崢和寧婉又恢復到了社區緊張的工作裡，雖然因為坦白了身分，傅崢任何時候都能回到總所，可他並不想留給寧婉這種不負責任的印象。即便要離開社區，也應該把社區所有該做的事做完，然後等所裡安排新的輪值人員，好好交接後，再徹底脫手這塊工作。

在社區最後一個重要任務就是過兩天要舉辦的社區普及法律運動會，這次運動會是趣味形式的，活動項目並不激烈，兼顧了社區年齡層，針對不同的年紀都有相應不同的項目，費用則是由律協和正元所一同承擔的，為了鼓勵大家參與的積極性，幾乎是參加就有獎，只要參與，就能有上到洗衣機、電視機之類的家電，下到洗衣粉、臉盆、毛巾三件組之類的小禮物，其餘一二三等獎更是除了這些日用品，還有豐厚獎金。

「果然獎品和金錢才是讓大家積極參與的動力。」寧婉看著電腦後臺的報名名單和人數，不禁發出了感慨，「其實社區普及法律活動每年都辦，但前幾年都是那種擺攤諮詢式的活動，發發宣傳單，張貼下普及法律海報，拉下橫幅，做點官方帳號推送，雖然形式是好的，也能讓人意識到在普及法律常識，可說實話，互動性特別差。」

「但這次用趣味運動會的方式，外加有很多獎品和獎金誘惑，報名的果然就很多了。」

針對這次的社區普及法律活動，寧婉此前和季主任好好商量過了，運動會的項目除了按照不同年齡層的單人項目外，還有很多家庭項目，而為了契合社區普及法律的主題，所有運動在參賽前都需要回答一個社區法律小知識，回答正確才可以取得參賽資格，而對於這一點，這次大家顯然都很踴躍，畢竟只要能夠參賽，獎品就見者有份，老阿姨們不嫌棄獎品的大小，即便是小到一塊香皂，她們也很有熱情。

最近寧婉全身心都撲在了這個活動上，忙得焦頭爛額，傅崢便繼續分攤原本的社區諮詢工作，順帶對社區普及法律趣味運動會籌備工作搭把手，而同時，隨著傅崢入主總所時間臨近，總所那裡也有部分工作需要交接，因此這天下午，傅崢便趁著午休時間趕去了正元總所一趟。

如今在寧婉面前恢復了身分，傅崢進正元所更理直氣壯和自在了，雖然沒在所裡公開身分，但去高遠辦公室也不會再避人眼線了，等他和高遠處理完了一些工作交接，覺得有些事也該和高遠交代一下了。

「我和寧婉坦白了，她沒有任何嫌隙地就接受了我的隱瞞。」傅崢抿了抿唇，「因為祕密交換樹洞設施，這件事總算順利平穩度過了，所以還是要謝你。」

高遠一聽，忍不住得意起來：「你看看你看看，我高遠一出手，就知有沒有！不過我們既然是朋友，那種請客吃飯之類的謝謝就不用了，和你關係這麼好，我們不講究這些虛情假意。」他頓了頓，一本正經道：「要謝就要真金白銀，這樣吧，大恩不言謝，你就免費給我一個商事案源吧，我要求也不高，三千萬以上目標額就行。」

「可以，給你一個目標額六千萬的。」

高遠提出「非分要求」的時候，並沒有指望傅崢會答應，以傅崢這傢伙的冷酷精明，自己提三千萬，最終肯定對半砍，能有個一千五百萬就好得不行了，結果沒想到，傅崢不僅沒砍價，還在自己報價的基礎上漲了一倍？

高遠這下有些害怕了：「傅崢，你發燒了嗎？現在思緒清醒嗎？你難道就因為和寧婉談了戀愛，就激動得失了智？」

傅崢抿了抿唇：「三千萬是給你的謝禮。」

「那剩下的三千萬呢？」

傅崢沉吟了片刻，然後清了清嗓子：「是給你的賠償。」

「賠償？」這下高遠更捉摸不透了，「你什麼時候傷害我了？我怎麼不知道？什麼方面的賠償？」

「精神方面的。」

「？」

傅崢鎮定道：「你也知道，造人設的時候為了逼真，會把一些背景資訊人物關係都做一些模糊和藝術化處理，我當時替自己設定的是家道中落的實習律師，自然不可能有你這樣的大Par朋友，但又需要對你擠走陳爍把我空降到社區這事進行合理化操作，所以對你的行為理由進行了一些扭轉。」

高遠立刻表示了理解：「我懂我懂，不過，這值三千萬？」他轉了轉眼睛，好奇道：「還有，你幫我造了什麼理由啊？」

「總之，你也別太在意了，三千萬目標額的案子，我多送你一個。」

高遠的老婆喜歡買買買，高遠都是認真工作養家讓她負責貌美如花，傅崢突然失了智要送這麼大的目標額給自己，他當然來者不拒，只是到底還是有些在意自己被傅崢塑造成了什麼形象，在傅崢離開前一秒，都還在好奇追問。

傅崢被他打破砂鍋問到底問得沒辦法：「寧婉為什麼會被調派去社區，你知道理由吧。」

扔下這句，傅崢又看了高遠一眼：「說真的，其實你沒必要知道，我本來想去樹洞交換祕密的，但想來想去太麻煩，就這樣吧。總之，現在我身分已經澄清了，你在寧婉心裡的不白之冤自然也洗刷了，所以不要在意，只要知道，以後你和我又可以光明正大一起共事就好。」

「？？？」

高遠簡直一頭問號，他自言自語道：「寧婉被派去社區的原因？她不是因為不服潛規則被金建華針對了嗎？但這和你和我有什麼關係，傅崢去社區不就是……」

「我靠！」話說到這裡，高遠就都懂了。

傅崢這賤人，安給他的竟然是潛規則狂魔的人設？！而且就算潛規則男人，他至於朝傅崢下手嗎？他除了長得好看點賺得多一點，會幹家務嗎？會做飯嗎？會噓寒問暖嗎？自己潛規則誰不好去潛規則他？是嫌自己日子過得太好了，所以犯賤替自己請一尊大佛回家嗎？何況家裡有自己老婆這個姑奶奶已經足夠了！再潛規則傅崢，自己是不怕死還想湊一對雌雄雙煞在面前？

這麼一想，高遠心裡剛才白白得到六千萬目標額案子的快樂一下子就沒了，他甚至覺得自己背了這麼大一個黑鍋，應該值六個億！

垃圾傅崢，毀他名節！

傅崢自認為坦白過身分了，因此並沒有特地和寧婉交代午休去正元所的事由，他並沒意識到，在寧婉心裡，這完全是另一種解讀——

對傅崢利用午休時間去正元所，寧婉其實是有些心疼的，他沒被大Par錄取，但畢竟也有男人的自尊心，也想在律師這一行業裡立足，因此如今能做的，便是盡可能在社區工作之外的閒暇時間，多跑跑總所，多積極主動地幫各位其餘合夥人打點下手，一來刷刷存在感，二來要是哪個合夥人認可了他的態度和努力，就算進不了高級合夥人的團隊，進個中級合夥人的也行。

因此對於傅崢最近頻繁出入正元總所，寧婉懂事得沒有多問，這種事心知肚明就好，問太多了傅崢尷尬也受傷。

近來其實寧婉的生活發生了很多巨變，雖然還沒面試，但這類面試也不過走個過場，一旦通過了筆試，基本板上釘釘就能加入大 Par 團隊了，而同時，也結束了單身生涯。

因為她即將加入大 Par 的團隊，社區這塊工作自然需要交接，總所已經出了輪崗名單，明確了未來交接的兩名律師，以及此後的輪流名單，針對社區工作這塊也出了詳細的工作細則，未來不再會出現排擠式流放式遺忘式掛職了，所有律師在社區輪崗中的表現也會計入年終考核，表現差勁的會直接扣年終獎。

最初被「流放」到社區時，寧婉特別不甘心，這兩年間因為社區工作壓力繁重而煩悶時，也祈禱過能早日離開，可如今事到臨頭，她倒有些不捨起來，一邊寫著交接日誌，把社區很多注意事項、辦事細節、自己曾經踩過的坑都一一記錄下來，一邊也回顧總結著自己這兩年來處理過的一個個案件——雖然說出來都是雞毛蒜皮的小案子，但確實改變了一些人的人生。

尤其前幾天剛結束了舒寧離婚撫養權糾紛案的一審，更是讓寧婉感慨又開心。

自舒寧帶著女兒搬出分居後，虞飛遠自然又故態復萌，又是跪地認錯，又是痛哭流涕自抽耳光，好在這一次舒寧是真的下定了決心，死活沒有原諒虞飛遠，而一旦發現舒寧的態度強硬，虞飛遠便也變了臉，軟的不行來硬的，開始對舒寧進行言辭恐嚇、半夜電話騷擾，甚至查到了舒寧的新住址後，找人上門在門口刷油漆，而舒寧在寧婉和傅崢的建議下，在門口裝了鏡頭，也對電話、訊息進行了錄音和截圖，對這部分行為都進行了證據的保全和公證，最後虞飛遠威脅恐嚇沒撈到好，反而送了人頭給舒寧，更加證明了他在這段婚姻裡是如何壓迫舒寧的。

因此最終，初戰告捷，一審判決離婚，而因為舒寧已經找到了體面穩定的工作，此前虞詩音也是她長期照料的，本著對孩子好的宗旨，虞詩音的撫養權也判給了舒寧，虞飛遠則需要按時每月支付孩子的撫養費直到十八歲。

「他給不給錢都無所謂，我自己賺得夠了，再不濟省吃儉用也不會虧待女兒，以前覺得自己很沒用，不能離開他獨自生活，也覺得離婚帶個孩子的女人在社會上會被歧視日子很難過，但現在發現，完全沒有。雖然確實比別人難一些，但日子還是能堅持下去，也會越來越好。」

這一次舒寧來訪，氣色明顯好了很多，眼睛裡帶了光，再不是以前那個談話都要害怕得鎖上門的人了：「分居後才發現，其實有沒有虞飛遠都一樣，賺錢我自己也行，也根本沒他形容的那麼難，也是那時候才意識到，其實他存不存在都一樣，甚至不存在更好，孩子也不再陰沉和愁眉苦臉了，課業成績都上升了！」

雖然對於一審判決，虞飛遠不服並表示要上訴，但不論是舒寧還是寧婉，都很有信心，虞飛遠絕無可能二審翻盤，甚至以虞飛遠控制狂的個性，恐怕在二審之前又能貢獻一波新的證據證明舒寧和他的婚姻完全沒必要延續了。

對於寧婉馬上要離開社區這件事，舒寧也表現出了極大的不捨，同時有些擔心：「那二審……」

「妳放心吧，妳這個案子我會有始有終跟完，二審應訴也交給我就好，不用擔心。」

舒寧得到了肯定的答案，才千恩萬謝地離開。

而等舒寧案收尾，手頭還剩下的工作就是這個普及法律趣味運動會了。

正當寧婉和傅崢都按部就班地在忙著各自的事，生活都在有條不紊地朝前推進時，陳爍心裡同樣也翻江倒海地搗鼓著自己感情生活的質變——

雖然因為時運不濟被狗砸導致自己的燈光表白被中斷，但如今，是時候再重新考慮下如何表白了！

本來按照計畫，陳爍會在明天才能出院，寧婉也說好了明天一早就來接他出院，為他去去晦氣慶祝下，但誰知陳爍的恢復情況相當好，醫生告知他不用等明天，今天就能出院。

自從被砸之後，因為手骨折了，工作是別想繼續進行了，陳爍的老闆給他放了假，還包了個慰問紅包，於是陳爍天天躺在病床上，幾乎是無所事事，但拜這所賜，時間多了出來，索性便都用來琢磨和寧婉的事了。

想也不用想，要是明天按時出院，不僅寧婉要來，傅崢肯定會跟來，甚至所裡幾個要好的同事，可能也會抽空來，這麼拉拉雜雜一堆人，自己出院這麼好的機會，和寧婉恐怕連句私密話都說不上……

這麼一分析，陳爍幾乎當機立斷決定，誰也不告訴，今天出院！給寧婉一個驚喜！

只是雖然出院了，但傷筋動骨一百天，自己的肋骨並沒有長好，骨折的手臂也還打著石膏，行走起來頗為不便，此前想要用燈光的方式表白，可惜因為飛來橫禍太過突然，陳爍甚至都還沒來得及和所有相應的住戶溝通清楚，如今自己這個樣子，再一層層爬樓遊說實在是太強人所難了，更何況自己對那兩棟大樓也有了陰影，不想再去了。

思來想去，陳爍覺得，這次的表白，應該換點方式。

他昨晚幾乎一夜沒睡，終於想明白了新的表白方式——寧婉是個特別善良的人，自己如今正好受了傷，何不利用這點？

如果自己「無意」間向寧婉透露，自己父母如今沒空來照顧自己，同時，再編造點悲慘故事，比如之前租的房子正好到期，房東把自己趕出來；因為肋骨跟手骨折，生活諸多不便需要人照顧，可身邊完全找不到可靠的人，再者，工作上的事也希望不要落下，希望能有人每天幫自己更新下所裡的情況……

陳爍幾乎篤定地認為，只要自己一開口向寧婉這樣賣慘，寧婉就會毫不遲疑「救自己於水火」，陳爍都打聽過了，寧婉此前自己買了間小戶型的公寓，客廳還是可以睡人的，有一陣子她手頭緊甚至還想過把客廳改造一下找個人合租出去分攤點生活壓力，如今只要自己表現得足夠淒慘，又願意出點租金，按照自己和寧婉認識那麼多年的交情，她肯定能同意讓自己暫時借住的。

借住意味著什麼？意味著每天抬頭不見低頭見，意味著日久生情，意味著近水樓臺先得月，意味著可以全方位地展示自己的優點，潛移默化中就把寧婉俘獲！

退一萬步，就算不能借住，陳爍依稀記得寧婉隔壁那戶正空置著，也不是不能聯絡下租住。總之，做不成室友就做鄰居，也是極好的。

自己這傷最起碼要養三個月，等傷養好了，和寧婉的感情濃度也已經到了可以質變的臨界值，那時候再表白，在家裡擺個愛心蠟燭，送個玫瑰，這女朋友，可不是手到擒來？

陳爍對自己的魅力還是有自信的，認為一直沒能拿下寧婉，還是礙於平時除了工作外，兩個人私下相處時間太少，以至於寧婉印象裡對自己還停留在高中的青澀時期，無法以一個成熟男人的眼光來評判自己，總覺得自己是個弟弟，所以對自己根本不會想到戀愛那根筋上。

在醫院這幾天，陳爍熟讀了諸如《戀愛聖經》、《撩妹一百零八式》、《如何成功解鎖姐弟戀》、《成為一個優雅成熟男子的必備技能》、《情話大全》等等市面上所有高推薦度的戀愛寶典，用了應對司法考試時的態度學習消化，遇到特別經典的地方，還用尚且健康的左手吃力地記在記事本上。

賣慘這一條，也是陳爍從書裡根據寧婉性格總結出的方案。

如今，陳爍覺得自己已經擁有了完備系統的理論知識，只等能和寧婉朝夕相對實踐了。只是雖說能出院了，但骨折這種事不是一天兩天能復原的，陳爍打著石膏，動作仍有些緩慢而笨拙，好在此前負責自己病房區的一位年輕實習小護士一直對自己頗為照顧，今天又恰逢值班，幫自己跑前跑後辦理出院，一下子省卻了陳爍很多煩惱。

等出了院，陳爍一分鐘也不想浪費，買了寧婉喜歡的奶茶甜點，就直奔社區辦公室，在出發前，陳爍還特地去理髮店重新修剪了頭髮，吹了個帥氣的造型，確保自己的儀表得體精緻，才往社區趕。

提前一天出院，陳爍心裡明顯從容和踏實很多，一來可以給寧婉個驚喜，二來，要是明天才出院，寧婉和其餘人來的時候，自己在醫院裡住了這麼久的形象，頭髮也長得顯得沒精神，又穿著病人服，實在形象不佳。

而等陳爍興沖沖趕到社區，推開辦公室門，令人討厭的傅崢竟然不在，只有寧婉一個人，在陳爍短暫的欣喜過後，寧婉又給了他更多的欣喜——她見到自己，果然充滿了真實而無法掩蓋的驚喜。

「陳爍！你怎麼今天提前出院了？也不和我說，早知道我就過去接你了！」

「沒關係。我就想著不影響妳的工作，社區這邊事情多，妳一走開，還不知道要堆積多少事，又沒別人來接手，還不是得妳下班後加班做？」陳爍乖巧懂事般道：「我本來就年輕，畢竟沒到三十，恢復能力好，醫生說可以提前出院，想著一來，早點為別的病人騰出床位，二來也能早點回社區幫妳的忙。」

陳爍一臉認真表態道：「我現在這樣，雖然出差走動之類的要盡量避免，可在社區辦公室裡好好回答居民們的現場諮詢，是完全沒問題的。」

寧婉果然就是拒絕：「不了不了，你還是趕緊回家去躺著好好休息，工作量也沒到我一個人分攤不了的地步，何況還有傅崢。」

傅崢傅崢，到處都是傅崢，陳爍心裡恨死了傅崢，但臉上還是雲淡風輕，並且成功地順著寧婉的話頭轉移到了自己想要的話題上——

「可回家……我租的房子出了點問題，現在也沒地方去，我爸媽也正在出國旅遊，還因為我老大不小老是不肯去相親，過年又總沒辦法帶女朋友回家和我鬧彆扭呢，說只要我單身一天，就不管我死活一天，兩個人瀟灑著呢，也不打算回國照顧我。」

陳爍壓低了聲音，正準備讓自己顯得更為悲慘和孤苦無依，辦公室的門被推開了，傅崢回來了。

陳爍內心幾乎是咬牙切齒地看向了門口，這人什麼時候回來不好，一定要這時候？

傅崢看到他顯然也愣了愣，然後看向了陳爍還打著石膏的手臂：「不回家休息嗎？」

「不用，寧婉學姐這裡肯定需要我。」

傅崢卻笑了：「沒必要這麼身殘志堅，辦公室這邊有我，你回家休息吧。」

「？？？」

這語氣這態度，怎麼，以為自己才是這個辦公室的主人？

陳爍決定教傅崢好好做人，他可憐兮兮般地看向了寧婉，不顧傅崢的視線，按照自己原本計畫的那樣，再次闡述了自己如今無人照看無處居住的現狀，然後提出了核心要求——

「我想著妳之前客廳不是還想分隔開找個人合租嗎？正好我現在需要找間過渡的房子，

我在傷好之前，能暫住下嗎？也正常付租金，也不知道妳介意不……」

陳爍最後兩個「介意」都還沒說完，傅崢就逕自打斷了他：「介意。」

陳爍這下真的忍不住了，他瞪向了傅崢：「我在問寧婉，和你有什麼關係？我又不是要住你家！」

傅崢笑了笑：「那不行，因為寧婉家客廳就算有人住，也是我住。」

陳爍雖然沒開口，但他當即控訴般看向了寧婉，那眼神裡，不用言語，已經充滿了「憑什麼」的意味。

只是陳爍等待寧婉指責傅崢的場景並沒有發生，寧婉只是有些尷尬地笑了笑，然後真的拒絕了自己：「我現在不出租了，以前也就開玩笑，忘了和你說，我現在和傅崢在一起啦。」

有些時候，人太過震驚，遭遇巨大打擊時，反而一下子都反應不過來，因此會表現出極大的平靜，此刻的陳爍就是如此，他甚至下意識鎮定地回覆——

「哦，這樣啊……」

對面的傅崢笑了笑：「是這樣的，你住院期間發生了挺多事，但總之，現在我和寧婉在一起了，所以就算寧婉不介意，我也會介意。」

「……」

傅崢看了看時間：「差不多下班了，我和寧婉約了今晚一起看電影，先不和你聊了，你還是多加保重，雖然是年輕人，身體可能恢復挺快的，但也要注意心理健康，養病期間一個人可能確實比較枯燥容易瞎想，回頭我推薦幾本好的商事法律案分析書給你，正好你現在單身，也認為自己沒到三十，還這麼年輕，那不如多關注下事業，好好拚一拚。」

傅崢笑了笑：「畢竟緣分這種事，還是挺難說的，你看我，人到三十，還正好能找到寧婉，你多努力下，到三十也能找到心儀的女朋友。」

「……」

傅崢說完，也不理睬陳爍的反應，逕自拉過寧婉的手，朝陳爍揮手再見，就這樣挽著寧婉的手走了。

陳爍原本挺喜歡狗的，但這一刻，望著寧婉和傅崢離去的背影，只恨不得殺盡天下所有狗，自己只是被狗砸傷住院了幾天而已，結果就這麼風雲變色，等自己再回來，一切都變了……

狗這種動物，應該滅絕。

生活就這樣不緊不慢繼續著，而緊鑼密鼓地籌備了一陣子，社區終於迎來了運動會這一天。

悅瀾社區空前熱鬧，大家的答題熱情很高，寧婉和傅崢忙前忙後，倒是也不亦樂乎。

肖阿姨不僅是廣場舞王者選手，在普及法律競猜中也不遑多讓，在多個項目裡都表現優異，最近她又分手了，如今又回歸了黃金單身阿姨的行列，場上為她吶喊助威的叔叔伯伯們就有好幾個。

肖阿姨本人也沒謙虛：「我啊，就要讓社區有些嫉妒我的女人知道，我不僅能跳舞，還是個知識女性，這些普及法律題目，完全難不倒我！也要這些追我的男人看看，一般人，根本配不上我！」

肖阿姨也確實說到做到，非常厲害，不過到底上了年紀，一連參加了五個項目，此刻也有些氣喘吁吁，不得不站在寧婉和傅崢這兩個工作人員身邊休息，無緣場上別的項目。

此刻進行的正是全場熱度最高的項目——趣味跑步。

這個項目有非常豐厚的獎品，小到日用品，大到電腦、手機、智能家電、電動自行車、自行車，應有盡有，而項目的規則相當簡單，就一個——選手在得到比賽開始的指令後，可以在獎品堆裡拿任何東西，不限數量，不限價格，然後抱在手裡，一路負重奔跑前行，手裡的東西一旦中途掉落，那就出局，因此選手還不能太貪心，要是拿了太多東西，很可能中途有抱不住往下掉的，那就連參賽資格都沒了，而如果一路沒有任何東西掉落，還能第一個跑到終點的，那麼手裡抱著的東西就歸選手自己所有了。

這就和自助餐，只要能吃得完，不剩菜，東西就都歸你似的，只要你拿得動，不中途漏掉，能獲得第一名的話，拿著的東西都是你的。

光是這規則和豐厚的獎品，就相當誘人，不少人都踴躍參加。

而這場趣味跑步一共舉辦五輪，如今已經進行了三輪，只可惜肖阿姨只能望著抱著眾多獎品凱旋而歸的第一名酸溜溜：「要不是我剛才在跳繩和立定跳遠的項目裡拉傷了肌肉，我拿的獎品肯定比他還多……」

這場趣味跑步比賽確實是這場社區運動會的壓軸戲，季主任「老奸巨猾」，刻意把這個項目移到了最後，目的也很明確——先用別的項目消耗社區的有生力量，等到最後一個項目，大部分人已經和肖阿姨一樣，有心殺賊無力回天了。

省錢鬼才季主任如此評價：「這些獎品，我都買七天無理由退換貨的，讓選手們先在前面別的項目裡耗點力氣，等能來參加最後這項的，就沒幾個了，否則這種項目放在一開頭，我這些獎品不就要全被抱走嗎？社區也沒錢啊，預算很緊的！這下就很好！讓他們還有力氣參加的人就少，從源頭上控制敵方的殺傷力和有生力量，我的獎品損耗也少，回頭結束了，把剩下的獎品退了，還能節省一筆開支！」

寧婉聽完，真是佩服得五體投地，而季主任預料的也沒錯，原本趣味跑步會舉辦五輪，每輪五個參賽人，結果到最後一輪時，都湊不滿五個參賽人了，怎麼樣都少了一個……大家事先不知道壓軸還有這種好活動，以至於都在前面的項目裡拚盡了全力，都在氣喘吁吁的休息，有心殺則無力回天了。

但最後一輪少個參賽人也不行，總要把項目完美結束掉，一來二去，季主任沒辦法，只能看向了身邊的傅崢：「小傅，要不然你上去湊個數吧，正好努把力，雖然手機電腦這些被前幾輪的參賽人搶光了，可還有不少家電也不錯，家裡還缺什麼就拿什麼。」

傅崢笑了笑婉拒道：「不缺什麼了。」

「沒事，這都最後一場了，別的項目裡還有沒用完的獎品也行，這全場，你有什麼看上的，都可以！只要你能抱著第一個跑到終點，就歸你了！」

傅崢原本看起來不太感興趣，然而季主任這句話一說，也不知道是怎麼戳中了他的點，他若有所思地瞥了寧婉一眼，然後倒是點了點頭。

寧婉看著傅崢去了起點處，開始的指令一下，她正目不轉睛等著看傅崢準備去拿什麼獎品呢，結果傅崢根本沒朝獎品堆跑，而是朝著……朝著自己跑過來了？

看著已經站在眼前的傅崢，寧婉一臉茫然：「怎麼了？是不舒……」

她的「舒服」兩字還沒說完，傅崢卻彎腰一把把她抱了起來，然後在寧婉的驚呼裡朝著終點跑了過去。

一下子，社區其餘圍觀的群眾都起鬨起來，拍手的拍手，吹口哨的吹口哨，寧婉一下子成了眾人的焦點，她被傅崢公主抱在懷裡，一時之間有些尷尬：「你這是幹什麼呀？」

結果都這樣了，傅崢還挺振振有詞：「季主任說了，全場任何一件想要的都可以。」

他看了寧婉一眼：「所以我決定遵從自己的內心，抱走全場我唯一想要的。」

一瞬間，寧婉有些臉紅心跳，傅崢這都什麼人啊！可以這樣犯規嗎？明明是他在負重奔跑，結果傅崢的心跳聽起來倒是沒多劇烈，被他抱在手裡的寧婉，心跳反而像是參加什麼劇烈運動了。

然而季主任就是給傅崢開了後門，不僅沒阻止，還在一邊帶頭為傅崢加油助興。

傅崢這人不鳴則已一鳴驚人，雖然抱著寧婉這個活人，結果跑得還是比同組其餘四個選手更快，第一個到達了終點。

老季站在終點笑盈盈的，像個老狐狸，他語重心長地拍了拍傅崢：「小傅啊，你要好好照顧我們寧婉啊。」

傅崢剛把寧婉從懷裡放下來的同時，在兩個人都沒有任何準備之前，老季朝身後比了個動作，社區裡別的工作人員為寧婉和傅崢拿來了錦旗——

「小寧啊，我知道妳馬上就要回你們總所了，雖然以後沒妳在社區幫忙，我壓力會大不少，可我也是真心替妳高興的，妳這樣踏實肯幹的人，不應該只埋沒在社區。」

「自從知道妳快要離開後，我們社區的論壇留言箱裡，收到了不知道多少留言，希望能送這面錦旗給妳。」季主任說著，又端出了一個紙箱，「還有這箱子，是我們社區裡不少阿姨伯伯送妳的，都是自己做的，有人織了圍巾給妳，有人送了十字繡給妳，東西不貴，但確確實實是大家的一片心意，感謝妳這兩年來為悅瀾的付出。」

老季說到這裡，轉頭看向了傅崢：「雖然小傅你來社區時間短，但我也看出來了，你和小寧是同種人，有理想也有能力也有信仰，本來大家還和我抱怨怎麼在社區兩年沒替小寧解決單身問題，現在也算是大完美結局了，以後小寧，就交給你了。」

季主任這番話結束，有人拉開了禮花筒，一時之間，彩色的禮花便從頭而降，也不知是誰，現場拉起了橫幅，內容更是讓寧婉有些失笑——

「慶祝第四屆社區普及法律活動圓滿結束，慶祝寧婉律師從悅瀾成功畢業」。

其實現場並沒有很浮誇，看得出，因為準備匆忙也沒彩排過，甚至還有一點混亂，但寧婉心裡卻溢滿了感動。

看得出這一切，都是大家精心為自己準備的。

寧婉從沒得到過父親的關愛，然而此刻季主任溫和鼓勵的眼神，讓她覺得冥冥之中一切確實都是失之東隅收之桑榆的。

自己最初來社區手忙腳亂時老季是如何和善地引導自己融入，在自己辦案不利時是如何開導自己……一幕幕，如今回想，只剩下了長足的感動。

很多感情並不需要多熾烈，很多關愛也真的是隨風潛入夜潤物細無聲的，自己沒能擁有幸福的童年和可以依靠的父親，然而身邊卻還有這麼多溫和的人，明明普通到不能再普通，然而正是老季這樣平凡溫暖卻熱心的人，才支撐起了社會的運轉，才在不知不覺間帶給了旁人很多的鼓勵和勇氣。

寧婉握著老季遞過來的紙箱，看著裡面一樣樣小禮物，歪歪扭扭的十字繡是出自散打冠軍吳阿姨；針織手套和同款圍巾是出自時尚愛美的肖阿姨；多肉綠植下面貼的是史阿姨的名字；紙箱裡甚至還有一盒土雞蛋，是王大爺的……

一直以來，即便寧婉真心接受了社區律師的工作，但內心多少覺得留在這裡的兩年，是有些蹉跎時光的，總覺得沒能第一時間接觸到商事領域的高端案子，對職業成長來說有些浪費，然而這一刻，她才意識到，人生裡每一段旅程和經歷都有意義，只要認真生活著，哪怕一分鐘一秒鐘，也不存在被浪費。

季主任眼眶也有些濕，但他眼裡都是高興：「總之，以後也多回來悅瀾看看，要是在你們那什麼總所受了氣，就把我們社區當成妳的娘家，有我們為妳撐腰，我們這麼多老頭老太太聯名幫妳上書！」

傅崢握緊了寧婉的手：「季主任你放心，有我在，寧婉不會有這種機會的。」

雖然傅崢一個實習律師，並沒有替自己遮風擋雨的能力，然而光是他這個鄭重其事的態度，寧婉也十分受用，也是這時，她的內心升騰起了一個新的想法和計畫，即便此後加入了大 Par 的團隊，只要自己時間尚有餘裕，悅瀾這裡有什麼疑難複雜的案子，寧婉就願意來幫忙。

最終，在所有人的鼓掌和祝福裡，寧婉和所有人一起合拍了一張大合照，她還是忍不住不爭氣地紅了眼眶，看著眼前微笑的老季，看著望向自己和傅崢一臉疑惑彷彿有很多問題要問的肖阿姨，望著社區裡很多熟悉的面孔，再看著自己身邊站著的傅崢，只覺得每段經歷都是成長，而自己的努力從沒有白費。

人生或許並不需要很多財富，但有知心的愛人，有和善的長輩，有風雨同舟的朋友，有身邊這些溫暖的鼓勵和肯定，就能擁有平淡卻雋永的幸福。

完滿結束了社區趣味運動會，寧婉便回了家。

因為又有社區的居民送了寧婉告別禮，東西一下子太多，只能麻煩傅崢一起搬運。

「正好一起吃個飯吧，也省得你自己做飯啦。」

不論如何，今天是個值得慶祝的日子。

等傅崢把東西放下，寧婉便和他拉著手去超市採購食材。

兩個人都不是拖拉和猶豫不決的類型，很快三下五除二便買好了蔬菜和肉類，只是在路過水果櫃檯的時候，傅崢停下了腳步，寧婉看著他走向了進口櫻桃的方向。

「我昨天剛買過水果，家裡有荔枝、葡萄、桃子還有西瓜，都來不及吃呢，等吃完再買新的吧。」

結果自從和自己在一起以後幾乎百依百順的傅崢這一次卻有些固執：「想買櫻桃。」

寧婉看著他冷靜鎮定的表情，有些失笑這男人突然的孩子氣。

「特別想吃嗎？」

傅崢一本正經地點了點頭：「是的。」

這些進口的櫻桃品質非常好，因此價格也同樣美麗，但寧婉想了想，再窮不能窮男人，自己都拍胸脯保證養傅崢了，人家又不是要自己買豪車給他，不過就是想吃點櫻桃而已，如今自己已經是大 Par 的人了，猶豫什麼？

買！

寧婉當即拿了一盒放進了推車。

只是自己心裡想著為傅崢花錢，最終買單時卻是傅崢搶先一步結帳的。

寧婉的心裡既甜蜜又有些酸澀，想著等之後見了大 Par，一定要當面再推薦一下傅崢，他真的是個很好的人，即便囊中羞澀，賺的沒有自己多，嘴上也開玩笑讓自己養他，但實際從不喜歡用自己的錢，雖然窮，但他為自己花錢的樣子像極了愛情……

回到家，傅崢自告奮勇去洗菜，寧婉便在客廳裡坐了下來，然後順手打開了電視機——也是巧，這個時間，容市當地的新聞頻道裡正在播放今日奇聞異事，而幾乎一打開電視機，畫面裡就出現了熟悉的背景——竟然就是不久前寧婉和傅崢才去過的遊樂園。

這個時間點這檔節目基本是調解感情糾紛類的，寧婉有些好奇，這遊樂園還能引發出什麼感情糾紛嗎？

畫面裡一個臉部打了馬賽克的男孩正在控訴：『我和我女朋友很不容易，我們是網戀，而且我移民國外了，常年在國外讀書，平時都是視訊溝通，這麼多年風風雨雨異國戀，也不是沒有爭吵過，但基本都挺過來了，今年我準備回國發展，本來準備要向女朋友求婚了，結果出了這個岔子。』

主持人循循善誘道：『所以你能和觀眾朋友們講講是什麼樣的岔子嗎？』

男生頓了頓，氣憤道：『這次回國，想陪女朋友到處轉轉，聽說新開了那個情侶主題遊樂園，挺新鮮的，於是就帶女朋友去了，也參加了那個最熱門的祕密交換樹洞，可我沒想到，工作人員忙中出錯，把我寫的祕密紙條調換錯了，也不知道變成了誰的給我女朋友。』

『我寫的是，等我回國就結婚；結果這個別人的紙條裡，寫的卻是對自己異地期間一次出軌的懺悔。』

男生看起來相當懊喪：『因為我們是網戀，又是異國戀，平時見面不多，即便見面了也是一起吃飯逛街出去玩，大部分時候見不到面都是打字、視訊聯絡，所以之前她也不熟悉我的字跡，一下就以為那紙條真的是我寫的，現在死活覺得我是騙她，要和我分手，我就希望這個遊樂園的工作人員幫我澄清，並且向我和我女朋友，包括另外被弄錯祕密交換紙條的情侶道歉。』

主持人又找到遊樂園主管人員採訪，拉拉雜雜自然是一通狡辯，寧婉隨便看了下，有些同情男生的同時也有些心有餘悸，幸好自己和傅崢的沒交換出毛病。

也是這時，在廚房裡洗完菜的傅崢正好走了出來：「在看什麼這麼入神？」

「就上次我們去的那個遊樂園，祕密交換樹洞好像因為客流量太高，出了岔子，把人家的祕密交換錯了。」

傅崢瞥了電視機一眼，然後朝寧婉笑了笑：「反正我們的沒交換錯。」說到這裡，他也有些失笑，低頭啞聲道：「其實一開始寫下那個祕密，我心裡挺沒底的，因為對妳來說這其實是挺重大的欺騙，我並不是妳見到的我，而是另一個我，我當時心裡也很緊張，生怕妳不接受我。」

一提起這事，寧婉心裡又對傅崢憐愛上了，可不是嗎，自己確實沒想到，傅崢並不是自己見到的模樣，而是個怕黑愛哭的精緻 boy，當初寫下這個祕密向自己坦白，他內心恐怕也很忐忑吧。

「算了，不說這些，總之妳只要記住，未來我不會有任何事會騙妳了。」

寧婉點了點頭，兩個人又聊了點別的，很快就轉移了話題，電視頻道裡也很快進入了新聞播報。

此後，兩個人便一起動手做了晚飯，在溫馨的氣氛裡吃完了晚餐，傅崢搶著收拾了碗筷——

「做菜妳負責得多，洗碗就交給我。」

寧婉心裡酥酥麻麻的，簡直滿意得不行，男人重要的不是錢，是願意分攤家務的這份態度！傅崢這男人，自己可真是搞對了！

光是看著身高腿長的傅崢在廚房裡認真洗碗的背影，寧婉就覺得心裡喜滋滋的。

而傅崢卻還嫌給寧婉的驚喜不夠似的，洗完碗還順帶幫寧婉洗了水果：「我洗了櫻桃，放在廚房了。」他看了寧婉一眼，有些不自然道：「我洗碗洗得有些累了，妳能去幫我把櫻桃端出來嗎？」

雖然有些疑惑端櫻桃這麼舉手之勞的事為什麼傅崢從廚房出來時不順帶做了，但寧婉還是點了點頭：「沒問題。」

只是等她進了廚房，走到了料理臺前，寧婉就明白了——

在料理臺上，傅崢用櫻桃擺了一個愛心給自己。

也是這時，這男人走到了廚房門口，倚靠在廚房的牆壁上，雖然有些不自然，但還是清了清嗓子解釋：「之前因為各種原因，我沒有及時看到妳在悅瀾那間房裡擺給我的櫻桃愛心，所以現在還給妳一個愛心。」

說到這裡，傅崢看了料理臺上的櫻桃一眼：「更貴的那種。」

明明是成熟男人的年紀，然而傅崢有時候的勝負欲真的有點幼稚的可愛，寧婉笑著捏起一顆櫻桃：「那你的愛心，我收到了，我要吃掉了。」

傅崢也笑：「甜嗎？」

寧婉瞇著眼睛笑了笑：「你要試試嗎？」

她說完，也不等傅崢的回應，就蹦跳著到了傅崢面前，然後踮起腳尖，在傅崢都沒反應過來之前，親了傅崢，把嘴裡剛含下的櫻桃餵給了對方。

傅崢一開始是意外，隨即就有些意味深長了，他去掉核，吃了櫻桃，然後俯身湊在了寧婉的耳邊：「是挺甜的。」

然後落下的便是他的吻，一開始只是親了親耳垂，既然是臉頰，然後是眼睛、眉梢、鼻尖，最後是唇瓣。

此刻華燈初上，屋裡就只有寧婉和傅崢兩個人，原本只是挺純潔的親吻，只是吻著吻著氣氛就變了，傅崢和寧婉的氣息都亂了。

寧婉從沒想過光是吻就能吻出這麼禁忌的感覺，好像渾身都發燙起來，每個毛孔、頭髮絲裡，都是陌生的戰慄感，兩個人一路從廚房吻到了客廳，然後寧婉被傅崢輕輕推到了那張沙發上。

這張沙發雖然無法變成沙發床，寧婉買的也是人家的二手閒置傢俱，但是品質確實物有所值，結實是真的結實，承受了兩個成年人的重量，除了發出曖昧的嘎吱聲外，並沒有任何散架的趨勢。

寧婉覺得自己此時宛若一架鋼琴，可以任由鋼琴家那纖長的手自由彈奏。只是這支曲子前奏明明那麼和緩，隨著曲調的深入進行，卻變得越發快起來，開始充滿了那些炫技般的琶音、八度音和顫音，每一個音節彷彿敲在靈魂上，讓寧婉的身體不自覺都產生共同顫動的共鳴。

在疾風暴雨般的氣氛裡，傅崢終於放開了寧婉，他此刻喘著氣，有些急促，然而動作還是溫柔紳士，他看向寧婉：「寧婉，可以嗎？」

寧婉咬了咬嘴唇，臉紅得像是能蒸雞蛋，她點了點頭，輕聲道：「去房間。」

氣氛大好，既浪漫又纏綿，寧婉被傅崢抱在懷裡，寧婉是第一次有這樣的經歷，心裡既忐忑緊張，又有些天然的害怕，這樣是不是太快了？

雖然和傅崢共事已經有段時間，但真正確立關係在一起，並沒有很久……

算了，現代社會，彼此喜歡睡一起沒關係！

寧婉心裡糾結了幾秒，最終還是決定水到渠成順其自然，只是有些話還是要說的，她不希望自己的態度讓傅崢誤會是太好得手的隨便。

於是在親吻的間歇，急需要對方肯定般，她微微推開了傅崢，然後抬起頭來看向對方，決定再次認真地向傅崢表達自己的心意：「傅崢，因為真的很喜歡你，所以才覺得可以。」

寧婉說話的時候，傅崢雖然眼神暗沉呼吸不穩，然而仍舊溫柔紳士地看著她，耐心地等待她。

寧婉感覺自己的勇氣又多了點：「我喜歡的是你這個人，和別的都沒關係。」

傅崢這一刻是分裂的，身體很熱，然而理智讓他控制住行動，既想要立刻吻上寧婉的嘴堵住她的話，又覺得還是應該聽完。

說不動容自然是假的，喜歡的女生這種情況下的表白，換誰擋得住？

寧婉想說的他自然也理解，自己搖身一變成了高級合夥人，寧婉大約是想解釋她並非因為這個身分才願意和自己在一起，她喜歡的是實實在在自己這個人。

一想到這裡，傅崢的心也溫柔了起來，他親了親寧婉的臉頰，聲音喑啞道：「我知道。」

寧婉是什麼樣的人，他自然是知道的。

寧婉見他這樣，顯然是鬆了口氣的感覺，也終於給出了可以繼續的訊號，她紅著臉，有些不自然地移開了目光：「總之，雖然我們都不算有錢，但反正我們都年輕，兩個人在一起，努力奮鬥，想有的都會有。」

傅崢本來已經有些等不及了，得到寧婉的訊號後就開始吮吻她的脖頸，然而一聽這句話，他硬生生緊急剎車了……

不算有錢？自己這樣還不算有錢嗎？

傅崢不傻，聯想到剛才寧婉隨口提及的新聞，此刻他心裡終於有了點不太妙的預感——

「寧婉，妳拿到的我的祕密是什麼？」

寧婉愣了愣，顯然沒料到這個當口傅崢問這麼煞風景的問題：「就、就你怕黑，內心脆弱，還是個愛哭鬼啊？」

她問完，小心翼翼地觀察著傅崢的表情，安慰道：「你別擔心，我不在意這些，你盡可以擁抱你自己的真實性格，我的肩膀雖然不寬闊，但是也可以給你依靠著哭……」

寧婉覺得自己說得合情合理，也挺委婉，並不會傷害傅崢的自尊心，然而傅崢的臉剎那間都黑了，他周身原本熾熱的氣息彷彿一下子全部冷卻了下來，甚至原本攬著寧婉腰的手也放了下來，然後他往後退了退，刻意和寧婉拉開了距離——

「我覺得我們需要冷靜一下。」傅崢抿了抿唇，「我有件事情要跟妳坦白。」

「？？？」

車都要開了結果你跟我說這個？寧婉一時之間也覺得有些玄幻，這種事，女生倒是還好，但男的……聽說這種時候，但凡是個正常男性，都忍不了啊……

寧婉一邊這麼想，一邊狐疑地看向了傅崢的下半身。

這種時候叫停，還一臉鄭重其事說有件事情要坦白，怕不是……

怕不是傅崢不舉？？？

愛哭沒問題，不舉的話……不太行吧……雖然這就有點傷男性自尊了，但為了未來的生活幸福，還是要去看看的……

大概是寧婉瞄向傅崢的眼神和看向的部位太明顯，傅崢的臉更黑了，他乾巴巴道：「妳放心，不是這方面的問題需要坦白。」

那是？

傅崢清了清嗓子，鄭重解釋道：「剛才關於遊樂園的新聞，妳看了吧？妳說的怕黑愛哭，並不是我寫給妳的祕密，遊樂園方面也把我的弄錯了。」

「啊？」

如今旖旎氣氛一掃而光，寧婉倒是認真的好奇起來，雖然自己寫下的祕密看起來確實是交換給到傅崢了，但按照一般錯誤不會是孤例的定理來說，電視機節目裡那位男生的遭遇也應當不是唯一一個，畢竟只要有一例，那說明遊樂園這種交換祕密設施的流程肯定是有問題的，再出錯也很正常……

只是難道傅崢給自己的祕密也交換錯了？

寧婉看向傅崢，直接問道：「所以你的祕密是什麼？你原本要交換給我的祕密。」

寧婉誠懇地想了想，只要傅崢這個不是什麼原則性問題，她還是可以原諒的，只是她內心剛天馬行空地猜測著傅崢真正的祕密，就聽到傅崢本人扔下了一顆重磅炸彈給自己——

「我很抱歉，一直以來騙了妳，我並不是什麼窮苦的大齡實習律師。」

傅崢的樣子看起來有些緊張，但仍舊很努力地保持鎮定，彷彿生怕自己一個不鎮定，更壓不住寧婉的情緒，以至於坦白完畢後寧婉就跑了一般。

「所以你是超級窮苦的大齡實習律師？」

是比展現給自己的還窮？甚至又一次背上了外債？

傅崢頓了頓，看起來有些難以解釋的模樣：「我看起來真的很窮嗎？」

「還行吧……」寧婉想了想，補充道：「沒關係，我不在意這些的。」

「什麼都可以原諒我嗎？」

「不是是非原則性問題的話可以。」

傅崢抿了抿唇：「我在自己身分上對妳造假，本來在祕密交換設施裡寫了很長的坦白信，但顯然最終沒能到妳手上。」

寧婉驚了：「難道你不叫傅崢？？？」

「這個沒編，我確實是傅崢，但同時，我還有別的身分。」

寧婉循循善誘道：「比如？」

「比如是妳的未來老闆。」

「哦！未來老闆啊，我當是什麼呢……」傅崢的坦白太過震撼，以至於乍聽之下，即便耳朵接收了資訊，大腦都沒跟上，寧婉自然冷靜地重複了一遍傅崢的話，過了片刻，才終於後知後覺地意識過來。

「啊？我未來老闆？」她看起來有些沒進入狀態，「未來老公還是未來老闆？我沒聽錯吧？你在開什麼玩笑啊傅崢，雖然我理解你作為男人肯定有未來能成為大Par的心願，但我們應該腳踏實地一點？先從實習律師轉正再說？」

傅崢看起來有些無可奈何，他斟酌用詞般道：「寧婉，每天寫郵件給妳的、幫妳處理沈玉婷團隊、處理金建華的，都是我。」

「……」

寧婉陷入了沉默，顯然事實真相的刺激太大，她還是沒能真正反應過來。

傅崢揉了揉眉心：「最初來社區，是因為想從商事轉型做民事，希望快速了解國內的法律環境，盡可能接觸各類的民事糾紛類型，高遠說社區最適合我的要求。」

「最初的初衷確實不是為了騙妳，雖然身分上造了假，但愛妳是真的。如果有可能，我不僅想成為妳的未來老闆，更想成為妳的未來老公。」

寧婉這個人內心越是震驚慌亂，表面就越是冷靜，她看向傅崢：「你怎麼證明你是高級合夥人？」

傅崢沒說話，逕自掏出了自己的手機，點開了幾個銀行的APP，然後遞給了寧婉。

寧婉看著帳戶總額裡這一連串數都數不清的位數，又驚又饞：「這麼多錢？都是你的？」

傅崢點了點頭。

不得不說，傅崢這招挺管用，原本寧婉是不信的，然而傅崢的帳戶餘額讓她立刻冷靜了下來，不需言語，人民幣總是讓人與人之間更容易彼此了解。

這下換成寧婉沉默了。

因為事實和真相太過驚悚，震驚過後，寧婉別的情緒都還來不及就位，唯一還能感受到的就是有些遲鈍的尷尬。

傅崢看起來想繼續解釋，只是還沒來得及，就被電話鈴聲打斷了，他和寧婉道了歉打了招呼，便在一邊接起來。

電話是高遠的，他人在外地，本來是去談一個收購案，作為惡意收購方的律師，高遠遭到了被收購公司股東的報復，回飯店的路上被人用棍子打了一棒，頭上縫了好幾針，還有輕微腦震盪，緊急請求傅崢的支援。

掛了電話，傅崢的表情也沉了下來，他簡單說明了高遠的情況，然後看向了寧婉：「我現在會趕過去幫忙，高遠現在的健康狀況應該沒辦法繼續推進這個案子了，但今晚晚一點還需要律師和被收購方幾個在國外的股東視訊會議，我會過去幫忙收尾，順帶處理下高遠受傷的索賠問題，看一下他的情況。」

事發突然，這裡離高遠所在地本身就有一小時車程，而視訊會議會在一個半小時後舉行，傅崢必須立刻出門，才能略微提前到達後和高遠交接清楚併購案的細節，唯一值得慶幸的是，高遠曾就這個併購案諮詢過傅崢，因此對這個案子的前情提要，傅崢並非一窮二白完全不知。

「寧婉，我知道我欺騙妳這件事很過分，也知道這個消息對妳來說可能一時之間很難接受，但我現在沒有辦法立刻和妳繼續解釋，正好我們彼此冷靜一下，我處理完高遠那邊的事，再回來和妳溝通，可以嗎？」

傅崢的語氣有種力量，等寧婉意識過來的時候，自己的情緒已經不自覺被對方帶著走了，她點了點頭，表示了認可傅崢的提議。

然後傅崢俯身，親了親她的額頭，才轉身離開。

傅崢走了，寧婉下意識便是幫自己倒水，等三杯水下肚，她才終於後知後覺地徹底反應過來——

傅崢是老闆？？？

傅崢竟然是自己的老闆？？？

傅崢就是那位神祕大 Par？？？

人這種生物就是這樣，一旦知道了事情真相後，再往前推過去的細節，便覺得什麼都可疑，什麼都有蛛絲馬跡。

以前沒覺得，但如今再回頭一想，確實，傅崢很多行為都變得相當可疑，只是當初自己全心全意信賴對方，以至於很多明顯的漏洞都帶著濾鏡美化，從而視而不見了。

寧婉心裡有點悶，有點慌，也有點忐忑和空蕩蕩，所有情緒蜂擁而至，複雜又微妙，以至於自己一時之間完全理不出頭緒來。

傅崢這男人在陰險這點上倒確實挺像個合夥人。

從剛才開始，幾乎就是步步為營，雖然嘴上說著自己道歉坦白，但言詞邏輯裡都是手段和話術——

先公開身分，緊接著，披上自證的外衣，闡述的卻是自己在「微服私訪」期間對寧婉的付出和默默關照——處理沈玉婷啦、搞定金建華啦，給自己特殊待遇啦。

雖然並不是用邀功的語氣，然而做的還是同一件事——強化寧婉感知裡傅崢的付出，提醒寧婉他的好。

接著這男人還幹了什麼呢？

接著就開始對自己大灌迷魂湯了，表示不僅想做未來老闆還想做未來老公。

然後就開始給自己看帳戶餘額，用金錢摧毀自己的意志。

最後即便臨時有事沒辦法繼續攻略，也溫溫柔柔一臉做小伏低地向自己道歉，並且約定時間正好彼此冷靜下，給予自己空間的同時，也用非常注意的語氣，盡量避免強化寧婉對他老闆身分的感受和牴觸……

呵呵。

寧婉想，自己還真是瞎了眼，傅崢這種人，不是高段位白蓮花綠茶是什麼？

傻白甜？不存在的。

資本主義的老闆果然沒一個好的，不陰險狡詐，怎麼成為律界金字塔頂端的高級合夥人？

寧婉越想越氣，也越想越尷尬，越想越覺得自己不好了，自己以前在社區都幹了什麼啊？推薦大Par給大Par本人也就算了，不明所以買地中海典雅藍「高貴」塑膠椅給大Par，還言辭行為上「收拾」對方？

古語云，與人為善，誠不欺我……

很多時候，身邊那些看起來平凡無奇的人，很可能都是隱藏的高手……

寧婉氣憤傅崢欺騙的同時，心裡又有點懊悔，要是早知道他就是老闆，自己還不使勁地對他更好點？

傅崢是走了，結果甩給自己這一個爛攤子，寧婉心煩意亂，實在睡不著，洩憤地吃光了剩下的櫻桃，然後打了通騷擾電話給邵麗麗——

「麗麗，我完了。」

自從得到自己團隊老闆賞識以來，邵麗麗精神百倍，腰不疼了腿不疼了幹活更有力了，平時忙完工作，還要頭懸梁錐刺股般熬夜學習專業知識，這個時間果然沒睡，甚至還很精神百倍。

寧婉說完，電話裡就傳來了邵麗麗激情洋溢的聲音：『怎麼了？』

「就……妳先深呼吸，默念冷靜，不要震驚不要尖叫。」

『什麼啊？』

寧婉抿了抿唇，壓低聲音道：「說出來嚇不死妳！傅崢就是那個神祕大 Par！」

『哦，是啊。』結果邵麗麗的語氣一點驚訝也沒有，倒像是終於鬆了口氣一樣，『他和妳坦白啦，妳終於知道了，我憋好久了，一直想和妳說，但是傅 Par 說想親自和妳解釋，畢竟他很欣賞妳，我本來就想他怎麼還不說啊，還以為是什麼情趣，我正糾結要不要先提醒下妳呢……』

「？？？」

「妳知道？！」寧婉的聲音提高了八度，原來就她被蒙在鼓裡？

「邵麗麗！我們是朋友嗎？！妳都知道了，妳怎麼還鼓勵我對他下手啊！我都幹了什麼啊！妳還給我出餿主意，讓我假裝醉酒跟人家告白！傳呼給妳什麼好處了，妳這麼輕易賣了我？」

寧婉簡直氣絕了，如今回想起來，自己表白當天晚上都幹了什麼啊，還能做人嗎？如今一想，都快尷尬得能直接撒手人寰了。

「就算那天送雞尾酒的服務生弄錯了，妳也可以拉著我不要犯傻啊！結果妳呢！妳當場跑了！之前信誓旦旦說的姐妹不會害我呢！」

結果寧婉都這麼質問了，邵麗麗還挺委屈：『我什麼時候鼓勵妳幹這種事了啊？我從沒叫妳去對大 **Par** 下手啊！妳以為我不想阻止妳嗎？我那天就驚呆了，被妳嚇得魂飛魄散了，根本就沒反應過來，我怎麼知道妳這麼狗膽包天啊！』

還狗膽包天？寧婉真是氣笑了：「不是妳鼓勵我，要對他示好，怎麼示好都不為過，而且不用含蓄，不用委婉，要主動點積極點坦率點？不是妳，讓我把內心展示給傅崢看？去搞他的嗎？！」

『我那是叫妳作為「帶教律師」對「下屬」多表現些坦誠的關愛！雖然妳不知道他的真實身分，可正因為這樣，妳如今表現出的對他的關照和善意，不就更加珍貴，讓大Par能更加欣賞妳，了解妳珍珠一般璀璨的人格嗎？』

「……」

邵麗麗聽起來也委屈壞了：『說到底，確實也是我的錯，我錯誤估算了妳的人格，我哪知道妳一本正經說的不是上司對下屬的那種關愛，是想睡人家搞人家的那種搞黃色的關愛啊……我哪裡知道妳展示出來的真實內心，是那麼可怕和黃暴呢！』

還搞黃色？還黃暴？寧婉都快氣劈腿了，事到如今，竟然還是自己的錯，是自己不正經，是自己饞傅崢？

而如今寧婉知道了真相，邵麗麗不用再保密，彷彿也沒了心理壓力，很快就活潑起來：『說實話，妳那天對人家大Par那一番威逼利誘，我真的是替妳捏一把汗，生怕人家一個不高興把妳從團隊裡踢出去，結果第二天妳和我說你們在一起了？』

『我花了大概快一個禮拜才接受了這個事實……』

一開起頭，邵麗麗就絮絮叨叨說上了，她心有餘悸道：『不得不說啊，大Par的口味還挺想不到的，妳當初那麼對他，他還愛上了……我都怕他是不是要騙妳感情然後報復妳？但一想人家沒必要，他的時間那麼貴，你們同等時間，是他倒貼妳，騙妳感情，不實惠，不可行，沒必要。』

「……」

寧婉很想問問，邵麗麗到底是自己的朋友還是傅崢的朋友？

但很快，邵麗麗這愛操心的性格又想到了點別的：『不過寧寧啊，妳和大Par談戀愛脫單我肯定是替妳高興的，可我在想，妳這也算是和自己未來上司談戀愛了，而且又正值大Par選團隊的時間，雖然我知道，妳平時多努力複習，是靠自己才考了筆試第一的，肯定沒有走後門，因為妳甚至都不知道傅崢是誰，可我擔心所裡有些人不這麼想。』

『尤其是同樣削尖了腦袋想進大Par團隊，結果沒成功的那些人……』邵麗麗壓低了聲音，神祕道：『因為我聽說，這次好像有不少關係戶想往傅Par那塞，有中級法院院長的女兒，還有幾個法學教授家親戚，傅崢根本沒理睬他們，頂住了其他合夥人的壓力最後完全只看成績選人。』

『但妳這節骨眼上和未來老闆談起戀愛了，雖然你們什麼隱情都沒有，可外面肯定會傳謠言，說妳是靠什麼枕邊風啊或者親密關係上位的。』邵麗麗語重心長道：『他們肯定會質疑妳的能力，說妳靠關係……』

「放屁！」雖然心裡還在氣憤和譴責傅崢的欺騙行為，但寧婉下意識就反駁起來，「什麼叫靠關係啊？我這明明就是靠能力！」

『就是！』

「先不說傅崢根本沒透露考題給我，我的答案卷有人不服氣的話我也願意讓他們申請公示，看看批改時有沒有亂替我加分，我行得正坐得直，面試也不帶怕的，何況占大部分的也是筆試分；就算退一萬步，完全按照面試分來定輸贏，那麼面試裡傅崢對我有感情傾向所以給分高點，那也是我的能力啊！」

邵麗麗本來還在附和，可一聽到這句，下意識疑惑起來：『啊？』

只聽寧婉振聾發聵道：「我靠自己的人格魅力、美麗臉蛋、絕美身材還有靈魂閃光點，讓霸道高級合夥人愛上我，為我痴為我狂為我哐哐撞大牆，這難道不是我的能力嗎？他們能嗎？這也是本事！也是能力啊！這怎麼就不是能力了？啊？小麗，妳說，這是能力嗎？」

邵麗麗有些窒息道：『是……是吧……』

「就是去超市買顆梨還挑長得好看的呢，挑個員工當然也有以貌取人的部分因素在，而且長得美難道很容易嗎？長得像我這麼美，身材這麼好，難道不也是靠我努力鍛鍊、克制甜食、注意保養防晒才做到的嗎？這怎麼就不是我的努力了？難道自己長得歪瓜裂棗，還要老闆選妳嗎？就算我和傅崢沒什麼關係，傅崢也不至於招聘的時候找個醜的每天挑戰自己的審美吧？」

『……』

邵麗麗也不知道怎麼回事，寧婉的思緒完全被帶偏到這個路線上了……

好在寧婉很快回歸了正常思緒：「先不說這個，小麗，我就問妳，妳既然早就知道了傅崢的身分，有沒有偷偷賣掉我的什麼資訊？」

『沒有啊！』要不是在電話裡，邵麗麗恨不得指天立誓了，『我真的沒有！寧寧，妳放心吧，我是什麼人妳還不知道嗎？親疏關係，我心裡明白著呢！和妳認識這麼久了，又是一起打拚同甘共苦過來的，要是有什麼需要站隊的事，就算傅崢是老闆，我也肯定站在妳這一邊啊！不會賣了妳！』

寧婉又確認了幾句，邵麗麗一席話，讓她還是頗感安慰。雖然邵麗麗早就知道傅崢身分，可礙於畢竟是未來所裡的大Par，不敢貿然告訴自己，也是情有可原，但現在真相大白，以自己和邵麗麗的交情，邵麗麗自然是偏著自己的。之前的事也不能怪她，要怪就怪垃圾傅崢陰險狡詐。

只是寧婉不知道的是，幾乎就在邵麗麗掛斷了和她的電話沒幾分鐘後，自己這位好姐妹就抖著手接起了傅崢的電話——

「傅 Par，寧婉和我聯絡了，是，是，她目前情緒還比較穩定，比起她以往激動的時候來說，應該還可以，沒有破口大罵，真的沒有！她嘴上是沒罵你……心裡？你要聽實話嗎？心裡肯定在罵你啊……」

「好好，我知道了，她要是再聯絡我，我會再安撫她的，好的好的，傅 Par 您忙，再見！」

雖說已經知道了傅崢的身分，但有些話，寧婉也不方便和邵麗麗交底，比如傅崢這場坦白身分的烏龍，畢竟別說邵麗麗，連寧婉自己如今都覺得有些玄幻，這麼巧的事，怎麼就被她遇上了？

但不管傅崢什麼時候坦白，結果都是一樣的，這陰險的男人從一開始來社區就欺騙了自己！

寧婉一邊在房間裡來回踱步，一邊臉忍不住一陣紅一陣綠一陣黑。

怪自己優異的記憶力，寧婉幾乎能回想出和傅崢從高鐵上相遇到如今的一切細節，以往沒覺得什麼，現在一想，滿滿的都是尷尬。

好在臉皮厚，她自我開解了一陣後，又開始盤算起怎麼處理和傅崢的關係。

傅崢也說了，趁著他有工作需要處理的這段時間，給寧婉空間冷靜冷靜，但即便這人不在自己眼前，寧婉也完全冷靜不下來，自己可真是出息了，泡了個高級合夥人？還是自己未來上司？可不是狗膽包天嗎！

寧婉真是一輩子沒想到自己還能搞出這麼野的操作，她抱著抱枕在床上翻滾了好幾圈，情緒才終於稍稍平復，如此心平氣和地想一想，分析了利弊，再冷靜地考慮下對傅崢的感情，心裡終於漸漸明晰起來。

而一旦心裡有了主意，整個人放鬆下來，此前情緒緊繃造成的疲勞便席捲而來，雖然才九點不到，但寧婉在床上又滾了兩圈，然後就這樣滾著滾著睡著了。

第十九章　撒嬌男人最好命

只是寧婉睡得踏實，另一邊，傅崢就相當度日如年了。

所幸趕到高遠身邊後，高遠的情況並不嚴重，傅崢和高遠交接後，又關照了高遠幾句，才分秒必爭地趕去了視訊會議。

雖然心裡還想著寧婉，但工作狀態的傅崢從來都很專注，一個小時後，視訊會議結束，傅崢處理完了所有的遺留工作，又確認了下高遠的健康狀況無誤，才拿起了手機。

他打開了未接來電——什麼也沒有，寧婉沒打電話給他。

他又打開了通訊軟體——什麼也沒有，寧婉沒傳訊息給他。

他接著打開了簡訊、郵箱，一切一切所有可能涉及到通訊功能的ＡＰＰ，結果都沒有，自始至終，自從他離開後，寧婉都沒聯絡過他。

傅崢設想過很多可能，比如寧婉傳訊息斥責自己，表明自己的立場，介意他的欺騙，需要冷靜或者怒而提分手，對於這幾種可能性，傅崢都快速做好了備案，都想了完備的處理方案，然而他並沒有預料到寧婉完全不按牌理出牌——自己以上的所有猜測都是錯的。

寧婉什麼也沒回應，採取了冷處理。

只是在感情問題上，冷處理表面看起來相當平靜，但其實是最糟糕也最容易埋下雷的。

要是寧婉發火，或者哭，或者生氣，都還沒事，至少她的情緒宣洩了，一旦負面的東西發洩掉了，傅崢就有自信能把寧婉哄回來。

可如今寧婉什麼行動和反應也沒有，原本還對自己有信心的傅崢，一下子也束手無策慌亂起來。

自己都三十了，還是個高級合夥人，應該做個穩重的男人了，然而等傅崢意識到的時候，他的手已經自發傳訊息給寧婉了——

『在嗎？』

傅崢傳完就後悔了，飛速地點了收回，然後他冷靜了下，再次打字道——

『寧婉，妳冷靜得怎麼樣了？』

結果剛傳完，傅崢想了想，趕在兩分鐘快到之前，又一次點了收回。

不好，平時這樣問還沒事，如今自己公開身分是寧婉未來老闆，這種問句，有可能被寧婉解讀成居高臨下的威逼，不妥。

那就——

『寧婉，好點了嗎？』

這一句，傅崢終於滿意了點，這樣問，不要具體提及什麼事，不強化寧婉對於自己欺騙的印象，充滿人文關懷，也沒有施壓的意味，很好。

然而自己的訊息傳出後，等了漫長的五分鐘，猶如石沉大海，寧婉什麼也沒回覆……

當然也不是沒有值得高興的事，因為傅崢發現自己的訊息至少還能傳出去，尚且並沒有被封鎖。

現在才九點，以寧婉平時的作息，不可能這麼早睡覺，尤其今晚遭遇了這麼大的衝擊，情緒激動之下，她更應該睡不著了。

所以沒回自己，就是不想回？

也不一定，傅崢縝密而嚴謹地想，也或者是寧婉正在洗澡或者忙別的事，一時沒看手機，這很正常，再等等。

然而這一等，等了三個小時，傅崢還是沒等到寧婉的回覆。

這幾天一直在交接回總所的事務，今天又為了高遠特地趕來這裡處理了高強度的視訊談判，說實話，傅崢其實是有些疲勞的，正常來說應該早點睡覺，但沒等到寧婉的回覆，一想到她的態度仍舊不明朗，傅崢即便有些累，還是睡不著。

已經很多年沒有經歷過這種忐忑的緊張了，然而自從遇見寧婉，這些幼稚、不成熟的情緒彷彿通通體驗了個遍。

傅崢忍了忍，沒憋住，又傳了一則訊息給寧婉。

只是仍舊沒等到回覆。

最後傅崢是迷迷糊糊倚靠在床上睡著的，但明明很疲勞，這一覺睡得並不踏實，總覺得心裡有未盡的事宜，以至於每隔兩三個小時，傅崢就會下意識醒一次，醒來第一件事就是看手機，只是寧婉還是沒回覆……

傅崢這輩子就算是升學考時，也沒在意成這樣，當初還嘲笑半夜睡不著的高遠沒有大將風度，如今想來，出來混，總歸是要還的，有些情緒，該體驗的總是會體驗，年輕時沒有走過的路，如今換一種形式，也還是會走上那麼一遭。

最終，在極度的疲乏裡，傅崢才終於進入了睡眠。

只可惜即便睡著，這個睡眠也將十分短暫，因為傅崢已經調好了明早的鬧鐘，準備搭最早的車回容市，寧婉不給他一個答案，那麼他就只能上門去討要了。

首要的是，把自己的歉意再次誠懇地傳達給寧婉，接著緩和她的情緒，然後動用自己的專業能力，用巧妙的方式，最終攻克和說服寧婉。

至於用的方法，傅崢認真地想了想，可以出其不意一些，畢竟人在驚喜的情況下，更容易被說服。

傅崢幾乎一夜沒怎麼睡好，第二天頂著隱約的黑眼圈出現在了車站；而另一邊，寧婉卻睡得香甜。

在昨晚混亂多變猶如衝浪般的情緒波動後，寧婉終於調試好了心態，並且恢復了平靜，對傅崢的欺騙，自己心裡也分析出了個策略，今天是週末，她睡了個自然醒，等起床了，也沒覺得第二天有什麼不同，迷迷糊糊地跑去洗手間洗漱。

寧婉這房子雖然小，還是間中古的，但臥室裡的洗手間採光通風都很好，側對著寧婉此刻站立的方向，窗戶亮堂而寬敞，寧婉看了窗外一眼，今天的陽光燦爛得都有些刺眼了。她瞇了瞇眼才吐掉嘴裡的泡沫，結果就剛才這麼一低頭，再抬起頭來，卻發現窗外都暗了？

這天氣預報也沒說今天有雨啊，明明該是個大晴天才是……

一下子就風雲變色天暗成這樣，該是要下大暴雨才是，寧婉下意識便準備走到窗邊把窗戶關上，以免此後雷雨打濕屋內，然而她這一轉身一抬頭，才發現不對。

這根本不是什麼外面要下雨了，分明是自己的窗戶被一條紅色的橫幅遮住了！

寧婉氣得要死，幾乎立刻拿起手機開始打電話給社區居委會準備檢舉。

又來了又來了。

這種事也不是第一次發生了，是可忍孰不可忍！本來自己這小房子也就洗手間這窗戶採光好，結果還被遮住了！

電話一接通，寧婉幾乎不帶喘地就控訴了：「我們樓上那戶招租怎麼還沒完沒了了？上次說招租掛了條橫幅遮住了我窗戶採光，好說歹說最後掛了一個月才移走，怎麼現在又這樣了？！再這樣，我可要採取法律手段了！」

電話那端居委會工作人員一邊安慰一邊記錄具體情況，正當寧婉準備把自己和樓上住戶資訊再重複一遍時，窗外大概是風向變化，那橫幅竟然離遠了些，而寧婉也才發現，這橫幅垂下來的字，是面朝著自己的，而那上面，並非是自己以為的招租廣告，而是……

而是大刺刺地掛著自己的名字？

也是這時，橫幅在寧婉眼前慢慢遠離窗戶，終於把整條橫幅都展現了出來——

「寧婉，對不起」。

？？？

寧婉簡直沒脾氣了，她這才看清，這橫幅並不是從樓上住戶窗戶往下懸掛的，而是……

而是懸掛在一架無人機上的，此刻這架無人機正飛在自己的洗手間窗外……

寧婉目瞪口呆地看著無人機，下意識朝電話裡道歉，解釋自己需要撤銷檢舉，應該是個誤會，才掛了電話。

而幾乎是剛掛了居委會的電話，傅崢的電話就來了，他的聲音還是很鎮定，看起來完全不像是剛做出用無人機掛道歉橫幅這種事的人，語氣冷靜道：『寧婉，我在樓下，可以上去嗎？』

「可以吧……但……」

結果寧婉的話還沒說完，傅崢就像不想聽一樣逕自打斷了她：『妳開門，我們當面說。』

雖說從樓下到樓上距離很短，但話音剛落就到門口……瞬移這種事自然是不存在的，傅崢看起來早就等在門口了……

寧婉一開門，果不其然，這男人正一臉嚴肅地站在門口。

「你趕回來的？」

傅崢點了點頭：「嗯。」

如今身分對調，寧婉有些不自然：「趕了早班車啊？其實沒必要這麼急的，還是要注意身體的，就算容市這邊有工作要趕……」

「沒有工作要趕。」傅崢抿了抿唇，打斷了寧婉。

「那你為什麼這麼急著回來？」

這一次，傅崢沒說話，只看向了寧婉。

因為自己？

寧婉被他這麼看得又有些臉頰發熱了，但她想著傅崢的欺騙，一時之間起了點惡劣的玩心，她佯裝不明白傅崢意思地追問道：「是因為什麼呀？」

傅崢哽了哽，看了寧婉一眼，有些無奈又有些縱容，連聲音都變得更為和緩了：「因為妳。」

他不自然地移開了視線，咳了咳，再次道：「因為妳一直沒有回我訊息。」

傅崢有傳訊息給自己？

寧婉下意識拿起手機看，早上起來後她還沒來得及看手機，剛才激憤之下打給居委會也沒來得及先檢查訊息。

只是不看不知道，一看，寧婉倒是有些驚訝：「你怎麼傳了那麼多則訊息給我？」

從昨晚九點開始，每隔幾個小時，傅崢就傳一則訊息給自己。

最初的第一則訊息，看起來更是傳得很坎坷，在此前接連收回了兩則。

「一般來說，如果我晚上沒回訊息，肯定是睡覺了……」寧婉看了傅崢一眼，委婉暗示道：「所以這種時候其實後面再傳給我，我也肯定不會回了……我睡覺的時候手機關震動而且靜音的……」

「我也不是一定需要妳回覆。」傅崢收斂了目光，頓了頓，才有些不自然地解釋道：「我就是想確認下，自己有沒有被妳封鎖。」

所以每隔幾個小時就確認一次？？？

寧婉驚呆了，原本還想著傅崢的真實身分繃著情緒，這一下，聲音都抬起來了：「我為什麼要封鎖你啊？」

這下換成傅崢愣了愣，然後他有些尷尬地移開了視線：「之前隱瞞身分欺騙妳，妳確實有生氣的理由……」

「不是？我生氣？你大可放心，我生氣也不會把人封鎖，這太幼稚了！」

傅崢聽了，似乎是鬆了口氣：「是的，妳是很理智的人，並不會這麼幼稚，封鎖確實大可不必，是我太緊張所以……」

他「多慮了」三個字還沒說完，就聽寧婉繼續道——

「不然說不定別人跟自己道歉還會發幾個大紅包呢，轉帳發紅包只要讓對方發五二〇、一三一四這種有示愛含義數字的紅包給自己，法律上就認定是贈予，不認定是借貸，即便之後想要回來，法律上也不支持，所以要封鎖也是騙完了紅包才封鎖！不然什麼也沒撈到就封鎖，白痴嗎？多幼稚啊！」

「……」

傅崢抿了抿唇，努力冷靜道：「我知道，生氣不足以形容妳的感受，妳現在甚至可能在考慮分手，但我只是想說，希望妳能給我一個機會解釋，我並不是有意誤導的，對妳的感情也是真心的……」

他說到這裡，補充道：「至於紅包，不需要，我可以從帳戶裡直接取現以後給妳，這樣沒有銀行轉帳的借貸痕跡，只要不簽借據，法律上也要不回來，安全無痕，而且金額比轉帳大得多，想要多少都可以。」

「？」

寧婉本來可以打斷傅崢的敘述，但聽著對方一臉嚴肅而認真的剖白和關於借貸的提議，寧婉突然不想出聲了，她沒有表態，只是安靜地看著傅崢，而這樣果然加劇了傅崢的緊張。

這位年長的高級合夥人講起來話來甚至都有些慌亂了，像一位沒有複習不知道答案卻想得高分的小學生——

「除了在身分這件事上有造假，學歷、姓名、身高，這些都沒有虛假，想對妳好，想給妳特殊待遇，想和妳一起在同一個團隊共事，不想要妳受到傷害，這些都是真的。」

「意識到自己喜歡妳以後，就已經想過坦白身分的事，只是擔心我的身分會影響妳對我表白的決定，或者給妳造成不必要的壓力，一直沒有想到萬無一失的辦法，才一直拖著，直到意識到妳也喜歡我。」

說到這，寧婉就沒好氣：「那我那天喝醉了，你都意識到了，你又沒醉，為什麼還老奸巨猾不阻止我說那什麼什麼胡話？你直接打斷我，說你也喜歡我不就行了嗎？還騙我說了那麼一堆，還潛規則不潛規則的，我一世英名都毀於一旦，你就是故意的吧？」

「我是故意的。」

寧婉本以為傅崢會狡辯，結果這男人竟然一口承認了。求生欲呢？完全沒有了？

只是傅崢頓了頓，才繼續道：「但就算我是故意的，妳潛規則我也已經是既定事實了，當初是妳承諾了，說會養我。」

傅崢說到這裡，抿了抿唇，然後拿出了手機，點了什麼鍵，而幾乎是剎那，寧婉的聲音就從裡面傳了出來——

『你要是跟了我，我從大Par那裡學到什麼，肯定都一五一十地傳授給你，另外，摸魚甩鍋的技能，其實我還有一些私藏，也不是不可以教你，但是實話說，我這套絕學傳給你，也不是沒有代價的，你知道，以前人家武功祕笈，也都只傳自己人的，所以呢，綜上所述，我勸你趁早喜歡我……』

「……」

「…………」

「你錄音？？？我表白的時候你竟然還錄音？？？」

寧婉簡直佩服得五體投地，這是什麼款式的狗男人？這麼激動人心的被表白時刻，都還不忘錄音？這他媽……還是人嗎？

傅崢終於抿唇露出了今天第一個笑容：「當時事發突然，我還沒來得及坦白，妳就對我表白了，因為擔心妳事後知道我身分翻臉不認人，覺得有些事還是留下證據比較好，畢竟開錄音本來也是隨手之舉，下意識的職業病而已，很方便，也很有用，希望以後不論什麼情況下，妳都能有這個作為律師的意識。」

「……」還現場教學？你女朋友真的要沒了你知道嗎？

這無賴男人大概是打定主意準備敲詐上了：「但妳說了養我的，這種山盟海誓一樣的信誓旦旦，原來都是隨口說，一點信用也沒有的嗎？寧婉，妳就是這種人嗎？」

「……」寧婉簡直沒脾氣了，「傅崢，你自己看看你自己帳戶的餘額，你還要我養嗎？之前看我成天幫你想盡了辦法省錢是不是還覺得挺好玩的？你平時住哪裡？住別墅吧？我擺櫻桃給你你沒看見不是意外，是因為你從沒住過那間中古小房子是嗎？你心裡根本看不上那房子吧？現在想想，當初你是不是就很嫌棄？」

傅崢的歪理邪說讓寧婉成功在回憶過去細節時帶了點小火氣，然而她自己都沒有意識到，因為這份情緒的帶動，對待傅崢反而沒了對待未來老闆的些微拘謹，在自己都沒反應過來前，她已經中氣十足喊了傅崢的全名。

對於自己的反應，傅崢卻彷彿遊刃有餘，他看了寧婉一眼：「妳幫我入手的那間中古屋，從入手到現在，已經漲了快一百萬了。」

一百萬？！寧婉心裡有些不平衡了，垃圾傅崢，自己怎麼還陰差陽錯幫他多賺了那些錢！真的是有錢者恆有錢！

傅崢卻抿了抿唇，聲音溫和勸誘道：「妳現在要是和我分手，我以後找了別人，那這些溢價，就都便宜別人了，等於妳幫我買了間房子，最後便宜了別的女人，妳覺得這合適嗎？」

當然不合適！！！

「我沒有嫌棄這間小房子，自從喜歡妳以後，我就覺得那間房子是妳送給我的定情信物了。」

寧婉當即反駁道：「是你自己買的！我才沒送你什麼定情信物！」

「是，房子雖然是我買的，但房源是妳找的，而且就算這房子不算定情信物，那妳Gartier的戒指算吧？妳都送過我戒指了，我都三十了，本來要是不戴戒指，興許在社區裡也脫單了，畢竟我們社區的相親群組挺厲害的，但因為妳指點我戴在婚戒的位置，我喪失了脫單的機會，妳不覺得妳也應該對我有所補償？而且妳還誤導肖阿姨我的性取向了吧？」

前面說因為戴婚戒喪失了在相親群組裡找對象的機會也就算了，怎麼連肖阿姨都扯上了？

「肖阿姨比你大那麼多，難道失去和肖阿姨的機會你還很惋惜嗎？當初不是你求我幫你解決人家的追求嗎？」

「是這樣沒錯，但是妳誤導肖阿姨我的性取向，嚴肅來說，也可以算是誹謗汙衊了，但是沒關係，我不介意，妳把妳自己彌補給我就好了。」

「至於妳說為什麼不住悅瀾的小房子，我不是嫌棄，只是妳平靜地想一想，等妳以後和我結婚了，在擁有臨湖別墅和悅瀾小房子的情況下，妳會選擇哪一間當我們的婚房？」

寧婉徹底被傅崢的思緒帶偏了，她下意識地冷靜分析起來，確實，自己要是有臨湖大別墅，那是絕對不會去住悅瀾中古屋，這麼說來，倒確實也不算是對悅瀾中古屋的嫌棄，只是生活條件上去了，自然不願意還將就在過去的生活水準了，畢竟哪裡有人自找苦吃的？

「當然，我除了臨湖的別墅，還有郊區的別墅，那邊有一大片森林，平時我們可以在那裡野餐，風景很好，還可以放風箏；我也有一間別墅在隔壁市的海邊，剛買的，傍晚還可以出海，海上夕陽非常美，可以直接在甲板上海釣，釣上的魚直接處理烹飪，真的特別新鮮特別好吃……就是不知道妳更喜歡哪一間？」

寧婉想得入神，以至於都沒反應過來，下意識就答道：「海邊的那個吧，海魚是用燒烤的方式做嗎？能撒點胡椒之類的嗎？聽說挺好吃的……不過海邊的房子是不是比較容易潮濕啊？牆面容易發霉之類的？」

「不會，會有防潮處理的，但海邊容易膩的話，可以週末度假再去，海魚還有很多別的做法，妳喜歡哪種我都可以去學。」

「……」

等寧婉徹底冷靜反應過來，自己竟然已經一本正經在和傅崢討論海魚的做法了……

媽的，傅崢這個男人真的陰險，知道自己饞人民幣、大別墅和好吃的，竟然就用這些手段！

不行！寧婉甩開了頭腦裡這些有的沒的，決定重新冷靜下來。

長得帥、有錢、有大別墅，是挺優秀的，但……寧婉想了想，誠懇道：「可我養不起你。所以你還是把要養你這種話忘了吧。」

別說養不起，寧婉現在一想起自己以前竟然大言不慚說要養傅崢就感覺羞愧到頭皮發麻……

然而傅崢笑了笑：「沒事，妳養得起，我吃得不多，妳隨手做的家常菜就可以了，水果也不用吃進口櫻桃，妳買打折山東櫻桃給我也是一樣的，一天花不了多少錢，妳要是還嫌多，我可以再少吃點。妳家總有一碗白飯吧？要是沒有一碗，半碗也行，我可以少吃點。」

「有是有，但你騙人。」寧婉雙手抱胸，打量地看向了傅崢，故意不表態，「現在你先自己交代，除了身分這一點，還有騙我別的嗎？」

「我和高遠是同學，關係很好，他確實是個挺不錯的人。」

「哦。所以高遠對你？」

「嗯，妳誤會了，高遠挺正常的。」傅崢抿了抿唇，為了自證清白，給高遠捅刀道：

「他一個看起來挺嚴格有氣場的人，其實是個妻管嚴，怕老婆，他老婆每天會查他手機，而且雖然收入很高，但都上交了，自己的零用錢少得可憐，有時候還會跟我借錢。房子也是婚前買給老婆的，只寫了老婆一個人的名字，要是有任何不軌行為，可能只能淨身出戶……」

「……」

色中餓鬼高遠竟然是個怕老婆的？

呸呸呸，人家根本不是色中餓鬼！

寧婉一想到此前對高遠的誤解，和偶爾幾次言語裡的對抗，整個人不好了：「高 Par 主管人事，也包括了薪水福利休假補貼，我……」

「妳不用擔心，高遠不是這種會對員工打擊報復的人，他心很大。」傅崢頓了頓，繼續道：「某種程度上來說，高遠正直、熱情、公正、努力、對家庭負責、愛老婆、對工作上心、為人誠懇、嫉惡如仇、從不潛規則……」

寧婉有些疑惑了：「你說這麼多高遠的優點要幹嘛？高遠是對你沒什麼非分之想，難道反而是你對他？」

明明剛剛還對高遠插刀，怎麼這種時候，又開始瘋狂吹捧高遠了？這節奏寧婉有些跟不上……

傅崢頓了頓，別開了視線，清了清嗓子：「高遠這人對交朋友其實要求挺高的，物以類聚，人以群分，他和我關係不錯，從他這個人的品格，也能推斷他朋友的真實性格。」

行吧……原來說到底，吹捧高遠不是目的，這男人最終還是為了引出自己的高潔品性……

寧婉心裡既好笑又好氣：「現在我回頭想想，真的覺得自己還挺好騙的，當初怎麼就那麼相信你，我這性格還真的要改改，以後還是要多點戒備心……」

「做妳自己就好了，妳想去熱忱地對待世界的話，就按照妳自己的方式去好了。」

那不被人坑死？寧婉很想吐槽，傅崢這坑栽得自己還不夠長腦子嗎？

然而坑本人卻沒有意識到這一點，他只是認真地看向了寧婉：「我原本確實擔心，妳這樣容易被騙，還是要改一改才好，但現在其實妳也不用改。只要和我在一起，妳放手去做妳自己，我來做妳的後盾就好，去相信妳想相信的人，做妳認為對的事，別的交給我就好。」

傅崢說到這裡，即便仍舊保持著鎮定冷靜的姿態，但語氣裡也帶了一絲努力掩蓋的緊張：「只需要妳做我女朋友就可以。」

他的樣子幾乎有些忐忑：「我可以答應妳，未來絕對不會再有任何事騙妳，之前的事確實是我欠考慮。」

「但對於一直沒坦白和最早用假身分，我並不後悔。」

「？？？」這……寧婉有些跟不上傅崢的邏輯了，這不就是活脫脫的虛心認錯屢教不改？這男人竟然還大張旗鼓地說出口了？這樣真的想和自己談戀愛？

「因為不想再騙妳，所以說的是實話，再給我一次機會重來，我還是會這麼做。」傅崢看向了寧婉的眼睛，「如果我一開始就以合夥人的身分接近妳認識妳，妳是無論如何都不可能和我熟悉起來，也不可能會喜歡我的吧？」

「即便冒著事後坦白會被妳拒絕的風險，但至少成功會有巨大收益——那就是妳願意原諒我和我在一起；直接不隱瞞以真實身分和妳接觸，雖然沒有風險，但也毫無收益可言——妳幾乎不會考慮我，可能現在就和陳爍那種愣頭青在一起了。」

陳爍？和陳爍有什麼關係？

寧婉簡直目瞪口呆，但某種程度上，不得不承認，關於自己和他的那部分，傅崢說的確實是實話，要是一開始傅崢就是以高級合夥人的身分出現，寧婉才不會對他這樣那樣，自己吃了熊心豹子膽嗎？竟然還敢睡老闆？

寧婉根本沒意識到，眼前這男人說服他人的能力還真是一流，自己橫豎聽完後竟然覺得邏輯確實沒毛病？

「就和投資一樣，高風險高回報，當一個人對回報的結果太過熱切太過想要，這種想要壓過了一切，他就寧可承擔風險，也要投資。只是對大部分投資人來說，他們想要的東西是錢，我想要的東西不一樣而已，但本質就是這個原理。」

「而且雖然我的行為確實存在欺騙，但我一來沒有騙財，二來沒有騙色，不存在詐騙的主觀目的，不應該認定為詐騙，不應該入罪，本質並沒有不好的初心。」

這位邏輯鬼才，寧婉都驚呆了：「你還沒有騙財？我借給你的幾萬塊買房錢呢？還我！還要帶利息！」

「我簽了借據，沒有非法占有的意圖，怎麼能算騙財？妳要是願意，這間房子的溢價，我按照妳借給我錢的比例支付利息給妳，算是妳和我的合作投資。」

「行行，就算沒騙財，那你這還不叫騙色？？？」

「我沒有。」傅崢哽著脖子堅稱道：「騙色我更是沒有，關鍵時刻，我坦白了，我拒絕了誘惑，我保留了底線，即便以傷害了我自己的身體為代價。」

「……」

傅崢含蓄道：「妳知道，到那種地步突然喊停，其實對男性不太好。」

行吧……還傷害了自己……也真是厲害了……

寧婉清了清嗓子，做出非常冷酷嚴肅的樣子：「所以你要說的都說完了？」

「嗯。」傅崢壓低了聲線，「最後還有一點想說——我雖然隱瞞了身分，誤導妳以為我家道中落條件不好，但妳對我的好，買給我的東西，我現在都不覺得廉價，也不會嫌棄，因為這些都是妳力所能及範圍內最好的了，而妳對我的關心和情誼，是無法用價格來衡量的，正因為不知道我的身分，才不摻雜一點別的，妳對我的好，不是出於我是妳老闆，不是出於我是個成熟的高級合夥人，也不是出於我的家境我的身分地位，而只是出於我是我自己。」

「妳有成熟的是非觀，愛恨分明，教給了我很多，讓我意識到過去的自己是狹隘自負的，讓我在基層看到了很多不一樣的事，用矯情一點的話講，妳完善了我，所以即便是從這個層面，現在這個版本的我，也應該屬於妳。」

「在妳面前，我沒有優越感，因為我只有錢，錢是最空洞的東西，妳卻有很閃光的靈魂。」

「現在這個版本的我，很想屬於妳。」傅崢認真地看向寧婉，「對不起，妳可以原諒和接納現在的我嗎？」

傅崢說完後，雖然面上冷靜，但眼神還是微微洩露他的情緒——他也在緊張。風水輪流轉，即便口才再好、邏輯再強、勸導能力再一流，可就像是銷售與顧客的關係一樣，在沒掏錢前，顧客永遠占據主動權，管你是華東區銷售總代理還是金牌推銷員，就是傅崢這位邏輯鬼才也不例外。

在長久的沉默裡，傅崢終於還是繃不住了，他清了清嗓子：「寧婉，妳願意和我在一起嗎？妳……有什麼要說的嗎？」這男人勸誘道：「什麼都可以，妳現在是怎麼想的？」

知己知彼百戰百勝，傅崢這傢伙，果然是想先知道自己的心理狀態再對症下藥了。一旦冷靜下來，主動權就又回到了寧婉手裡，她眨了眨眼睛：「先把你無人機收了吧。」

傅崢像是一個拳頭打在了棉花上，但還是抿著唇點了點頭：「好。」

越是這種時候，寧婉反而越不急著表態了，垃圾傅崢，之前騙自己騙得好苦，雖說他的自我行銷很成功，往身上貼的標籤也完全是踩著自己的點貼的，讓寧婉真實心動，但寧婉一想起過去的點點滴滴，心裡還是有些沒消氣，這人從頭到尾潛伏在自己身邊看好戲，看自己上躥下跳的，很好玩嗎？越想越覺得不能輕易原諒他。

而且要不是以為他就是個貧窮大齡的實習律師，寧婉怎麼可能對他下手？這不是詐騙什麼是詐騙？害自己又是櫻桃表白又是醉酒表白的，這一路心情跌宕起伏，還沒個精神損失了？

寧婉覺得，公平起見，最起碼也得讓傅崢體會下自己這種情緒的波動才行，這位萬事有條不紊的高級合夥人顯然缺少此類經驗。

何況，自己要是當場答應，多沒面子啊！

如今回想當初傅崢的一連串行動，寧婉才驚覺他是多麼的心機白蓮花，既然如此，那就以毒攻毒，以白蓮對白蓮——不回應不表態不主動！

先晾晾傅崢！

但……但也不能便宜他讓他跑了！自己這精神損失，當然要找他結結實實負責！

正好寧婉有些餓，於是當機立斷：「我餓了，我要先出去吃飯。」

傅崢愣了愣，顯然沒想到寧婉會避重就輕，他瞪著眼睛狐疑地看了寧婉兩眼：「那妳對我到底是什麼說法？難道不準備對我負責了？」

還負責呢？這口氣這眼神，要不是寧婉替自己做過了心理建設，就真的要心生憐愛當即答應他了，傅崢這男人可真是演技精湛，眼神裡那恰到好處的委屈，那種被辜負般的受傷，等待答案的忐忑，可真是拿捏得分毫不差。

寧婉移開了視線，故意不去看傅崢，以免情緒受到波動影響，她咳了咳，努力冷靜道：「事發突然，我需要考慮一下，你不要老急著催我，何況這件事本來就是你做錯了，讓你等著也正常吧！」

傅崢看起來更委屈了，但他的姿態倒一直很做小伏低，一點沒拿出高級合夥人的架子來施壓，只乖巧道：「好的，我知道了，妳說得對。」他的語氣雖然很平靜，可說出來的話聽起來就有些可憐兮兮了，「雖然我三十了，確實不年輕了，但因為是我的錯，妳讓我等一年我也等了，畢竟人年紀一上去，時間的流逝就更快了，就算是一年，過起來也很快……」

「但怎麼說，都說人三十到三十五歲這幾年的時光，還是要珍惜，因為這是一個男人最黃金的人生階段了。」傅崢含蓄地看了寧婉一眼，「其實我已經排好了我們的五年計劃，從我三十歲到三十五歲我們可以一起做什麼，都安排好了，當然，妳要我等妳考慮，我也理解，只是看樣子只能把三十歲這年的計畫往後移了……」

寧婉清了清嗓子：「就，你本來三十歲排了什麼計畫啊？」

「也沒什麼，也只是兩個人一起出去旅遊看看極光看看阿拉斯加的冰川，或者去土耳其坐坐熱氣球，今年也只排了很普通的旅行計畫而已。」

這還叫普通???

寧婉平時忙於工作，一沒假期，二沒錢，雖然憧憬到處走走轉轉的生活，但確實沒有機會實踐，初聽傅崢這麼講，自然是心動的，好在她懸崖勒馬，就在又一次差點被傅崢帶偏之前趕緊清醒了過來——

「沒事，我才二十幾，我還年輕呢，以後機會還多著呢！」

傅崢顯然沒想到自己這招不管用了，抿了抿唇，有些老謀深算地看了寧婉一眼，寧婉被他看得心發慌，也不知道這男人又要出什麼狠招，好在之後傅崢大約是也沒想出什麼對策，只是順著寧婉之前的話題問了起來。

「那我們去哪裡吃飯?」

寧婉想了想，報了家西餐廳的名字，這家店的 brunch 很出名，現在這個時間，吃早餐太晚，吃午飯太早，吃頓 brunch 正好。

這個時間，餐廳裡人並不多，寧婉找了個靠窗的座位落座後，就開始點餐：「你想吃什麼?這頓我請你。」

傅崢卻笑了笑：「我不用了。」

「是趕回來的路上已經吃過了？」

傅崢搖了搖頭：「沒有。」

「那？」

「吃不下。」傅崢鎮定平靜道：「三十了，還沒女朋友，挺焦慮的，沒什麼胃口。」

「……」

寧婉也真是服了，她還是決定不要問傅崢任何問題了，因為不管自己說什麼，最終總會走進這男人的圈套裡。

但即便內心告誡了自己，傅崢這是在裝可憐！是在裝！可寧婉心裡還是因為傅崢的話產生了些微的罪惡感，這男人三十了，沒女朋友真的會這麼焦慮嗎？都不吃飯了？

不過好在最終，寧婉還是想出了辦法，她點了個鬆餅套餐給傅崢：「你還是吃一點，畢竟三十了，記得之前陳爍和我說過，男人一過三十，身體機能下降得比較快，再焦慮還是吃點，你不吃，胃很容易就不好了，等再過幾年，身體這不行那不行的……」

「……」

這下輪到傅崢噎住了，寧婉則心裡偷樂但表面冷靜地看著傅崢一張臉色彩斑斕，覺得也是非常新奇的體驗，既然三十歲這梗是傅崢自己拿出來賣的，那自己順水推舟，也沒錯吧？可是他自己先搬起石頭，才會砸到自己的腳。

吃了一次癟以後，傅崢果然安分守己了很多，沒有再發表什麼新的蓮言蓮語了，很有默契地接受了寧婉點給他的鬆餅，安靜地吃起來，只是吃到一半，他有些抱歉地看了下寧婉：「有點事，去接個電話。」

寧婉沒當回事，點了點頭，傅崢便起身離開了。

這通電話倒是沒接多久，沒過五分鐘，傅崢就回來了。

兩個人便繼續坐下來一起用餐。

周瑩瑩接到傅崢電話的時候，還在被窩裡睡懶覺，一瞬間甚至以為自己產生了幻覺——無事不登三寶殿的表哥會主動打電話給自己？

不可能！

然而連綿不絕的電話鈴聲最終還是把周瑩瑩吵醒了，這下一看，還真是傅崢——

「喂，表哥，什麼事啊？」

『妳快點起來。』對面傅崢的聲音相當冷靜嚴肅，『有點事，很重要。』

然後周瑩瑩就聽到他報了一家以 brunch 出名的西餐廳名字：『看了下，離妳家很近，十五分鐘內過來。』

周瑩瑩簡直丈二金剛摸不著頭腦：「做什麼？」

『妳，演個戲，過來裝一下我的追求者。』

「？？？」

『看眼色，妳最強了，所以找妳，具體怎麼做我稍後會傳訊息給妳，妳搭計程車過來，來的路上看，別浪費時間，十五分鐘好好化個妝穿點貴的，看起來越有競爭力越好。』

不是？自己為什麼要假裝追求傅崢？就算傅崢不是自己表哥，周瑩瑩覺得自己是瞎了才會追求傅崢這種男人，又高傲又臭屁除了長得真不錯還有什麼好的……

「我……」

結果周瑩瑩剛想拒絕，就聽到傅崢繼續道：『我知道妳最近想去學潛水，基於和妳表兄妹之間的情誼，我不是不能贊助妳一套潛水器具，承包妳學習期間包括教練、去國外潛水的場地、往返機票等交通，還有食宿之類的所有費用，畢竟我是個很關愛自己兄弟姊妹的人，也很看重親情，知道要在困難時，向他們伸出援手。』

可拉倒吧！還兄妹愛呢！那不都是附條件的嗎！

果不其然，傅崢頓了頓，沒等周瑩瑩開口，就補充了自己的附加條件：『當然，所有感情都是雙向的，就看現在我遇到了困難，我的表妹願意對我伸出援手嗎？』

可承包所有潛水課程的吸引力是巨大的，周瑩瑩爸媽嫌棄潛水課太危險，並不支持周瑩瑩的決定，因此也不提供她經濟支持，而她最近買買買有點狠，確實有些囊中羞澀……

因此，周瑩瑩幾乎想也沒想就切換到了熱情狗腿的模式：「你放心吧表哥！自己的哥哥，怎麼能不幫呢！表妹一出手，就知有沒有！你等著！我速到！一定豔壓群芳！」

寧婉不知道傅崢背著自己做了什麼小動作，只是發現傅崢自接完電話回來後，就顯得更安靜了，可能自己沒答應他確實讓他有些憂鬱，傅崢整個人看起來有些心不在焉，都下意識朝著桌邊的窗外看了好幾次了。

看他這樣，寧婉都快有些於心不忍了，剛想開口活躍下氣氛，暗示下傅崢自己的答案，結果伴隨著一陣女士香水味，就見桌邊突然出現了一雙漂亮的高跟鞋——

「請問……」

寧婉抬頭，發現來者是一個漂亮時尚的年輕女孩，穿著來說非富即貴，妝容精緻，臉蛋小巧可愛，還有一點眼熟。

而對方剛開口，寧婉就意識到自己在哪見過她了，她抬頭看向對方，指了指桌子上的卡牌：「Wi-Fi密碼在那，不用問我們。」

「……」

那女孩顯然愣了愣，大約是沒想到寧婉認出了她，她臉上也露出了恍然大悟的表情，然後就含情脈脈地看向傅崢：「真巧啊，竟然又遇到了，我剛才也認出你們了呢。」

她也沒顧及傅崢沒理她，一雙眼睛又盯著傅崢貪婪般地看了又看，過了片刻，才分了點眼神給寧婉：「冒昧問下你們兩位，是男女朋友嗎？」

寧婉覺得可能是店裡空氣不夠流通，有點悶，連帶著用叉子叉鬆餅邊的水果都不順手了。

是不是男女朋友，關這人什麼事啊？現在路人都這麼多管閒事了？

結果讓自己更不順心的，這次傅崢倒是開了口，他看向了那個女孩，簡短地答道：「不是。」

寧婉洩憤般像插死魚一樣用力地叉了一顆藍莓。

她心裡有點煩躁，但也知道無處發洩，畢竟傅崢說得也沒錯，自己和他現在關係成謎，沒個定性，自己這不是還沒答應傅崢嗎。

結果這女生得了這個訊號，倒是得寸進尺起來，她害羞又大膽表白道：「那你是單身吧？你真的好帥哦！上次見到的時候就覺得了，我還特地偷拍了你，還用你照片當過一段時間的螢幕背景，就覺得是一見鍾情的感覺！還上網發過尋人啟示想找你呢，就真的覺得好帥啊好有氣質哦，既然……既然這位小姐姐不是你的女朋友，如果你還是單身的話介不介意留個聯絡方式給我？」

這女孩解釋道：「我是個攝影師，對美的人真的有點職業病，也沒有抵抗力，你真的是我近期看到最好看的人了，你要是對我沒那方面意思也沒事，方便的話可以讓我幫你拍個照嗎？等我的照片投稿到網路上，你會紅的！要是單身的話，真的超多女孩會追著你愛死你的，還能解決單身問題呢……」女孩雙手合十，「拜託拜託，方便給我下聯絡方式嗎？」

到這一步，寧婉嘴裡的鬆餅也不甜了，她憋了一路，終於忍無可忍，「啪」的一聲放下了叉子：「不方便。」

「為什麼不方便啊？妳又不是她女朋友……」

寧婉瞪向了眼前的女孩：「剛才不是，現在是了，這男人，我的。」

幾乎是自己話音剛落的瞬間，對面傅崢的眼神就像是被點亮了一般，他眼眸幽深又專注地看向了寧婉，眼裡彷彿再也看不進別的東西了。

然後他看向了那個來搭訕的女孩：「對不起這位小姐，我已經有女朋友了，請妳自重，我也不喜歡主動來搭訕的女生。」

傅崢這番話，說的就有些重了，果不其然，這話下去，對面那女孩可能沒意識到會被拒絕成這樣，臉上露出了真實的茫然，甚至硬是要翻譯她的表情的話，大約就是——我是誰，我在哪，我在幹什麼？

等過了片刻，這女孩才算是反應過來，瞪大眼睛看向了寧婉，然後又看了看傅崢，一臉的一言難盡和無法接受：「我？讓我自重？？？」

「嗯。」傅崢冷冷道：「煩請妳不要再打擾我們情侶約會用餐了。」

「……」

寧婉看得很清楚，對面這女孩一瞬間甚至都起了殺心，但也不知道最後是什麼讓她壓抑下了打傅崢的衝動，總之，眼裡剛才的熱切、愛慕是一點都不剩了，然後她意味深長地看了傅崢和寧婉一眼：「是我唐突打擾了，祝兩位幸福，一定要百年好合早日結婚，說不定以後還有機會再見呢。」

說完，她也沒繼續留在店裡，Wi-Fi 密碼也不要了，拎著包踩著細高跟鞋就氣勢洶洶地推門走了。

這小插曲一結束，寧婉就有些後悔了，自己到底不行，怎麼一被激將，就答應了呢？太便宜傅崢了！

兩人用完了餐，就重新回了寧婉家。

寧婉全程抱著胸思考，想著到底怎麼處理合適，顯得自己剛才的行為既合理又落落大方。自己好歹勉強算個資深律師，不要面子的啊！竟然因為吃醋就立刻答應了！

結果自己這樣的態度，傅崢又有點緊張了：「妳剛才說了答應我了，這次是確定了的答案吧？」

寧婉一回家，覺得走得有點累了，直接往沙發上一躺，眨了眨眼睛看向傅崢。

只是她這樣不表態的樣子，傅崢倒是更茫然了，他看了寧婉兩眼，因為得不到答案，追問了一次：「所以妳還是要和我分手？剛才只是不冷靜下隨口說的？」

傅崢這副樣子，一點沒有平時的冷靜自持，也不像個三十歲的成熟男人，帶了點緊張和衝動，包裹著與他年齡並不相符的青澀情緒，忐忑的慌亂的甚至是幼稚的，然而寧婉並不覺得違和，相反還覺得十分動人，這是一種完全不加掩蓋的動人。

真心換真心，當傅崢捧著自己一顆心赤誠而毫無保留地站在自己面前，寧婉覺得自己根本沒有勝算。

她的心再一次為眼前這個男人劇烈跳動起來，即便心裡再怎麼不承認，但事實勝於雄辯，她確實吃傅崢這種類型，她喜歡傅崢，不管他是家道中落的大齡實習律師，還是高級合夥人，她喜歡的本來就是他這個人本身，無關任何附加條件的社會表現。

雖然此前自己確實有一些惱羞成怒的成分在裡面，但看著眼前傅崢忐忑的模樣，寧婉覺得再有什麼情緒，也該消了。

因此，她也不再繃著情緒了，看著傅崢那麼緊張，反而一下子噗哧笑了出來，恍惚間感覺自己像個挑選小白臉的富婆，對著傅崢反問道：「我為什麼要和你分手啊？」

傅崢果然愣了愣，有些無所適從的樣子：「什麼？」

「我說，我為什麼要分手啊？」寧婉清了清嗓子，看向傅崢，這男人沒多久前還頭頭是道邏輯繞得人腦子發暈，但此刻卻是一臉安靜等審判般的表情，即便他有再多的道理再好的口才，但真的到最終的結果上，主動權還是掌握在寧婉手裡，她可以說不，也可以說好。

一想起自己過去被傅崢誤導做下的尷尬事，寧婉這一刻心裡才有了點飄飄然的優越感，她看了傅崢一眼：「其實你冷靜下來想一想，你為什麼覺得我一定要分手啊？」

傅崢的表情有些茫然：「我騙了妳……」

「是，你是騙了我，但你理性分析一下，雖然你在身分上做了假，但是學歷是真的，長相沒整過，身高也不是穿了增高墊來的，只是從一個家道中落的貧窮大齡實習律師變成了一個富有的高級合夥人，所以我為什麼要分手啊？」

「傅崢，你勸說我的那一套倒是頭頭是道很有邏輯，但到了自己身上，怎麼也不冷靜分析了呢？」

寧婉覺得是時候展現一下自己優秀的邏輯給傅崢看了：「對，一開始得知你真實身分，我是很震驚，也有點氣，但我是學法律的！還是個優秀律師，冷靜下來分析一下利弊，很容易得出結果。霸道高級合夥人愛上我，我幹嘛要分手啊？世界上難道還有人嫌富愛貧嗎？」

「你變富了，也變強了，還沒變禿！這是多好的事啊！我幹什麼要分手啊！還有，你那間中古屋，都漲了這麼多，我確實不能便宜別的女人啊！這都是我親手挑的！我還借了錢給你！你要是找別人，那多不合適！」

寧婉振振有詞道：「想來想去，一定是我的真誠感動了上天，才賜給我這樣一個高級合夥人，我幹什麼要拒絕啊！這是上天對我的獎賞！魅力大 Par 愛上我，這不是對我自己人格魅力的肯定嗎？我有什麼好不高興的？雖然過程上你欺騙我是不對，但結果上，我有什麼好損失的啊？」

「……」

「總之，我昨晚躺在床上好好想了一下，覺得事情也確實不能全怪你，要怪還是怪我自己太有魅力，你看，你寧可冒著巨大的虧損風險，也要入股騙人，忐忐忑忑一直不敢坦白怕我拒絕你。」

「你要是說，你騙了我，其實你比你展現出來得還更窮，還有更多外債，網路貸款壓身，那我肯定先行一步告辭了，但你不僅不窮，還挺有錢，我這不就……冷靜下來了嗎？」

「而且分手豈不是便宜了你？」

傅崢大概完全沒料到這個發展，看起來像是噎住了，這位思辨能力一流口才卓絕的合夥人，第一次露出了啞口無言的表情，然後他緩了片刻，才終於找回了思緒般認真求問道：

「為什麼和我分手是便宜了我？」

「你騙了我，還想什麼代價都不付出就被分手？想得美！我就不分手！不僅不分手，我還要吃你的、用你的、分你的案源、奴役你、讓你跑腿、設ＫＰＩ給你讓你寫情書給我、每天早安午安晚安、擠占你所有私人時間、讓你給我為愛癲狂為愛哐哐撞大牆！」

傅崢一開始有些愣神，但漸漸的，表情越發舒展開來，他看著寧婉，無奈又溫和道：

「嗯，是的，我騙妳這點罪無可赦，也沒什麼可洗白的，所以建議妳一定要好好的長久的這麼折磨奴役我，確實不能便宜了我。」

「不只分案源給妳，被妳奴役、替妳跑腿，寫情書給妳，每天早安午安晚安，被妳占滿所有私人時間，還有很多很多別的，我所有的金錢、時間、精力，都屬於妳，也只屬於妳。」傅崢認真地看向寧婉，「妳可以盡情發揮妳的想像力，我都願意配合妳安排的『勞動改造』。」

傅崢的眼神太溫柔，聲線又帶了點不自覺的寵溺，寧婉被他這樣專注地看著，都有些不好意思起來，總覺得他這束目光都能化為實質，像和煦的風像暖洋洋的光，像觸不可及的曖昧，像入口即化的甜蜜霜淇淋，明明保持著良好的距離，並不逾越，然而還是讓寧婉有些心慌意亂，同時帶了酸澀和甜蜜。

傅崢這男人，真的茶藝驚人，也不知道又是從哪裡學來的綠茶手段，光這麼不說話，含情脈脈看著別人，就夠勾引人的了。

段位高真是段位高，寧婉不得不承認，傅崢這三十年的年紀確實沒白長。

只是寧婉自然不能這麼容易就繳械投降，她心裡告誡自己，要抵抗！

於是她清了清嗓子，不再去看傅崢的眼睛，佯裝自然地轉移了話題：「不是我說你啊傅崢，雖然你只比我大幾歲，但還是要跟上時代的潮流，你心裡那種『男的隱瞞自己高富帥身分追到了女的，最後被女的發現真身分，因被騙怒而分手』的橋段，早就過時了！這在小說裡都不知道是多少年前的古早情景了！現代社會，大家都很現實的，誰還為了你是個高富帥而分手啊！那肯定是，『小寶貝，疼你還來不及』啊！」

「……」傅崢一聽這個，大約是想起自己關心則亂竟然還真的慌亂地認為寧婉絕對會分手，果然也有些尷尬和不自然，乾巴巴道：「所以妳什麼時候想通的？什麼時候決定不分手的？」

「我早就想通了啊！所以你看我全程多鎮定！多有大將風度！」

傅崢一聽，語氣裡也帶了點努力抑制的委屈：「那妳怎麼不早說？」

「那我當初喝醉酒跟你表白，你怎麼也不早說啊？你自己那麼綠茶，還不允許我師夷長技以制夷也綠茶你一下嗎？你不是還教育我要多向你學習嗎？我這不活學活用？只是我沒想到，傅崢，你一個高級合夥人，怎麼對自己一點自信心也沒有？」

傅崢抿了抿唇：「人在愛裡面是會勇敢的，但也是會怯懦的。因為妳太好了，我都覺得自己不夠好。」

如今他得到了寧婉的答案，終於徹底放鬆下來，忍不住俯身親了寧婉一下：「現在是真正的女朋友了，不算騙色了，可以親。」

這麼說完，這男人就又俯身親了寧婉好幾下，也不知道為什麼，雖然年紀上傅崢比陳爍更大，但如今懷抱著近在自己咫尺的男人，身上卻有比他年齡更小的男生所沒有的甜蜜氣息，像是帶了點撒嬌的意味，明明寧婉知道傅崢並沒有他原本表現出的乖巧，也並不是什麼聽話的實習律師，反而是個心機深沉不好惹的傢伙，但自己就是很吃傅崢這一套，在被親得暈乎乎的感覺裡，寧婉恍惚地想，可能還真是撒嬌男人最好命吧……

傅崢這種人，必要的時候就示弱，裝起可憐毫不手軟，但內心絲毫不弱，陰險得很，也真是足夠有手段。

傅崢親了一下寧婉，等親夠了，才放開，然後他看了寧婉一眼，輕聲道：「妳剛才說的都是真的嗎？現在大家都這麼現實了嗎……」

寧婉平息了下臉紅心跳的氣氛，愣了愣，才反應過來傅崢問的是什麼。

「是啊！」她重新占據主戰場，心情一下子舒暢起來，也刻意想去化解如今這種曖昧又膩歪的氣氛，於是移開了視線，佯裝自然道：「這就和隨手買了張彩券，結果刮出了六千萬的大獎一樣，難道有人會因為這種事不高興嗎？」

「傅崢，你實話說，你當初開始寫郵件給我特殊待遇，是不是就已經看上我了？」

這下果然輪到傅崢態度迴避了，他撇開了視線，聲音有些不自然：「以前的事就不用細究了吧，我還不可以關愛下屬嗎？一個老闆一般都有愛才之心，妳天資不錯，可惜沒什麼系統帶教，我看妳自己研究商事摸不著頭腦，稍微給妳點友情提示罷了，也不用過分解讀了。」

寧婉眨了眨眼睛：「那你錄取我的時候，喜歡我了吧？」

傅崢抿著唇，沒說話，算是默認了。

「那錄取時候你會不會給我放水了？」

「沒有，這確實是妳自己能力的體現。」一說起這個，傅崢也嚴肅了起來，「為了避嫌，筆試的考卷其實並不是全由我出的，最終每個高級合夥人都平攤參與了命題工作，所以不論是事實上，還是給別人看的明面上，我都沒有為妳開後門，這一點在最後公布最終錄取名單時會由高遠進行說明。」

「同樣的也包括面試：我雖然也將列席參與面試，但其餘所有高級合夥人一起進行打分，最終的面試得分，為了公平，也會採用先去掉一個最高分，再去掉一個最低分，然後取平均分的方式，這樣就可以避免過分偏好某個人而打高分，或者過分討厭某個人而故意打低分的情況。這個評分標準等最終錄入結果出來後會一起公示。」

傅崢說到這裡，看了寧婉一眼：「不論我多喜歡妳，但原則和底線是不可能改變的，我相信妳喜歡的也是這樣的我吧。」

怎麼不是，寧婉聽完傅崢的話，心裡其實再一次佩服起了傅崢的縝密和體貼。

自己想加入大 Par 的團隊不假，但以寧婉的性格，從來希望是公平競爭而得到機會的，要是傅崢真的為了自己而開後門，那寧婉即便被錄取，反而一點也高興不起來，還會覺得自己以關係戶身分擠掉了別的競爭對手而羞愧。

甚至傅崢對寧婉隱瞞身分寧婉倒是不會分手，但他要是替自己開後門，那寧婉恐怕就要提分手了，因為這既是對她的不尊重，也是對別的參加選拔同事的不尊重。

然而不用寧婉多講，傅崢顯然完全理解了她。他不僅給予了她最大程度的尊重和公平，甚至體貼地為後續可能的紛爭也做了備案。

自己和傅崢在一起，又錄取進了傅崢的團隊，即便兩個人不公開關係，但戀愛這種事，嘴巴不說出來，眼神和互動總是會洩露，長此以往，所裡總是會有人閒話，而傅崢對此的做法並不是直接解釋，因為不論怎麼解釋，總有人會認定解釋就是掩飾。

而如此這樣什麼也不解釋，直接公布考試的標準，就讓人信服多了——因為各個高級合夥人均攤比例出題的筆試卷和去掉最高最低分取平均分的面試評分標準，不存在任何一位高級合夥人對其中參選人傾斜從而影響考試結果的可能。

一想到這裡，寧婉也沒忍住誇了傅崢一句：「沒想到你想得還挺周到。」

「以前不會想這麼多。」

「那這次是為什麼？剛把事業重心轉移到國內想想好好大幹一場？」

「我怕我這次想得不夠多，女朋友就沒有了。」傅崢眼神幽深地看了寧婉一眼，調侃道：「要是我和妳在一起，妳天天被人討論是靠我上位的，妳會和我分手吧。」

「不會！你放心吧！」寧婉幾乎是當即安慰道：「我在社區歷練兩年，得到的最大啟示就是——臉皮要夠厚，不要在意別人怎麼說，自己過得好就行！」

「而且我這個人最大的優點就是自信！人家那種被議論就分手，那是內心自卑，覺得自己配不上對方，真的是靠了對方的提攜，才有自己的今天，可我超自信的，我覺得我今天所有的一切都是靠自己努力和能力得來的，所以別人就算議論，也不會影響我做自己想做的事。」

自信的女性確實非常美，每次案子辦結，傅崢在寧婉臉上都能看到她如此燦爛又張揚的表情，這並不是第一次見，然而這一刻，傅崢還是覺得心被再次擊中了。

真好，寧婉這麼自信這麼快樂，這才是他喜歡的女孩。

對面的寧婉顯然還沉浸在得意裡：「傅崢你自己說，你對我有非分之想，連自己是我未來老闆這種身分都不願意避嫌，寧可冒著『潛規則』的風險也要和我在一起，是不是看上我的漂亮聰明伶俐活潑可愛能力強？」

傅崢不禁有點失笑：「妳別忘記，最開始的時候，是妳先表白的，那時候我的身分還是妳的『下屬』，是妳先對我『潛規則』的。」他頓了頓，然後補充道：「但妳的漂亮聰明伶俐活潑可愛能力強，我確實很喜歡。」

為了加強，傅崢又忍不住重複了一遍：「真的很喜歡。」

明明是寧婉自己開的頭，結果傅崢那麼一強調，她反而不好意思起來：「哎呀，我也沒有這麼優秀，一般般吧，稍微有一點突出而已……」

說著說著，寧婉又想起了點什麼：「不過，你這麼喜歡我，辦公室戀情，會不會那個……不太好？就表現得太明顯？我和你未來又是同個團隊的，這不有點像是公費戀愛了？高遠和其餘高級合夥人會不會有意見啊？」

「他們能有什麼意見？我每年接的案源目標額都夠我自己公費戀愛一輩子了。」傅崢俯身親了寧婉的臉頰一下，「何況我們本來就一直在公費戀愛，難道在社區的時候不是嗎？他們之前也沒意見，現在還能有什麼意見？這本來就是默許。」

「至於高遠，更不會有意見了，畢竟我為了妳，都把所有正元所裡本該屬於他分管的人事制度，全部做了梳理，包括防止職場性騷擾、社區輪崗，還有團隊選拔。」

「當然，從管理學的角度，我這樣做確實也是一勞永逸的做法，好的制度可以保護好人，懲罰壞人；壞的制度不僅好人會受到壞人的傷害，長久以往，會讓失去信心的好人都變壞，所以這是好的規矩和法律的意義，預防性、警示性、懲罰性。好的選用人才的制度，才能保證每個人的權益都得到保護，每個人也都心服口服。」傅崢笑了笑，「所以於公於私，我這麼做都沒有什麼問題。」

「你一開始跑來社區『微服私訪』就是出於這個目的？」

「那倒沒有。」傅崢誠實道：「這是額外的收穫，就像妳一樣。」

「怎麼聽起來我像是個額外的添頭似的……」

傅崢笑著親了親寧婉的臉：「不，就像騎士本來的命運是提著劍穿過荊棘叢去屠龍並吻醒公主，但在路途中卻偶遇了同樣出來冒險的少女並墜入愛河，然後發現這樣的生活就很好，目的不是最終的，過程才是，和少女相愛相守比屠龍成為勇士吻醒公主更重要。」

他看著寧婉的眼睛：「妳是最重要的。」

寧婉被傅崢看得心跳如鼓，明明已經是男朋友了，但寧婉還是覺得有些害羞和不好意思，緊張得手指都不自覺互相攪動起來，又努力抑制自己逃跑的衝動，只好拚命繃著神情，看起來就顯得既冷靜又忐忑，全然矛盾又全然惴惴不安。

可惜傅崢彷彿還嫌不夠，他側身親了下寧婉的臉頰，然後就著這個姿勢更貼近了她的耳畔：「妳剛才說的，都當真嗎？」

寧婉手和腳都不知道該放哪裡了，腦子暈乎乎的，下意識反問：「什麼？」

「不是說，見到我這樣的，不僅不會分手，還會『小寶貝，疼你還來不及』？」

寧婉緊張得聲音都帶了微微顫抖：「我開玩笑的開玩笑的……」

「這種事不能開玩笑。」傅崢卻抓著她不放了，他又蜻蜓點水般吻了她一下，「雖然我嚴格意義來說不能算小寶貝，但算個大寶貝吧。」

寧婉瞪著眼睛一臉茫然地看向傅崢：「嗯？」

「妳不是要疼我嗎？」

「……」

傅崢親了親寧婉發紅發燙的耳垂：「那妳來啊。」

伴隨著傅崢微微沙啞的聲音，寧婉只覺得自己連呼吸都快不暢了。

傅崢卻親著她的脖頸，間斷地輕聲道：「說話要算話。」他又啄吻了寧婉的耳垂一下，「反正妳的大寶貝是準備好了。」

傅崢度過了一個相當回味的夜晚，雖然大半夜沒睡，然而整個人竟然並不覺得疲憊，相反除了有些慵懶外，整個人精神狀態非常飽滿，連高遠都用「光彩照人」酸溜溜地形容他。

而因為在社區工作的尾聲期間，傅崢已經開始有意識地交接正元所的新工作，如今自己的團隊選拔按照此前的標準進行了最後一輪面試，並且公示了相關名單，也同時公布了計分標準，七七八八，幾乎已經可以正式入主正元所了。

雖然在人事上還沒正式公開，但因為一連串大刀闊斧的改革和交接工作，傅崢並不再避人耳目，因此他就是新來的大 Par 這件事，已經算是大家心知肚明的祕密。

對此，高遠的反應最酸溜溜：「當初我入職的時候怎麼沒人要幫我開什麼歡迎 Party，到你就有了？還說什麼是時代變化了，所以要跟進時代步伐，現在大家都開歡迎會，得了吧，還不就是看你那長相？要是入職個頭禿肚子大的合夥人，我看他們開不開！」

高遠越說越心酸：「還說不是看臉，這都多少小實習生過來暗戳戳朝我打聽你是單身還是不單身了？以往我剛進正元的時候也還是單身呢！怎麼就沒人關心我介紹女朋友給我！」

傅崢坐在高遠辦公室裡，雲淡風輕地喝茶：「告訴他們我不單身就行了。」

「得了吧，你這招蜂引蝶的臉，人家可能還等著你分手變回單身呢！」

「那就說，快結婚了。」

高遠這下來了精神：「你和寧婉要結婚了？」

「早晚的事。」

高遠簡直驚呆了：「你做事都是這種坐火箭的速度嗎？我還沒來得及介紹女朋友給你，你已經脫單了，現在又這麼篤定以後要結婚，是不是下次就要告訴我你都生孩子了？」

「也不是沒這種可能，你提前準備好紅包總是沒錯。」傅崢笑了笑，「成功人士不浪費時間，談戀愛結婚生孩子都是一條龍走綠色通道快狠準高效率的。」

兩個人又互相調侃了兩句，才回到了正題。

一講起正經工作，高遠的表情就嚴肅了起來：「你這次是認真地要取消我們所裡人才池的制度嗎？」

「是的。」傅崢放下了茶杯，語氣認真，「現在有太多像寧婉這樣的年輕律師被浪費在人才池裡了。我看見了一個寧婉，也伸手拉了一把寧婉，可還有那麼多別的年輕律師呢？沒有人看見，默默無聞消耗著，也毫無希望未來能進入團隊上正軌地走上執業道路。」

「這是沒錯，可人才池一旦取消，這些剩餘出來的年輕律師，所裡難道都裁員裁掉嗎？

要知道我們的團隊現在消化不了這麼多的年輕律師，你讓這些律師何去何從？現在經濟也不行，競爭又激烈，原本這些律師待在人才池裡，好歹還有固定的收入，但你要取消這個制度，他們又無法進入合夥人的團隊，那還怎麼處理？」

高遠中肯地分析道：「不信你可以做個民意調查，可能百分之八十的人才池律師不願意解散人才池，一解散，連原本的收入保障都沒了，身分也變得更加尷尬。像寧婉這樣認真的確實不是沒有，但像她這樣有資質的也不多，寧婉可能透過兩年的社區基層工作經驗就能達到如今的成長，但更多人才池裡的律師需要更久，如今他們並沒有寧婉這個成色和品質，你讓他們往哪去？」

「我原本也一直沒想到人才池怎麼和平過渡到徹底解散，但前幾天和寧婉聊天，倒是有了點靈感。」傅崢頓了頓，「我準備在正元所裡專門組建一個社區律師服務團隊，沒有被合夥人團隊吸納的人才池律師，可以選擇進入這個團隊。」

「我在社區待了這麼久，發現基層其實有大量的民事案源，只是大部分成熟律師並不願意接這類案子，因為CP值低、收益低，但年輕律師，多去接接這樣的案子，會成長非常快。」

「只是大部分年輕律師，都在律所的中下層打拚，根本沒有時間也沒有物質條件去接這樣的案子，即便是心有餘也力不足，但如果我們所裡，能拿出一定比例補貼年輕律師辦理這類社區案件，讓他們既有案可辦能得到實際的鍛鍊，又不用愁收入，其實是很一舉兩得的。」

這下高遠也反應了過來：「你的意思是，把人才池制度取消，這些富餘的年輕律師，可以讓他們去對接社區，辦理社區案件，而所裡給予一定補貼？至少維持原本他們在人才池裡待著時的待遇？」

「對，如果辦的社區案子多，雖然都是小案，但累積一下的話律師費說不定也還算可觀，加上我們的基本補貼，收入甚至能有很大提升。」

傅崢笑了笑：「你也看到寧婉了，她從來沒有系統的帶教律師，也不是名校背景，但只要努力，在社區案件的大量實踐歷練下，如今完全能成為一個獨當一面的律師。目前的人才池制度，除了讓每個年輕律師虛度光陰之外，有什麼意義呢？還不如讓人才池裡願意拚搏不怕吃苦的律師去基層好好體驗，等大量案件積累下來，水準能力都上來了，即便不在總所跟著合夥人團隊，光靠著自己在社區案件裡積累的人脈，自己甚至也可以獨立辦案，雖然不能大富大貴，但完全可以養活自己了。」

「你這方案我不知道別的合夥人同不同意，但是律協肯定愛死你了。」高遠挑了挑眉，「社區一直缺律師，前幾天律協那邊還和我說能不能讓我們所擴大幾個社區的服務範圍呢。」

「之後等我正式入職，可以先開個會，當然，我不能要求別的合夥人都按照我想要的來，都願意分出自己收入的部分去補貼這個計畫，但我自己肯定會以身作則，拿出我的收益去支持這個制度的運轉。」

高遠沉吟了下，然後想到了新的問題：「其餘合夥人未必不同意，但問題在於，你這樣辛苦花錢培養出年輕律師，但年輕律師一旦能獨立辦案成熟起來了，很有可能就跳槽走了，這不就變成我們在幫別的律所培養競爭對手嗎？而且給補貼又不是職業培訓，還不能簽培訓協議。」

「那留不留得住人，就是我們所裡的問題了。」傅崢笑笑，「正元所不是正好改革下嗎？要是工作環境、待遇、理念各方面都很契合，相信多數年輕律師並不會離開。」

「就算離開了，總之也是流向容市別的律所，但至少一個成熟律師不會為生活所迫轉行去賣保險或者做別的，總之體面地養活自己沒問題，所以也算是避免了法律人才的流失，對於豐富容市的法律生態環境來說，不是壞事，畢竟法律市場競爭越充分越激烈，同個市場裡律師得到的鍛鍊也越豐富，法制的未來才越清晰，本來我們法律人，除了自我，也該有些悲憫的情懷和家國的概念吧。」

高遠終於繃不住了：「傅崢，你還是我認識的那個傅崢嗎？」

傅崢挑了挑眉：「怎麼了？」

「就覺得，你真的變了很多。」高遠頓了頓，繼續道：「感覺你去了社區以後，真的變了。」

傅崢笑：「那是變好了還是變壞了？」

高遠認真地想了想：「對別人來說是變好了吧，更有社會責任感，沒那麼精緻利己主義，也更有悲憫情懷關愛年輕律師，甚至關心國家未來法制建設了，怎麼說？就是更有溫度了；但對我來說，變壞了！」

「嗯？」

「分管人事的是我，你想出社區律師服務制度代替人才池制度，又要保證這些年輕律師被我們培養出來後不跳槽，可不是給我出難題，讓我出更好的福利待遇和職業發展制度嗎？否則我們花了大力氣培養了這些年輕律師，結果最後一看離職率，別的高級合夥人可不得對我有意見嗎？所以你這不是把我往火坑裡推嗎？我頭髮已經不多了！」高遠一邊說，一邊苦惱地抓起本就不多的頭髮，「真是讓本就不富裕的家庭雪上加霜啊！」

只是話雖這麼說，傅崢知道，高遠是全力支持自己這個方案的，雖然已到而立之年，但高遠心裡對法律行業的那點熱血和信仰，並不輸給任何人。

傅崢也從沒想到，自己到這個年紀，竟然還會改變，他想到帶給自己改變的人，忍不住又笑了起來。

第二十章　*Cartier*、跑車、傅太太

傅峥要取消人才池的計畫雖然還沒徹底落實，但很快，正元所裡就有了關於這事的小道消息，除了將得益於這個計畫的律師外，情緒起落最為激烈的還有兩個人，其中一個，是陳爍。

陳爍出院後，此前砸狗的肇事人特地過來道了歉，買了水果花籃，並且賠償承擔了一切費用，事已至此，本是個挺好的結局，可惜陳爍高興不起來，沒什麼彌補得上寧婉中途被人撬走的悲傷。

陳爍得知傅峥和寧婉在一起這個消息後沉寂了幾天，然而他很快振作了起來，在一起談戀愛又不等於結婚，傅峥都三十了，和寧婉很可能因為年齡有差距三觀也不一致，最後談著談著就掰了，這也很正常，本來很多人就熬不過熱戀三個月，新鮮感一沒，問題就都暴露了。

而自己正年輕，只要他們沒結婚，只要自己沒死，就還是有機會的！

陳爍一想明白這事，又重新振作了起來，他覺得不能再繼續在家躺著了，雖然要休養，也應該早點回歸所裡沒事去轉悠轉悠，寧婉現在已經從社區去了總所，這兩天聽說新來的大 Par 也會隨即入職，而此前大 Par 的錄取名單裡沒有傅峥，陳爍一想到這事，就忍不住在內心感恩這位大 Par，真是火眼金睛，一下子把傅峥這種老東西踢出去了，這樣總所就沒有礙眼的傅崢了，等自己恢復好了，再申請從社區調回來，就又能和寧婉在一起朝夕相對了。

而傅崢？呵，就讓這討厭的傢伙留在社區發霉吧！

陳爍如今因為受傷，所裡批了長期假條，不需要去社區，也不需要去總所，但他想見寧婉，還是一瘸一拐長途跋涉，艱難地頂著打了石膏的手去了總所。

可惜寧婉不在。

「寧婉啊，剛跟著她老闆去見客戶了。」

一聽寧婉如今上了正軌已經跟著大 Par 幹起活來了，陳爍的心裡也忍不住替她高興。

而自己幾天沒來上班，所裡可真是風雲變幻。

同事們關心完了陳爍的恢復情況，就說起了八卦——

「這次改革真是空前！」

「是啊，人才池制度確實可以早點廢除了，這新來的大 Par 挺好的，一上來就大動作！」

一聽這個，陳爍也有些好奇，他也一向不認同人才池制度：「這確實好！」

其餘幾個女同事也立刻附和起來：「那是！這大 Par 真的好好啊！而且好帥啊！超級帥的！」

帥？

陳爍心裡有點疙瘩，難道沒了個傅崢，新來了個帥氣大 Par？寧婉每天看著的話，容易產生崇拜吧？而且被形容帥的話，難道很年輕嗎？

他裝作不在意地問道：「很帥嗎？」

「你不是知道嗎？」女同事一臉疑惑地看向了陳爍，「你們在社區共事了那麼久，有多帥你不應該比我們更清楚？」

「啊？」

陳爍是真實地疑惑了，一瞬間，他覺得自己的腦子不太行了。

「就傅崢啊！」女同事丟了個調侃的眼神給陳爍，「你該不會還不知道他的身分吧？」

陳爍一瞬間覺得整個人有點木木的，他下意識乾巴巴開口問道：「傅崢怎麼了？」

「以後可要叫傅 Par 啦！他就是新來的合夥人呀！哎呀，還搞那麼低調，跑去社區幹了那麼久，林盛說他還和你們打過籃球呢，說球技超級好，而且特別關心別人感受，就不是那種一門心思自己閃耀的人，還挺有親和力的，林盛他們可激動了，說大 Par 人高腿長技術好……」

技術好個屁，那叫騷！親和力？不存在的，那叫白蓮花滿級的裝！

「以前偶爾有幾次我見到過他來總所，好像是去找高Par的，當時我還以為就是社區那邊的實習生來幫高Par什麼案子打下手的呢，就覺得好帥好帥啊，差一點就去搭訕了，哈哈哈，不過還好沒有，不然我就完了，竟然妄圖對合夥人下手，真是膽子肥了……」

妳怎麼沒早點下手呢？早點下手他就不會對寧婉下手了！

女同事越講越來勁了，可陳爍一邊內心忍不住狂暴吐槽，一邊心越來越涼了……

他一時之間不知道自己到底做錯了什麼，造化要這麼愚弄他，自己被狗砸了一下以後，傅崢先是變成了寧婉男朋友，結果好不容易自己振作起來決定默默等待，傅崢又搖身一變成了新來的高級合夥人、寧婉的未來老闆？再下一次，是不是就是傅崢又鳥槍換炮，變成寧婉未來老公了？

女同事還在八卦著：「他在社區那麼久都沒說自己的身分？那你和寧婉豈不是在什麼都不知道的情況下和人家高級合夥人共事了挺久？你們沒做什麼事得罪人家吧？」

陳爍還沒來得及回答，就有人搶著答了：「沒有，我聽寧婉說，陳爍和傅Par關係可好啦，就差穿一條褲子的那種，兩人第一次見，就一見如故了，立刻加了好友，聽說私下興趣愛好也相投，還有很多共同話題呢！」

陳爍恨不得起來咆哮，我們沒有共同話題！真的沒有！唯一勉強算有，那就是寧婉！但這個話題上，自己和傅崢有不共戴天之仇！

只是眾人完全沒意識到陳爍平靜面目下洶湧的情緒，這麼一邊聊著，一邊就眼神豔羨地看向了陳爍：「聽說你被狗砸了，還是傅 Par 親自奔走替你維權的呢！陳爍，你可要好好感謝感謝人家！」

大家你一言我一語，絲毫沒意識到陳爍的臉已經越變越黑。

感謝？怎麼感謝？感謝他趁著自己躺在醫院就對寧婉下手把寧婉拐走了嗎？

要不是已經找到了扔狗的元凶，陳爍甚至要陰謀論地覺得這隻狗都是傅崢派來搞自己的。

要是傅崢只是個三十歲的實習律師，陳爍還挺有信心打敗他，等著寧婉和他分手的，可如今這男人變成了成功高級合夥人，陳爍只覺得自己越想越氣越想越淒涼。

這破狗，怎麼就沒砸了傅崢呢！

陳爍越想越傷心，也不知道傅崢這白蓮花靠什麼營造了這麼一副好口碑，如今竟然是一片交相稱讚，陳爍試圖讓同事們理智下來：「其實傅崢他不是你們說的那個樣子……」他委婉道：「他這個人……就……你們懂我的意思吧？」

現在傅崢是老闆了，自己就算說他壞話，還不能明著來了，但以大家對老闆的戒備程度，自己如此點到為止，應該也足夠了。

眾人果然露出了恍然大悟的表情：「懂了懂了！」

就在陳爍終於有種戳穿了白蓮花真面目的揚眉吐氣情緒時，只聽大家繼續道——

「傅 Par 比我們形容的還要更好是不是？更親切！更真實！更帥！更平易近人！更關愛下屬是不是？」

「……」

陳爍覺得自己一下子蒼老了，他決定好好回家躺著養傷，因為繼續在所裡待下去，傷不僅應該好不了，人可能也要沒了。

而對傅崢要取消人才的計畫，除了陳爍外，另一個情緒波動最大最激動的，就自然是寧婉了。

這天晚上和傅崢一起吃了飯，牽著手沿著河邊散步時，寧婉忍不住問起來：「那個社區法律服務制度，真的要落實嗎？」

「嗯。一開始可能會不成熟，但總是不斷摸索完善的。」

寧婉的眼睛一下子亮了起來：「那我有個想法，如果以後這個社區法律服務團隊更成熟了，是不是還可以做出細分？比如針對不同類別的案子，建立專門的團隊？」

其實寧婉此前一直在想這件事，而傅崢的行動和此刻的溫柔眼神給了她動力，雖然想法還很稚嫩，但她還是想要講出來：「我想了想，社區給了我很多成長，就算現在我已經可以加入你的團隊了，但確實很想做一個不忘初心的人，我……如果未來時間有餘裕，我很想組建一個家暴法律援助團隊，我自己出錢當辦案經費就好。」

「這類案子因為是婚姻類別，很多時候會吃力不討好，也會遇到像舒寧案初期當事人反水的情況，何況另一方有暴力傾向，幫忙打離婚官司的律師可能都有人身危險，所以大部分律師並不喜歡碰，也不能真的理解被家暴的當事人。」寧婉的語氣有些急切，「有時候這類案子裡，是需要心理治療干預的，所以我聯絡了趙軒，問他之後願不願意一起來業餘做點事，他也同意了，對這個專案很感興趣……」

「所以妳想建一個更專業也更能幫助家暴受害者的法律援助團隊？」

「嗯……」寧婉有些不好意思，「我知道想法可能有點幼稚也可能太天真了，實際操作起來可能也不容易，你要是不贊同也沒……」

「好。」傅崢卻沒有任何意見和指責，他說好，沒有任何但書，無需任何冗雜的言語。

「你真的覺得很好嗎？」

「是的，我覺得妳想得非常棒，完全有實踐的意義。」傅崢笑了笑，「唯一最需要的就是資金，這種時候，我就感謝自己埋頭努力工作了這麼多年，算是有所積累，能在自己女朋友需要的時候，幫她實現夢想提供資金支援。」

傅崢頓了頓，然後補充道：「我自己的錢，私人投資，所以即便所裡不同意也沒關係。」

他給予了寧婉百分百的認同、信任、支持以及自由。

寧婉看向傅崢溫柔的眼睛，心裡是平和的溫暖，愛是熱切衝動的，然而愛裡深埋著的情緒卻是柔和而並不會灼傷人的。

寧婉最終和蔡珍一起順利通過了面試，自從此前正元所公布筆試、面試規則，同步公示了筆試試卷以及所有高級合夥人的打分表後，沒有任何人對結果有異議，寧婉就這樣順利地正式成了傅崢團隊的一員。

雖然私下在一起時傅崢還挺黏人，但是一轉換到工作場所，寧婉就只能用「道貌岸然」

來形容這男人了，明明昨晚壓著自己親到呼吸不穩的是同一個人，然而一進律所，傅崢就西裝筆挺，完全一股冷淡禁欲系的風格，說話恨不得越短越好，言簡意賅殺伐果斷，處理案子雷厲風行，談判強勢又激進，手段老辣熟練。

寧婉本身就對商事案子很憧憬，一進入團隊，傅崢先針對錄取的三個律師分別挑選了不同的案子帶著做練手，也算前期團隊的磨合，寧婉每一天都覺得時間不夠用，因為每一分鐘好像都能從傅崢身上學到東西，為了避嫌，為了讓寧婉此後能更好的融入正元所，在工作中，傅崢對她不僅沒有「偏寵」，反而更加嚴格一些，寧婉也很吃這一套，甚至覺得傅崢嚴肅指出自己辦案邏輯漏洞的樣子帥極了，有個老闆當男朋友還挺幸福。

兩個人也無需在意加班沒時間約會，因為對寧婉而言，和傅崢一起加班就是另一種形式上的「約會」，並且品質還高，永遠不會厭倦，雖然兩個人針對案子偶爾也會有分歧而發生辯論，但在寧婉看來，這種思緒的碰撞和親吻擁抱相比也並不遜色，smart is the new sexy，寧婉只覺得兩個人思緒碰撞的時候彷佛靈魂的交互，總有些更神祕的化學反應，讓她不僅學習成長，在傅崢的指點下醍醐灌頂，也更加覺得傅崢這男人工作時真的充滿魅力，性感得要命。

坦白說，她覺得不論是自己，還是傅崢，之前的判斷都並不準確，即便傅崢沒有「微服私訪」，即便就是以高級合夥人的身分認識寧婉，寧婉雖然有賊心沒賊膽，但大概還是會對他這樣的男人垂涎的，沒有人會不愛工作狀態的傅崢——成熟、強大、完美、犀利。

像是最頂級的捕獵者，總是誘人心弦，讓人想要擁有。

寧婉坦率地想了想，要是傅崢一直是這種身分，長久地相處下去，恐怕自己還是會想要狗膽包天把人搞到手的。

只是如今稍微提前點，已經把人搞上手搞上床罷了。總之結果並沒有什麼不同。

因為寧婉的刻苦努力，也因為傅崢毫無保留地肯教，寧婉進步得非常明顯，以往一些商務談判還有些露怯，需要傅崢帶著鎮場子，但如今傅崢開始慢慢放手，雖然他也列席，但更多把談判的機會讓給寧婉，而寧婉因為有傅崢陪著，總覺得有人撐腰，因此也能更加勇敢。

大約真是名師出高徒，傅崢的談判風格強勢，寧婉也有樣學樣，談判起來當仁不讓，為客戶的利益摳字眼到一分一毫都不放過，一時之間，容市商事法律圈裡出了個雌雄雙煞的傳聞甚囂塵上。

當然對於這個稱號，傅崢是很拒絕的，他初一聽到，就皺著眉頭抗議起來：「難聽死了，什麼雙煞，聽起來像我們很孤僻似的，明明是相親相愛的情侶，應該叫律政拍檔才對。」

此時辦公室裡沒人，傅崢也不再那麼拘束，他越設想思緒也越發散：「這樣吧，等我們以後結婚了，就是夫妻店了，到時候看哪個高級合夥人不順眼就可以把人踢走，省得他們當大電燈泡礙眼，高遠？高遠可以留著，畢竟國家的法律裡，必須至少三個從業三年以上的執業律師才能開設律師事務所，那就留他吧……」

寧婉很想提醒傅崢，他可能想太多了，要是自己和傅崢真的出去開律所，高遠可未必願意和他們沆瀣一氣……

雖然傅崢已經澄清了自己和高遠之間的關係，但寧婉每次見高遠，總還是免不了有些尷尬，此前高遠「色中餓鬼」的負面印象實在太過深刻，以至於寧婉至今看他的眼神都有些調轉不過來，一沒忍住，就容易帶上點探究和戒備……

而高遠大概也知道這一點，因此每每面對寧婉，更會特別注意自己的做派，以彰顯自己的高潔品行和正直人格，因為用力過猛，以至於兩個人溝通起來都非常刻意……

最後，不論是寧婉還是高遠都覺得累了倦了不會再愛了，因此如無必要，兩個人盡量都能寄郵件寄郵件，能傳訊息傳訊息，能打電話打電話，盡力不碰面……

好在彼此心照不宣，這段時間來便也和諧相處。

寧婉自加入傅崢團隊後，事業心大起，工作這種東西是最不會騙人的，真是一分付出一分收穫，寧婉的努力也確實沒有白費，只是短短幾個月，她已經從需要傅崢背書變成只要傅崢列席，一個人也能獨當一面進行商業談判，看過寧婉幾次表現以後，傅崢審核過後認為難度可控的案子，已經開始交給寧婉前期獨自處理，因為很多事，只有親力親為自己思考怎麼去辦，才能得到更快的成長，寧婉也確實沒有辜負傅崢的心意，幾乎每個交到她手裡的案子，不論大小，寧婉都辦得非常漂亮，社區兩年的磨練沒有白費，她比一般的年輕律師都更能經受挫折，思緒也更靈活變通。

只是成功不是沒代價的，因為幾乎把所有業餘時間都用來學習和進步了，別說和傅崢的很多約會都改成在辦公室一起加班了，就連邵麗麗加薪升職後組的好幾次飯局，寧婉也都婉拒了，就更別說其餘亂七八糟的社交活動邀約了，有些寧婉甚至拒絕得太果斷以至於都忘記到底是誰邀請過她了……

只是寧婉根本沒在意並不代表別人不在意——

「妳說寧婉拒絕了？」

『是呀，施舞，我都沒提妳，就說是我們幾個聚會，寧婉想也沒想就拒絕了，說在忙……』

施舞自從上次生日會上因為寧婉丟盡了臉後，算是沉寂了一段時間，但性格使然，沒多久，施舞丟開了失戀的痛苦，又重新找了個還挺有錢的男朋友，在工作上也因為有人脈的庇護，很順利擠走別人得到了提拔，於是一下子又找回了自信，心裡對寧婉的嫉妒混雜著上次丟人後強烈的報復心，讓她無時無刻不想著再弄一局聚會贏回來。

自己邀請寧婉她自然是不會來的，結果施舞沒想到，透過別人的名義來邀約，寧婉竟然想也不想就拒絕了。

按照施舞的邏輯，要是寧婉如今真過得好，那鐵定是願意參加這類聚會的，畢竟施舞是信奉「富貴不歸故鄉，如衣繡夜行」的，而她的狹隘讓她總覺得自己所見所思即世界，自己這麼想，大部分人也這麼想，寧婉自然也是這麼想的。

「我猜得肯定沒錯，她肯定被上次生日會上帶來的那個男的甩了！那種男人，開得起帕加尼，怎麼可能對她認真啊？」

沒來由的，施舞就是心情大好，都不掩蓋自己的落井下石了：「那種長相和財力的男人，當然只是和她玩玩而已，畢竟寧婉學歷家境工作都不怎麼樣，除了張臉勉強能看，還有什麼優點啊？現在有錢男人可現實了，寧婉這種，睡睡可以，但是奔著結婚去談戀愛，不可能！最後人家還是會找門當戶對的！當初在我生日會上，這男的應該還沒上手，所以才幫寧婉出出頭，嘴巴上甜一下，再開個豪車，讓寧婉有面子，妳信不信，當晚回去寧婉肯定就和他睡了。」

施舞越說越得意：「但是吧，我可了解男人了，就是得不到的時候才是最好的，沒得手之前怎麼樣都願意哄妳，都恨不得幫妳摘天上的星星，可真的得手以後，那就不新鮮了，尤其寧婉這種，也就日抛型的，人家能不膩嗎？」

「肯定上手沒多久就甩了，人家有錢人，可怕死寧婉這種一窮二白的了，生怕交往時間上了，這種女的就以為自己真的能結婚登堂入室了，萬一使點手段搞出個孩子先懷孕再逼宮，也夠麻煩的，所以就趕緊分手，免得給她什麼不切實際的幻想！」

此刻和施舞打著電話的是施舞的「閨密團」之一，因為找工作借了施舞的光，因此對她所有論調都是捧臭腳一般的無條件吹捧：『怎麼不是呢！肯定是被甩了！否則早帶出來炫耀參加聚會啦！』

施舞又和自己這位「貼心」姐妹聊了些別的，才意猶未盡掛了電話。

自己和寧婉到底是不同的，不同階層的人，人生就是不同，這是出生時就被決定好的，寧婉長得好看又怎樣？上次當眾羞辱了自己又怎樣？人們的社交記憶就是這麼短暫，管你有的沒的，只有還屹立不倒在中上流社會的人才有發言權，像寧婉這種曇花一現的驕傲，有什麼用？能當飯吃嗎？

現在自己和她都還年輕，長相上氣質上可能還看不出太大差別，但等個十年二十年，自己是保養良好得當的貴婦，那時候的寧婉，就應該像個五大三粗蓬頭垢面的中年婦女了，畢竟工作差家境差到時候再不出意外嫁得差，生個孩子，就這麼碌碌無為一生了，哪像自己，前途無量，不缺錢不缺時間，活得瀟灑恣意……

施舞在如此的揣測裡獲得了極大的心理安慰，自己這位新交往的金融圈中層男友又挺上道，今天的玫瑰又送來了，還附上了新的問候小卡片，通訊軟體上也在詢問自己，說馬上要去紐約出差，有什麼品牌的包、鞋或者化妝品儘管列個清單來。

施舞放下手機，明明接下去有個會議要開，但她臉上的甜蜜都有些沒辦法抑制。

說起來今年施舞公司有不少大動作，其中最重要的就是眼下的一次併購重組，作為上市公司，此類併購重組一定會找市面上最好的律師團隊，施舞所在的法務部作為配合工作的先鋒，此前部門老大也很愁苦到底要選哪一家律所，因為要收購的是一家美國企業，因此所找的律師團隊最好能夠既熟悉國內的商事法律，對美國的商事法律也專精並且還有豐富的實踐經驗，而原本一直頭大在容市沒能找到兩種特質兼具的律師，正準備以其中一個優勢進行選擇的老大，前幾天卻突然春風滿面地告知施舞等眾人，已經找到了——

「也算是天助我也，在接洽了這麼多家律所不同的團隊後，終於被我運氣好挖掘到了既有國內也有海外經驗的律師團隊！」

施舞這幾天正忙著和自己新晉男友你儂我儂，因此並沒有太在意自己部門老大的話，直到這天下午第一次和這家律所就併購重組案進行接洽，她才意識到，這律所竟然是寧婉所在的正元所。

施舞有些得意地想，正好順手打聽打聽寧婉的近況，她肯定還在社區裡累死累活地幹著呢，相比自己，輕而易舉就能接觸他們所裡最一流的團隊和最好的律師，自己老大可說了，正元所這個律師團隊非常非常貴，帶領這支團隊的高級合夥人也相當年輕，才三十，履歷和操辦過的案件卻都是重大專案，可以說是徹頭徹尾的青年才俊了。

只是施舞怎麼都沒有想到，自己在公司會議室裡左等右等，最後等來的竟然是寧婉……準確地說，應該是寧婉和那個男人，上次寧婉帶來自己生日會的那個男人，傅崢。

這樣的見面方式太過意外，以至於施舞差點脫口而出「你怎麼在這裡」，然而還沒等她開口，自己平時嚴厲不苟言笑的老大就殷勤地起身站了起來——

「傅律師，寧律師，兩位來啦，這邊坐這邊坐……」

「這次還真是謝謝你們願意接我們這個案子，因為一直沒找到適合的律師，中間也換了好幾個律師團隊，以至於整個併購的進程都有些拖後，之後還需要麻煩兩位加班加點了……」

施舞的公司作為甲方，常年是強勢高傲的，自己這位部門老大就是，畢竟甲方掏錢聘請外部律師，等同於採購方，有錢的是爸爸，因此他們法務部常年都處於優勢地位，自己老大有時候甚至會對一些外聘律師呼來喝去，然而到了正元所，自己老大看起來反而小心翼翼低聲下氣的，態度恭敬就不說了，姿態都放低得和自己是乙方似的……

這次會議是前期啟動會，主要是自己公司將併購案件相關的資料都交接給外聘律師，並就公司一些細節進行溝通，法務部先過了合約後，便是一些業務部門的老大輪番來與律師溝通。

施舞甚至有些恍惚，對面的男人模樣冷峻，言簡意賅，但每句話都說到了重點上，給出的分析專業又縝密，明明是見過的，然而他彷彿根本沒有看見施舞，彷彿施舞只是空氣，而坐在他身邊的寧婉，也像是換了一個人。

施舞以前對著寧婉是很有優越感的，然而這一刻，光在氣勢上，就完全被比了下去。

寧婉並沒有穿多昂貴的套裝，然而她看起來卻比施舞專業太多，雖然全程並沒怎麼發言，寧婉負責的更多是記錄工作，但在傅崢發言的間歇，一旦發現有什麼細節的問題，她都會立刻補充，或詢問或解釋，能看出思緒完全跟著整個會議的溝通情況在走，自己老大問的幾個問題，寧婉也對答如流，可見不僅是真的做了功課，很多臨場發揮的問題，也能看出確實積累了專業的本事，一場會談下來，自己老大臉上明顯對傅崢和寧婉都滿意得不得了……

相反，隨著會議的進行和專業內容的深入，施舞卻越發跟不上節奏，一開始連蒙帶猜還勉強能搞明白，到後面，除了偶爾幾個專業名詞能聽懂之外，整個句子連起來是什麼意思，施舞已經一頭霧水了，而反觀寧婉，卻是眼睛越來越明亮思緒越來越清晰……

一場溝通會，施舞簡直快要憋死了，全程寧婉和傅崢根本就當自己是空氣，可施舞卻介意到死，憑什麼？寧婉憑什麼能從社區混到了正元所的核心團隊？她憑什麼還能接洽這種高端業務？

雖然整場會議裡，寧婉和傅崢表現得都很專業，完全是工作模式，但施舞不傻，很多小細節裡還是能透露出這兩人的默契，無意間的眼神交會裡也都充滿了對彼此的欣賞和愛意，寧婉看向傅崢的目光帶了崇拜和專注，傅崢看向寧婉的目光也帶了寵溺和肯定。

他們竟然沒分手，甚至這男人還真的……這麼專業、業務能力這麼強悍，拿到這麼好的案源都分給寧婉……

一場會談下來，施舞的法務部老大是春風滿面，施舞卻是魂不守舍。

人最無法接受的就是妳嫉恨的人不僅過得比妳好，甚至還跑到自己面前炫耀。寧婉雖然沒有炫耀的心，但在施舞看來，她這樣做的一切都是故意的，是為了給自己下馬威。

等會談進行到茶歇時間，各方參與人都陸續離開會議室去喝杯咖啡吃點小甜點提神，施舞便沉著臉也跟著寧婉一行一起出了會議室。

寧婉和傅崢儼然成了炙手可熱的焦點，公司不少高管都主動和他們交換了名片，兩人被眾星拱月般地捧在中心，好不容易過了片刻，傅崢大約是要接電話因此暫時離開了會場，他們身邊的高管才散開，寧婉才落了單。

「哇，那個女生好厲害啊！看起來年紀輕輕就這麼專業，還跟著這麼帥的老闆，也太幸福了吧。」

「是啊是啊，而且不知道是不是我的錯覺，總覺得她和她老闆好多互動小細節竟然品出點甜來，是一對嗎？」

「如果是一對就還挺合適的呢，男才女貌，配一臉啊，果然優秀的帥哥都只會找優秀的美女……」

這次法務部全體成員都列席會議了，施舞身邊幾個女同事便盯著寧婉的背影嘰嘰喳喳地感慨了，內容無外乎是羨慕，都是濃濃的憧憬和讚美。

施舞越聽越不是滋味，只覺得渾身像有一百隻螞蟻在啃噬一般難忍，而終於，因為寧婉走到施舞一行人不遠處的咖啡機旁取咖啡，施舞的幾個女同事才各自做了個「噓」的姿勢，不再繼續討論吹捧寧婉。

可寧婉離自己越近，施舞的心裡就越不平衡。

明明以自己和寧婉的距離而言，施舞只要略微大聲說點什麼寧婉都能聽見，但施舞就是一點沒顧忌，她故意微微抬高了聲音，假意對寧婉視而不見，目光看向了自己幾個同事——

「哎呀，那個寧律師其實是我老同學，以前就是在社區做社區律師的，畢業的法學院也很一般，但有什麼辦法啊，人家就是長得漂亮，找了個好男朋友，這不一下子被帶飛了嗎？」

自己這話下去，寧婉的眼神果然飄了過來。

施舞一點也沒在意幾個女同事對自己瘋狂使眼色，心裡終於暢快了起來，同事是生怕她說的話被寧婉聽見，可施舞心裡清楚，她這些話就是要說給寧婉聽的——

「所以啊真是真理，女人幹得好學得好不如嫁得好，不如找的男人好，其實好好讀書好好工作，有時候還拚不過那些打扮得花枝招展會釣男人的女人，有時候男人也挺膚淺的，就看個賣相囉。」

自己幾個同事有些尷尬，生怕被波及，因此很快找藉口走開了些，於是這一片便只剩下了施舞和寧婉兩個人，施舞是等著寧婉惱羞成怒衝上來和自己吵架的，按照她的理解，如今寧婉有了傅崢這個靠山，可不得囂張死，然而就在她全副武裝等著寧婉上鉤和自己撕破臉，把現場弄得很難堪的時候，寧婉卻只是輕飄飄地看了她一眼，然後一句話沒說，沒有一點表示，就像什麼也沒聽到一樣，轉身走了，根本沒給施舞的陰陽怪氣任何眼神。

施舞一下子覺得拳頭就這樣打到了棉花上，她費力全力出招，然而對手根本沒有應戰……

她看向幾個剛走遠的同事，虛張聲勢道：「看到沒？人家聽了也沒什麼可說的，因為我說的就是事實，她就是個靠男人上位的女人，敢做還不敢當了？妳們怕什麼啊，有水準的又不是她，還不是那個傅崢嗎？她以前也就是社區裡替別人調解雞毛蒜皮的半吊子，自己沒水準，還不讓人說了？」

施舞是個關係戶在公司上下都是明面上的祕密，法務部其餘幾個女同事也沒敢說什麼，只尷尬地附和了兩句便立刻轉移了話題。

雖然她們並沒有和自己一起踩寧婉，但因為寧婉的沉默，施舞一方面覺得不痛快，一方面又覺得有點得意，自己說的不就是對的嗎？寧婉還不是因為傍上了那個傅崢嗎？所以根本不敢和自己對峙！兩人又沒結婚，鬼知道傅崢什麼時候腦子一清醒就把人甩了呢。

一想到這，施舞心情又好了，她哼著歌，也倒了杯咖啡，然後嫋嫋婷婷走回了會議室裡……

接客戶接到施舞的公司確實是寧婉所沒預料到的，如果按照自己的本心，寧婉根本不想和施舞有任何交集，然而既然成了對方公司併購案的代理律師，那一個律師所需要履行的職責就都要盡力而為。

然而自己想著專業辦事，施舞顯然並不這樣想，第一次會議的茶歇時分，她就給足了寧婉下馬威，只是寧婉的按捺不表也沒有讓她見好就收，第二次第三次，每次寧婉向施舞要公司相關的盡職調查資料時，施舞總是能出點問題，不是百般推脫，就是話裡話外要給寧婉找點不痛快。

最後連傅崢都發現了異常，皺著眉來過問：「本來我們律師做併購案的盡職調查就依賴客戶公司提供最全面最真實的所有營運情況和財務資料，他們這麼不配合，大幅度降低我們的工作效率，我直接找他們法務部總監說下這事，幫妳換個對接人。」他抿了抿唇，「我沒有料到妳這個同學這麼公私不分，否則直接在安排對接人的時候就提出更換了。」

但對傅崢的提議，寧婉卻拒絕了：「不用，就這樣。」她朝傅崢笑了笑，「我有辦法，何況自己的事情自己解決，她因為私下對我的意見，在工作裡處處針對，我如果找自己老闆壓她，她只會更加瘋狂反撲，這就和打架一樣，必須我和她親自打一架她被錘了才能安心，我要是不自己出手，直接找外援，就算外援把她打到鼻青臉腫，她也不服氣。」

傅崢愣了愣，但很快也理解了寧婉話裡的含義，最終點了點頭：「那妳放手去做，總之背後有我。」

寧婉真心實意地對傅崢笑了笑，有些俏皮道：「你放心吧，用不上你，我可是能智鬥社區大媽的，不過就是個施舞，難道她還能強過悅瀾的各位廣場舞王者嗎？所以下次開會，我可以單獨去嗎？」

傅崢愣了愣，然後看向了寧婉：「準備好了？」

「嗯，準備好了。」寧婉自信地笑了笑，「我的商事案獨立對接客戶首秀，我已經摩拳擦掌了。」

此前雖然很多談判溝通場合，也已經是寧婉單獨和客戶溝通了，但傅崢都還列席著，即便有時候不發言，但光是他在，對寧婉的意義就不一樣，和寧婉一個人去開會還是截然不同的。

傅崢果然有些護短般擔心的。

寧婉又朝傅崢眨了眨眼：「反正要是搞砸了，我也是背後有人的人！」

當然，寧婉話是這樣講，該準備的都有條不紊地準備了，她能提出獨立去接洽客戶，就已經有了把握，對一切會議中可能遇到的問題以及答案都做了預判，為了以防萬一，也在此前決定和傅崢再做一次最後梳理——

「所以你覺得還有什麼可以補充的嗎？」

寧婉講完自己的策略和方案，有些忐忑地看向了傅崢，等待他的評價。

傅崢一本正經地回望寧婉：「妳湊過來點，我告訴妳回饋。」

寧婉不疑有他，湊近了點，有些緊張地等待著傅崢的回饋，這是自己第一次獨立做盡職調查報告，針對目前所得到的公司資料，對併購中的法律風險做了分析和預判，雖然寧婉熬了幾個夜晚準備資料，但面對傅崢這種老資歷，多少還是有些誠惶誠恐，尤其傅崢如今這個曖昧的態度，既不說好，也不說不好，寧婉心裡就七上八下了……

然而等寧婉真的把頭湊過去，認認真真準備洗耳恭聽，對面傅崢卻伸手挑過了寧婉的下巴，然後微微探身，隔著桌子給了她一個吻。

寧婉下意識就是瞪大眼睛看著傅崢。

傅崢卻還是一臉挺無辜的正經模樣。

寧婉這下像個河豚似的氣得都快鼓起來了，質問傅崢道：「就這？我的回饋呢？回饋不給就先潛規則了？」

傅崢只輕笑：「這就是我的回饋，做得很好，所以親妳一下當獎勵。」

「？？？」

這男人，親自己一下還變成是對自己的獎勵了？明明是對他的吧？

只可惜寧婉還沒來得及吐槽，傅崢的手就輕輕揉了揉她的腦袋：「這份盡職調查報告寫得真的非常好，我沒能挑出毛病，做得很棒，是好孩子，所以要再給一點獎勵。」

他說完，俯身又給了寧婉一個吻。

被親到氣息不穩，寧婉也有些害臊：「我們是在說工作，不能動不動就這樣！」

傅崢卻看了看周圍，有些委屈了：「這是在家裡，我在女朋友家裡親自己女朋友有什麼不對？我都沒算妳把我騙到家裡來加班這件事的帳了，以為今晚來妳家是有什麼好事呢，結果叫我來看盡職調查報告，我覺得我被利用了。」

寧婉臉有些紅，她清了清嗓子：「好事也是有的，就……就等我忙完工作再臨幸你！」

「哦……」傅崢百無聊賴般趴到了沙發上，「那妳快點忙完。」

寧婉本來還想在腦子裡再預設一下明天會議裡可能遇到的情況，可如今被傅崢這麼直勾勾地望著，自己怎麼也靜不下心來。

沒辦法，她只能放下了資料。

垃圾男人，毀人事業，敗人意志！

行行行！寧婉安慰自己，春宵一刻值千金，那就……先臨幸了再說吧！

再次和施舞公司開會，是寧婉一個人去的，只是原本路上還有些忐忑，等真的到了會議室裡坐在主溝通位上，寧婉心裡神奇地平靜了下來。

充分的準備永遠能搞定百分之八十的問題，雖然傅崢不在，但這場會議的溝通相當順暢，對方高管針對盡職調查裡提出的幾個問題，寧婉也都細緻而準確地給予了回覆和風險提示——

「我方擬收購企業的產品中，經過審查，不存在屬於美國EAR條例管轄的對象，但擬收購方的其中一家境外分包商存在接觸EAR管轄產品的風險，還需要進一步確認，因為EAR作為美國的出口管制法律框架，一旦涉嫌違法，將會遭受鉅額罰款，甚至嚴重的話，會造成刑事指控等等不利後果，這將是我們境外併購中重點關注的方面……」

「同時，我們還應當特別注意FCPA相關反海外腐敗法的規定……」

今天的會議作為公司法務部成員的施舞自然是列席的，但她全程並沒有發言資格，顯然也插不上話，只是抿唇聽著，而法務部總監倒是提了好幾個問題，寧婉也都一一回答，從對方的表情裡能看出，對方對寧婉這份盡職調查報告是滿意的。

雖然並沒有幹什麼體力活，但高強度的腦力活動下，一場會議結束，寧婉才覺得緊繃的身體放鬆下來。

會議結束，高管陸續離開，寧婉卻沒急著走，她慢吞吞地整理著資料，一邊觀察著施舞，作為法務部裡的小中層，施舞必然要等自己部門總監先走，因此落在了後面，而等法務部總監一走，剩下的便是施舞和前幾天那幾個女同事。

寧婉也沒說什麼，只是逕自走到會議室門口然後關上了門——

「施舞，我想有些事，我還是有必要和妳，以及因為妳的言語可能對我造成誤會的同事澄清一下。」

施舞大約是沒料到這個發展，果然愣了愣，就浮現出既心虛又色厲內荏的表情：「妳要澄清什麼事？我還要忙工作，妳可別公私不分浪費彼此的時間！」

「我從來沒有公私不分過，所以在此前第一次會議茶歇，妳詆毀我的時候，我沒有和妳發生爭執，因為當時會議還沒結束，我任何發言都會打亂工作進程，都是不專業的行為。但現在會議結束了，我想占用妳幾分鐘的時間，好好捋一捋我們之間的事。」

寧婉非常鎮定，語氣也很冷靜：「因為這也並不全是私事，如今妳對我的偏見，也已經嚴重影響了交接資料的效率，為了以後工作中更好的對接，我想我們之間的溝通也算是於公有益。」

「我和各位澄清幾點，第一，我確實是比較一般的法學院畢業的，此前也確實在社區提供法律服務，但我跟這個案子，完全是憑自己的能力，和別的原因都無關，妳們認為有問題，那正元所有完備的檢舉流程，大可以整理證據去投訴。」

「第二，傅律師和我的關係是我私人生活層面的，我想和工作無關，我沒必要也不應該浪費時間解釋，但對於工作，要是妳們覺得我不夠專業想換人，請去找妳們法務部總監申請，就看他是不是願意換了。」

「第三，這個案子此後會由我來主辦，傅律師只負責把關的工作，具體操辦的都是我，所以如果妳們法務總監不願換人，我建議妳最好配合我的工作，因為很簡單，如果我們合不來，這個併購案又要繼續推進下去的話，不可替代的人會繼續跟進這個案子，而可替代的那個就會被換走。」

寧婉說完，看著施舞笑了笑：「妳覺得我們誰是比較可替代一點的？」

對於自己的挑釁和小動作，寧婉歷來都是不回應不應戰的，因此這些年來施舞才會變本加厲，她習慣了這種模式，以至於這次遭到寧婉的當場回擊，整個人一開始都沒反應過來。

施舞從來是不顧及別人臉面，只順應自己情緒就發作的人，因此從沒換位思考過被人當場詰難的難堪感受，如今這樣等同於被寧婉當場批駁，施舞心裡的情緒簡直快要爆炸。

她不僅自己無法接受，餘光瞥到幾個女同事看好戲般探究的目光，更是難以容忍，當場就反擊發作起來：「妳以為妳是什麼人啊？妳還不可替代呢？妳不就仗著自己抱上了金大腿嗎？要不是看在妳男朋友的面子上，我們公司會和妳合作嗎？妳現在不就仗著他，以為自己可以逆襲來打我的臉了？當初我的生日會，妳不就是靠著他來給我難堪的嗎？現在又故技重施？」

施舞是這麼說的，也是這麼想的，可不是嗎？以前的寧婉從不反駁自己，如今背後有靠山了，竟然敢當面和自己發難了！

然而自己的歇斯底里並沒有換來寧婉的同等態度，相反，寧婉看向施舞的眼神甚至可以說帶了點憐憫，那目光彷彿有實感般，施舞愣是覺得自己周身刺痛——

「施舞，我從來不回應，是因為我不屑回應，因為我的時間很寶貴，我不能浪費在妳這樣的人和事上，妳對我的人生來說，是個連插曲也算不上的過客，因為妳不重要，所以不值得。」

寧婉不顧施舞扭曲到變形的神色，鎮定繼續道：「我現在回應妳，是因為工作，我們不得不有很多需要對接溝通的機會，我希望我的工作能夠高效無誤地完成，所以才向妳交涉。」

「當初妳的生日會，最終造成妳的難堪不是我有意的，但請妳記住，什麼事都是先撩者賤。那一次也確實是傅崢幫著我替我撐腰的，但這正是我很遺憾的地方，所以這一次是我明確要求自己單獨來開會的。」寧婉朝施舞笑笑，「知道為什麼嗎？」

她微微低了一下頭，聲音溫和但冷淡地繼續道：「因為我想告訴妳，我寧婉要打別人的臉，不用靠男人，靠我自己就可以。至今為止我所有的底氣都不是靠男人才有的，打臉這種事，我親自來就行了，不用任何人替我撐腰。」

「只要妳在工作中繼續給我使絆子，以後妳使一次，我回擊一次，絕不手軟。我寧婉說到做到。」

「妳要是不死心，大可以繼續，別的我不想再說什麼，言盡於此，希望妳好自為之，該說的這次我都事先通知妳了。」

歷來施舞這種人，就是自我感覺太過良好，順風順水慣了，沒受過什麼挫折，周圍人又礙於各種原因捧著她照顧她的情緒，以至於長久下來，都給施舞造成了錯覺，人生就是這麼順遂的，世界就是照著她的意志來運轉的。也因為自己的「我行我素」從沒有受到過懲罰從沒有承擔過後果，因此像她這樣的人，都把自己的生活模式當成了理所當然。

可寧婉不是任何一個施舞從前遇到的人，她不是需要忌憚施舞背景的女同事，也不是需要仰仗施舞人脈的同學，更不是需要從施舞身上蹭點好處資源的人，她對施舞無所求，因此反而刀槍不入。

寧婉推開門走的時候，沒有再理睬施舞的反應，她也不在意對方的反應。

施舞會不會繼續對她使絆子為難，寧婉都不害怕了。

她不再需要忍讓，不再需要自我開解，也不再需要任何人的保護，因為她有足夠的能力打回去。

她也不再急於去解釋，不再糾結需要擺脫傅崢的光環而證明自己，因為寧婉知道自己已經不再需要證明什麼了，做自己認定正確的事，竭盡所能地努力生活，剩下的一切，交給時間，自然會有分曉。

施舞果然欺軟怕硬，寧婉的最後通牒後，這人反而真的沒敢再亂作怪，寧婉才發現，原來有時候有力的反擊沒什麼不好的，擺出自己的態度，亮明自己的底線，然後堅守原則，做自己就好。

而以往寧婉生活不夠順遂的時候，總覺得時間過得特別慢，如今一切都上了正軌，每天充實飽滿，反而覺得時間過得飛快了。

「今晚就年會了，你們怎麼還這麼拚啊？可以放鬆放鬆了！幾個高級合夥人都說了，這幾天可以進入放假狀態啦！」

因為邵麗麗的這句提醒，寧婉才從忙碌的工作裡反應過來，她抬頭看了已經翻了好幾頁的桌曆一眼，才意識到今年都不知不覺迎來了尾聲。

因為傅崢的提議，今年開始就取消了形式主義的鼓勵郵件，每個人都得到了團隊合夥人親自寫的評價郵件，這是第一次合夥人們親自寫這樣針對性的郵件給自己的下屬，每個人點開郵件表情都不一樣，但看得出，大家都是很動容的。

其中邵麗麗最為激動，一邊看一邊都快抹淚了：「我老闆真是太好了，我沒想到我熬夜加班他都看在眼裡，在郵件裡還推薦了 bodyshop 的生薑洗髮精還有別的生髮精華給我，老闆真的太關愛下屬了，沒想到這麼平易近人……」

這就是典型缺愛員工一旦獲得老闆一點點關愛，就能給點陽光就燦爛……

寧婉到底沒忍心提醒邵麗麗，她這老闆既然這麼關心她的頭髮，少安排點工作給她讓她少熬點夜不就行了嗎……一邊熬夜一邊推薦生髮產品給她，也真是險惡的資本主義……

但邵麗麗顯然被糖衣炮彈的資本主義迷了雙眼，如今正一邊讚美老闆，一邊發誓明年要繼續熬夜，同時飛速買了好多生髮洗髮精、烏髮丸、進口生髮帽……

不過，雖然熬了夜掉了髮，但邵麗麗的錢包也跟著鼓了起來，如今她也算過上了購物自由的快樂人生，每次去超市都是豪情萬丈地拍胸——

「寧寧，這超市裡，但凡有什麼妳看得入眼的東西，就隨便拿吧！」

寧婉一想起當時邵麗麗那誇張的表情，就忍不住想笑，雖然熬夜辛苦，但一分耕耘一分收穫，邵麗麗成長得很快，被委以重任後也非常珍惜機會，雖然累，但累得開心，累得值得，如今整個人看起來更自信也更能獨當一面了。

而邵麗麗下單完生髮用品，又研究了幾個植髮廣告，終於想起了寧婉：「妳收到妳老闆的郵件了嗎？」

「應該收到啦！我剛正好收到傅 Par 的郵件呢！寧婉姐肯定也是！」

寧婉順著蔡珍的話頭點了點頭，然後偷偷轉移了話題。

她確實也收到了傅崢的鼓勵信，但說出來有點招人恨——

因為寧婉收到的是傅崢親自手寫的。

等邵麗麗和蔡珍都散了，寧婉看四下無人，才偷偷摸摸把信拿了出來。

映入眼簾的是行雲流水又相當有筆鋒的字體，想起此前烏龍拿錯的祕密紙條，寧婉還有些汗顏，傅崢本人的字確實襯得上他的容貌，還是相當好看的，只是平時這位高級合夥人需要手寫東西的機會實在太少了，畢竟每個律師在律協註冊登記後是有律師印章的，因此連法律意見書合約等需要簽名，傅崢也都直接用印章代替。

寧婉展開信，才發現傅崢洋洋灑灑寫了好幾頁，能讓如今這位簽名都不手寫的合夥人親力親為寫這麼多，寧婉一瞬間挺有驕傲感的，等她看了內容，心裡就更動容了。

傅崢非常認真地盤點了寧婉加入團隊後經手的每個案子，梳理糾正了她以往在社區養成的錯誤法律習慣，非常公正客觀地對她辦理的每個案子都打了分，針對她的強項和弱點進行了總結，還對她的職業未來給了建議和規劃。

「截至到以上，都是我對團隊裡每個律師都平等對待做的盤點，接下來的話，就是作為男朋友說的，是只說給妳的，獨一無二的。」

寧婉看到這裡，有些緊張也有些甜蜜，傅崢最近出差了，要今晚年會才能趕回來，但看著他親手寫的信，寧婉都有一種兩個人背著同事和團隊成員說悄悄話暗度陳倉的錯覺。

「謝謝妳帶給我這段非常特別的經歷，謝謝妳選擇我的團隊，更謝謝妳選擇我成為妳的男朋友，謝謝妳豐富了我的人生……」

傅崢的話其實並沒有多煽情，然而寧婉讀著，還是覺得溢滿了感動和柔情，自己何嘗不是也要感謝傅崢？讓她也終於能領略不一樣的風景。

「走了走了，寧婉，快點！」

寧婉正在那邊內心感慨，就被邵麗麗一把拉了起來：「我來開車，帶妳們去飯店！」

邵麗麗最近新買了車，還拿到了駕照，很是躍躍欲試，一下子就把寧婉和蔡珍都拽了起來，拿著車鑰匙就準備載著她們往今晚舉辦年會的飯店走。

寧婉和蔡珍彼此同情地互相看了一眼，決定好好繫上安全帶保命。

今年因為傅崢的加入，正元所有了很多新的制度改革，也因為傅崢的案源能力，所裡的收入也跨了一個臺階，整個年會活動的獎品明顯也都提升了層次。

剛進入年會會場，邵麗麗就望著一堆角落裡的金蛋流口水：「不知道我有沒有機會砸中手機或者平板電腦……」

「就算沒中金蛋也沒事呀麗麗姐。」蔡珍是第一次參加年會，好奇和激動超過了一切，「反正高 Par 說了，今年人人有獎，抽獎沒中的也能有參與獎！」

「也是，不過參與獎也不是人人都一樣啊，聽說就是隨機的，我們剛才進會場的時候不是人手發了個號碼嗎？就聽說沒抽中獎的，就根據號碼隨機領取參與獎，獎品差距也很大呢，妳看到那邊那堆沒？現在全部用禮盒包裝起來了，看不出到底是什麼，但我賄賂了我們行政，她們偷偷告訴我，裡面有炒菜機、豆漿機、水壺、登山車、廚房用具套組、零食包、護手霜、還有保養品套組、鈣片、生髮水、律所加班睡袋套組……總之我們想得到的想不到的，大的小的便宜的貴的，這些隨機獎品裡都有，價格差別可大了！」

邵麗麗一邊眼饞獎品，一邊默念希望自己能中個大獎：「總之，盒子越大越好。」她指了指那堆隨機獎品中間最大的盒子，「看到沒？我想要那個最大的！我昨天特地去廟裡拜了拜，求了個上上籤！這個最大的一定是最貴的！我感覺自己能中！看大小，像個冰箱，我家裡正好缺一個……」

很快，別的同事也都陸續到了，大家便熱熱鬧鬧湊在一起聊起來，聊彼此的案子，聊最近的生活，聊新交往的男女朋友，聊正準備入手的新房新車……

每個年輕律師臉上都是對未來的期待和嚮往，即便寧婉只是旁聽，都忍不住被他們周身的情緒所感染和帶動——大家都在不知不覺但堅定地往更好的未來走去。

如今整頓後所裡氣氛很好，像崔靜之流也因為被點名批評或者制度約束，又確實沒有真才實學，越來越沒辦法在所裡渾水摸魚，因此陸陸續續都離職了，因此團隊裡空出了不少崗位，很多原本在人才池裡踏實肯幹的律師，也透過筆試面試的競爭，有了進入合夥人團隊的機會，還有部分人才池的律師，也報名加入了社區律師服務組，整個人才池的機制正按照傅崢和高遠計畫的那樣緩慢轉變中。

現在留在所裡的，不是有能力的就是肯幹肯吃苦的，如今改革後，獎懲機制分明，不再會有多做多錯的憂慮，只要做了事，就能被看到，只要努力了，就不會白費，只要埋頭幹，就能有機會，因此這幾乎變成了一種良性循環，雖然有不少離職的，團隊整體更精簡了，但士氣和凝聚力卻更強了，上次寧婉聽傅崢無意間提了一嘴，今年的收入不減反增，而因為人員少了，人均收入也大幅度提升，因此每個律師能拿到的年終獎也會更加豐厚，還真的是這麼一改革，都改了正元所整個氣氛。

「我從原來租的那個合租社區搬出來啦！現在月收入高了，終於能負擔起一個人租房了，想想回家能有一個人的空間，真開心啊！雖然房子小了點就九坪，但覺得挺有歸宿感了，而且以前合租，不讓養貓，現在有了這間小房子，我把之前一直餵的那隻流浪貓正式收養了，以後也是有貓的人了，歡迎你們來我家擼貓。」

「我想買輛代步車，你們有什麼推薦嗎？」

「哇，你這都單車變四輪了？今年收入是不是不錯？」

「嘿嘿，還行還行，差不多能養得起車了，所以準備弄輛代步的小車，省得以後每次去法院開庭還要各種地鐵轉車的……」

寧婉一邊聽，一邊只覺得真好。

真好啊。

有時候甚至覺得都像是一場夢，然而如今卻已經真實地活在這一刻了——不管是同事，還是自己，一種全新的生活已經開始。

她正式加入了好的團隊，開始做著夢寐以求的商事案件，迎接著每一天新的挑戰。

而這些，除了自己的努力，也要感謝傅崢，感謝他能夠來社區，感謝他在被「錘鍊」後，能夠去反思也有魄力去改革。

此刻同事們的話題也講到了這一點，每個人也都是感慨和感激——

「還是多虧傅 Par，帶領我們跑步進入社會！」

「你這話小心讓高 Par 聽到，肯定要酸，抱大腿也不能只抱一條！」

「哈哈哈哈，那是，感恩全體合夥人，讓我走進了新時代……」

對於這些，已經康復回所裡工作的陳爍似乎倒有不同意見：「你們也吹捧過頭了吧，傅崢也就……」

「不過頭不過頭，知道你和人家曾經在社區共事過，情誼深厚不屑拍馬屁，可我們又沒和傅 Par 共患難過，當然只能靠吹彩虹屁拉近距離啦！」

「……」

傅崢這次出差其實也就兩天，寧婉每晚也還是會和他視訊，但寧婉此刻聽著同事們聊起傅崢的名字，心裡沒來由地突然有點想他。

寧婉最終沒忍住，掏出手機就傳了訊息給傅崢：『有點想你。』

可惜傅崢大概是在忙，還沒有回覆。

雖說知道傅崢這次的工作是個破產清算案，並且因為有點複雜，談判時間不會短，能中途趕回年會就不錯了，可真的等年會開始，大家喜氣洋洋的一團，傅崢卻還沒出現，寧婉心裡還是忍不住有些失落。

年會的節目很快就開始了，高遠作為合夥人代表簡短做了年會開幕式發言，之後他就把表現機會交給了眾人。

等今年新入職的員工們陸陸續續表演完走音唱歌、同手同腳時尚舞蹈、振聾發聵詩朗誦，然後又舉辦了暗黑法條背誦競賽、案件分析搶答等等一系列奇葩節目，終於進入到了年會的高潮部分——抽獎！

邵麗麗激動不已：「抽我！抽我！」

可惜現實比較殘酷，邵麗麗可能拜佛拜得心不夠誠，最終和抽獎獎品失之交臂，但她很快振作了起來：「沒事，還有根據號碼隨機領取的參與獎！讓我領那個最大的盒子就好了！最大的最大的最大的！」

也大概真的是運氣到位了，等主持人念出那最大盒子對應的號碼，竟然還真的是邵麗麗。

邵麗麗高興壞了，當即一個人興奮地從臺上用小拖車把那個最大的盒子拖到了身邊：「看看，什麼叫運氣？這就是運氣！隨機參與獎裡最大的獎，就是我！」

也不知道是不是寧婉運氣不太行，她的隨機號碼，領取到的竟然是一個……非常非常小的盒子？

這一對比，邵麗麗拿到了獎品池裡最大的那個盒子，而寧婉拿到的則是最小的……看著寧婉手裡那個小盒子，邵麗麗都面露憐愛了：「寧寧啊，妳這運氣，不太行啊……下次還是和我一樣沒事多轉傳轉傳錦鯉吧，妳這也……」

雖然不指望拿到最貴的獎品，但寧婉本來對隨機獎品也有諸多期待，如今拿到了這個小盒子，傅崢又不在身邊，心裡確實有些沮喪，但面上還強撐著笑意：「雖然盒子小，但裡面東西可能很貴呢。」

「都這麼小的盒子了，裡面再貴能裝什麼啊，而且這大小，只有手機盒的一半，現在也沒什麼電子設備能用這個盒子裝下了，再掂掂這重量，看起來也不像什麼貴重的……」

邵麗麗拿到全場最大的獎品，眼裡的得意和對寧婉的同情都寫在臉上了，寧婉有些無奈地笑了笑，而也是這時，她收到了傅崢的訊息——

『馬上到，還有兩分鐘。』

只是簡單的一句話，然而寧婉整個人一下子雀躍了起來，連眼睛都亮了，抽獎拿到最小的盒子不重要，因為傅峥才是自己最大的獎品。

而幾乎同時，年會的門口微微騷動，寧婉一抬頭，就越過眾多同事看到了自己想念的人——傅峥穿著西裝，風塵僕僕地正往年會會場裡走。

「傅 Par 回來啦！」

「真辛苦呀！」

「今年應該好好感謝傅 Par 加入我們！」

幾乎是自發的，在短暫的嘈雜後，也不知道是誰帶的頭，現場就響起了掌聲。

「傅 Par 講個話吧！」

「對啊！正好年會快到尾聲了，做個總結講話吧！」

能看得出，所裡所有的同事都非常信任傅峥，雖然才加入正元所沒太久，然而傅峥的口碑和人氣甚至都超過了所裡元老級創始人的高遠……

好在高遠並不會對自己這位老同學吃醋，在同事們的起鬨聲裡，高遠跳上了講臺，調侃地看向了傅峥：「既然大家都這麼說了，傅峥，那你就講一段吧。」

傅崢本來像是在找人的模樣，結果還沒找到，就被高遠攔了一道，無奈之下，便也只能走上了臺，然而上了臺以後的第一件事，就是繼續在人群裡找人——

當他目光定位到寧婉時，寧婉終於可以確定，傅崢下意識第一時間找的人是自己。

這男人明明因為出差，眉眼裡尚帶了絲疲憊，然而當目光和寧婉觸碰的那一刻，他的眼神就亮了起來，臉上也微微帶了笑意，一下子沖散了他臉上的肅穆和冷淡。

那是一種下意識完全不加掩飾的情緒，彷彿全世界只剩下眼裡這個人，彷彿只要有這個人在身邊，就能安心做任何事。

傅崢看向寧婉的這個眼神只持續了幾秒，很快，這男人便投回了自己高級合夥人的身分裡，環顧四周，向每一位同事微笑致意。

他是所有人的傅 **Par**，然而另一方面，只是寧婉的傅崢。

雖然在正元所裡有口皆碑，然而傅崢還是很好地和每個同事保持了距離，大家對他既親近又尊敬，傅崢一上臺，調試了下麥克風的高度，然後輕飄飄地掃了臺下一眼，剛才那些起鬨和騷動就平息了下來。

所有人都屏息凝視，看著這位英俊的高級合夥人。

傅崢卻很隨意，他笑了笑：「大家晚上好，不用這麼嚴肅，我們不是在開會，也不在法庭上，我們律師私底下也和所有職業的從業人一樣，就是普通人。」

「其實說起來，讓我站在這裡作為年會的壓軸嘉賓，我是有些慚愧的，因為我可能是全場最晚加入正元所這個大家庭的人，此前正元所的創辦、發展，都仰賴其餘高級合夥人的努力，感謝他們抬愛把這次結束語的演講機會讓給我。」

傅崢說到這裡，看了臺下高遠等一行合夥人一眼：「他們可能期待我會講點『讓我們記住今天，期待明天』之類讓大家展望美好未來難忘今宵的場面話。」

傅崢笑了笑：「那他們想錯了。我不會說這些話，他們等等也可能會立刻後悔把我放上臺甚至想把我趕下臺了。」

傅崢環顧了下全場：「但既然站在這裡，那麼有些話我就要講一下。」

「我加入這個所是緣分，但入所後，很快就發現正元所裡不論是人事制度還是獎懲制度，都存在很大的問題，在正式入職前，我在社區基層工作了幾個月，如你們所知，當初的我沒有公布我的身分，於是有一位好心的『帶教師父』，熱情並且知無不盡手把手地把自己的畢生鹹魚絕學傳授給我，包括怎麼甩鍋，怎麼摸魚，怎麼對老闆陽奉陰違……」

「在努力學習了所有的『技術』後，我做了一個決定，我加入這個所，希望從根本上改掉這個所裡甩鍋、摸魚、對老闆陽奉陰違等等壞風氣……」

傅崢還在臺上一臉鎮定自若的發言，臺下的寧婉臉卻有點疼……

雖然沒有指名道姓，可大家又不傻，寧婉承接著四面八方想笑不能笑的同情眼神，心裡對傅崢的愛意頓時沒了。

自己對他說過那麼多別的，怎麼就只記得這些？甩鍋摸魚的技能，就不能把這些都忘了嗎？

垃圾男人，今晚就睡沙發吧！

寧婉臉上一陣燙一陣紅，只感覺尷尬得要命，傅崢果然陰險，原來那麼早就想修理自己了，對自己還真是「師夷長技以制夷」，從自己這出師以後，就準備用同樣的方法收拾自己了……

然而就在寧婉內心百轉千迴覺得萬分丟人之際，傅崢笑著寵溺地看了下寧婉——

「好了，寧婉，我不是要在年會點名批鬥妳。」

傅崢的聲音和眼神都溫柔了下來：「因為這不是妳的錯。」

傅崢再次看向了所有人，恢復了生殺予奪的果決和肅穆：「在一個公司裡，一個願意吃苦願意幹活也努力的員工，想要甩鍋、摸魚、對老闆陽奉陰違，這不是員工的錯，是公司的錯。」

「正元所裡這樣的風氣，不是任何員工個人造成的，該反省的從來不是員工，而是我們合夥人。因為一個真正好的律所，不會讓好的員工不得不依靠甩鍋、摸魚和對老闆陽奉陰違來邊緣求生，不會讓任何一個正直的員工白費心血，不會讓任何一個努力的人寒心，也不會給任何摸魚、甩鍋、對老闆陽奉陰違的人生存空間。」

「一直以來，我們每次都喊著讓年輕律師成長起來的口號，但其實有時候也忘記了，我們合夥人也是需要成長和換位思考的。」

「我感謝寧婉對我真心實意毫無保留的教學，也希望各位了解，在如何甩鍋、摸魚和對老闆陽奉陰違上，我現在也是專業級別的，所以在制度改革後，可能就沒人可以再甩鍋、摸魚和對老闆陽奉陰違了，因為你們懂的我也懂。」傅崢笑了笑，「這方面，寧婉真的是專業級別的。」

寧婉沒繃住情緒，自己第一個笑了出來。

臺下一下子也響起了笑聲，高遠臉上也是無可奈何的表情，其餘幾個合夥人也在笑，氣氛非常輕鬆。

「制度的問題我們合夥人會來負責，所裡的人文環境我們也會繼續努力，只希望每個有信仰的人，每個努力的人，都不被辜負……」

此後，傅崢也簡短地介紹了下所內社區法律服務團隊和對人才池的廢除計畫，把一切需要交代的都交代完畢，他才笑著和大家致意，然後下了臺——

「我還有點事，需要馬上離開一下，有個很重要的人需要見一下，請大家繼續盡興地度過這個夜晚。」

哎？？？

別說眾人有點摸不著頭腦，寧婉第一個滿頭問號，等了傅崢這麼久，結果這男人就上臺說個話，莫名其妙 cue 自己一下，然後就又要消失了？

是什麼事值得他這麼趕？連自己幾天沒見的女朋友都丟下了！照理說傅崢近期並沒有案子要忙，三次元裡也沒什麼大事……還重要的人要見？有那麼重要嗎？

此前有多想念傅崢，此刻寧婉心裡就有多失落，忍不住拿出手機，傳了則酸溜溜的訊息給傅崢——

『你要見的人，比女朋友還重要嗎？』

寧婉傳完其實就後悔了，自己這行為簡直醋海翻騰了，然而剛想收回，傅崢的回覆已經來了——

『嗯，是比女朋友還重要的人。』

「……」

據寧婉所知，傅崢的媽媽最近報了紐西蘭十日遊的旅遊團，並不在國內，那麼比女朋友還重要的人？呵呵……

這就真的沒什麼求生欲了……

今晚是年會，氣氛都很熱鬧，寧婉也不好發作，只是看著手裡那個小的可憐的隨機禮物盒，想想傅崢跑去見比自己更重要的人了，心裡難免有點被拋棄的失落感。

年會進行到尾聲，很多家裡拖家帶口或者不單身的，都張羅著走人，邵麗麗正吆喝著蔡珍一起幫忙把自己隨機大獎品盒抬回家，寧婉把自己的小獎品盒收進包裡，圍好圍巾，也準備往室外走。

別人都有人接，可惜自己沒有。

然而正這麼想著，手機倒是響起來了，寧婉低頭一看，竟然是正在見比自己更重要的人的傅崢。

電話一接通，傅崢沒有給寧婉說話的機會：『在門外，轉個彎左邊那條小路口，快點來，我在等妳，外面好冷。』

「……」

雖然有點不開心，但寧婉還是抿了抿唇按照傅崢的指示走到了路口，傅崢果然等在那裡，甚至還開了自己那輛特別拉風的帕加尼跑車。

寧婉有些酸溜溜的：「見完重要的人想起我啦？」

傅崢卻不解釋，只是笑：「妳怎麼像個醋缸？」他說完，不等寧婉反應，就俯下身親了寧婉的鼻尖一下，然後揉了揉她的頭頂，微微蹲下身，讓自己的視線和寧婉齊平——

「剛才沒見誰。」

「？」

「但是現在見到了。」

寧婉有些茫然：「什麼？」

「比女朋友還重要的人，現在見到了。」

寧婉表情都狐疑了，懷疑傅崢在和她打什麼啞謎。

傅崢卻不解釋，只是認真地盯著寧婉：「今晚年會上隨機獎品，妳抽到了吧。」

「嗯，一個好小的盒子。」說起這個寧婉就忍不住吐槽，「你們這個隨機獎品，區別也太大了吧，邵麗麗拿到那麼大的，我就拿到這麼小的……這萬事都是不患寡而患不均啊……」

「妳打開看看。」

「啊？」

「那個隨機獎品，妳打開看看。現在就開。」

雖然寧婉有些意外，但還是下意識聽從了傅崢的建議，她從包裡取出了那個小盒子，然後拆開來。

撕開盒子外面的包裝紙後，寧婉就見到了裡面盒子的外觀，她的手有些顫抖，而隨著拆開整個包裝，盒子終於完整地展現在了她的面前——

那是一個小巧的紅色的盒子，顏色帶了顯而易見的喜慶，而上面印了寧婉認識的品牌名字——Cartier。

「打開看看，喜歡嗎？」

寧婉這一刻心跳如鼓，雖然還沒有徹底反應過來，然而手卻先於腦袋動作了，她順勢打開了盒子，然後看到了躺在裡面的鑽戒。

傅崢看著她的樣子只是笑：「不是所有小的東西都便宜，妳知道邵麗麗那個大盒子裡是什麼嗎？那只是一棵發財樹而已，她拿到的那個大盒子，其實是隨機獎品裡最便宜的，很多事情的表面和內核是有差距的，大和小並不是評判一樣東西價值的標準。」

雖然不太合時宜，但寧婉還是忍不住想到了邵麗麗，她吭哧吭哧把那麼大一個盒子拖回家，打開發現只是一棵發財樹的時候，大概會氣死吧……

只是傅崢沒有再給寧婉亂想的機會，他從寧婉手裡拿過戒指盒，然後單膝跪地，第一次有些緊張的模樣，彷彿剛才在臺上從容發言的完全是另一個人。

「寧婉，妳願意嫁給我嗎？」

寧婉瞪著眼前的男人，尚且處於震驚之中：「這個隨機禮物你設計好的？」

「對。」

「那……你要見的比女朋友更重要的人？」

「未來老婆。」傅崢輕笑，「妳答應了就是了。」

這男人即便到這一刻都沒忘記撒嬌示弱：「地上好冷，我跪得都有點累了，妳真的不快一點答應好讓我起來嗎？」

「而且我為了大老婆，特地把小老婆也開出來了。」

寧婉是典型吃軟不吃硬的人，等她意識過來，自己已經胡亂地點了頭，傅崢也已經從地上起來了，這男人吻著她的眉心，然後不容分說地把鑽戒套到了她的手指上——

「好了，現在大老婆也有了。」

「以前妳買Cartier給我，那我就投桃報李，買Cartier給妳吧。」傅崢吻了吻寧婉，「一直想買給妳，現在終於有機會了。」

寧婉看著手指上的鑽戒，終於有了點被求婚的實感，也有些磕磕巴巴的緊張起來：「這……那……這個……能不算嗎？事情發生得太突然了！所以我答應太快了！我都沒準備好！你讓我重新做下心理建設，再來一遍吧……」

「答應了就不可以反悔。」傅崢攬過了她的腰，「外面好冷，上車吧，傅太太。」

光是這個稱呼就讓寧婉耳朵一軟，完全沒抵抗力。

等她坐到了車裡，還猶如在夢中。

傅崢在帕加尼的車廂裡放滿了紅色玫瑰，寧婉一進去，彷彿進了個小型花園，連腿都不敢亂伸，生怕把鮮花碰壞。

一時之間，她也有些哭笑不得：「開跑車求婚，是不是太浮誇了？」

「因為也想不到別的方法。」說到這裡，傅崢也有些難得的赧然，聲音不自然道：「所以想把我最喜歡的東西捧到妳的面前，這是我最喜歡的一輛車，以後它的副駕駛座只屬於妳。」

「你這麼寶貝這車，當初開著它為我撐腰的時候，是不是就對我有非分之想了？畢竟都喊小老婆了，不太可能隨隨便便開出來給哪個同事坐吧？」

「沒有。」然而直到如今，傅崢這男人還相當嘴硬，移開了目光鎮定自若撒謊道：

「是這車自己想開過來的，我也不知道怎麼回事。」

「？？？」

大概是為了避免寧婉繼續追問，傅崢逕自俯身吻住了她的嘴唇。

「好了，別問了，我要開車了。」

「開著小老婆，載著大老婆，我們回家。」

寧婉摩挲著手上的鑽戒，望著窗外華燈初上的夜景，心裡是湧動的甜蜜和平和的溫暖。

嗯，回家。

——《勸你趁早喜歡我》正文完——

番外一　媽媽的姐妹

答應了傅崢的求婚後，寧婉就想著把傅崢帶給自己媽媽看一下。

自從把媽媽從老家接到容市以後，一開始寧媽媽還有些不適應容市的生活節奏，她性格比較內向，也不擅長交際，寧婉雖然努力多陪著她，但到底要工作。好在在寧婉幫自己媽媽換了手機號碼和各種聯絡方式後，寧婉的爸爸遍尋不得，又因為在躲避賭債，一時間再也沒來騷擾過。

只是寧婉媽媽大概是以往心理陰影過重，一時間也難以完全敞開心扉，寧婉雖然能給予支持和鼓勵，但心理調適還是要靠寧媽媽自己，寧婉也愛莫能助。

因為自己目前住的房子太小，寧婉也不忍心自己媽媽就在客廳打地鋪，因此最後在同個社區找了間適合的小房子租給媽媽住了，平時母女倆也有個照應。

然而這次寧婉到寧媽媽的租屋處敲門，自己媽媽卻不在家。照理說這個時間，寧婉的媽媽是不會出門的，寧婉有些狐疑，拿起電話打過去：「媽，有件事和妳說下，我想介紹妳和……」

結果還沒說完，寧婉媽媽就打斷了，她像是在外面，背景音挺嘈雜——

『喂？寧婉？媽在外面，有點忙！等等說！』

自己媽媽難得願意出門，寧婉心裡是很開心的，只是接連撲空了好幾次，寧婉媽媽忙得都見不到人影了，寧婉就有些忐忑起來了——這該不是誤入什麼保健食品陷阱或者被騙去什麼傳銷組織了吧？

好在最終，寧婉蹲點似的等，終於蹲到了自己媽媽——當時寧媽媽正穿了一件寧婉從沒見過的旗袍準備出門。

「媽？」

寧婉見了媽媽，下意識就是一愣，先不說自己媽媽怎麼突然換了風格竟然穿了旗袍，此刻她平時從不打理的頭髮也吹了個挺時尚的捲，臉上竟然還化了淡妝，抹了個很端莊的口紅……這……這自己媽媽完全像是換了個人！

寧媽媽對著寧婉的眼神，一下子就有些不好意思，她一時之間有些不自信和緊張起來：「妳那麼看我，是不是媽很奇怪啊？」

「不是的！」呆愣過後，寧婉卻是打從心裡高興，「媽媽超好看！」

雖然讓自己媽媽搬來了容市，暫時脫離了父親，可幾次試探下，寧婉媽媽都對離婚保持著遲疑的態度，她還是很謹小慎微，思想也還是傳統，多次表示以後不住一起就沒事了，一直沒能下定決心做個徹底的了斷。

只是一直以來，寧媽媽還是沒有辦法擁抱新生活，寧婉看著既心急但也無可奈何，如今看著媽媽這些改變，寧婉一下子覺得看到了希望。

「很好看！特別適合妳，這件旗袍真好看！」

自己媽媽辛苦了一輩子，從來樸素也不懂得打扮自己，如今這樣改頭換面，寧婉才發現自己媽媽也很美。

寧媽媽被寧婉誇了旗袍，一下子也高興了起來，神色也舒展了：「是吧？買的時候她就說好看，說適合我，叫我一定要買，我還擔心你們年輕人看這穿法覺得我怪呢……」

「ㄊㄚ？」寧婉試探道：「媽媽妳認識什麼朋友了嗎？男的女的啊？」

「一個姐妹。」寧媽媽說起這個情緒也飛揚起來，「剛認識的，也住這附近，特別聊得來，比我大了五歲，可人家懂那個什麼保養，看起來特別年輕，人特別好，教了我好多東西，哪裡有便宜還好看的衣服，還有這什麼化妝的，手把手教呢。」

寧媽媽顯然對自己這位姐妹非常滿意，交談間寧婉才知道，這位寧媽媽讚不絕口的姐妹，其實和寧媽媽認識也就一個禮拜，然而自己一貫慢熱的媽媽提起這姐妹來竟然都是熟稔和親近，隱隱的還帶了點崇拜——

「她真的很厲害，什麼都懂，什麼購物軟體啊短影音軟體啊社群軟體的，都會，比年輕人還時髦，教了我好多好多。」

「身材也好，這麼大年紀，都沒什麼贅肉，說是常年做那個什麼瑜伽，過幾天說約我去體驗呢，讓我一起跟著她做，說除了對保持身材好，對健康也好。」

「昨天剛帶我去做了臉，我才知道原來洗臉啊面膜啊還有那麼多門道……」

「還有，我還跟著她做了那個泰國什麼按摩，那可真舒服啊，就泰國小女生幫妳在那捏按肩頸，按的時候有點痛，可按完以後真是輕鬆舒服，就是這個按摩名字有點怪，好好的按摩，叫什麼『死吧』，妳說這名字，多不吉利……」寧媽媽說到這裡，笑著看向寧婉，「妳做律師的，成天坐辦公室，肩膀肯定也容易不舒服，下次妳也去試試這什麼『死吧』，真的挺好的，媽才發現，這些什麼按摩的，也不全是騙錢，有些還確實很有用……」

寧婉一開始還挺高興，只是聽著聽著，就越聽越覺得不對味來，她試探地問道：「媽，這……妳去體驗這些，都花了多少錢啊？」

自己媽媽該不是遇到了詐騙犯吧？先偽裝成貴婦，帶妳享受一通，之後就開始經典手段——「姐妹，我生意上突然沒辦法周轉了，能暫時借我點嗎……」

寧媽媽沒好氣地瞥了寧婉一眼：「我知道妳這孩子要說什麼，媽也是經歷過大風浪的人，知道什麼是騙子什麼人不該信，我這姐妹人是真的好，我做這些一分錢沒花，都是她花的！說都是那些什麼『死吧』的會員呢！」

「……」

可惜這話寧婉聽了不僅沒放鬆，反而更緊張了，前期一分錢都沒讓自己媽貼，那這老姐妹心可有點野，是準備後期從自己媽身上騙筆大的吧？坊間對這類詐騙不是有個叫什麼殺豬盤的專有名詞嗎？受害人就是詐騙犯眼裡的豬，先接近豬把豬養肥養大，然後再殺豬……都說這豬養得越久，以後殺起來越狠，畢竟這羊毛出在羊身上啊，天下還能有這種好事突然天降個好姐妹為妳花錢帶妳買買買做ＳＰＡ做臉享受人生的嗎？

寧婉一下子警覺了起來，本來想和自己母親說的終身大事以及介紹傅崢都拋到一邊了：「媽，妳現在出門是去見妳那個姐妹？」

寧媽媽點了點頭：「不和妳說了，我和她約了看電影，再不走就要遲到了。」

「媽，我今天正好沒事，我送妳吧！正好和妳一起去見見那個阿姨，電影今天又是這個阿姨請客的嗎？」

「是啊是她，一定要請我看電影……」

「那怎麼行呢！我們和別人做朋友肯定是有來有往的對吧？這樣吧，正好我和妳一起去，一起看電影，看完我請客請妳和她吃個飯唄，我們也要展現我們的誠意嘛！」

寧媽媽一開始有點猶豫，但寧婉這麼一說，她也被說服了：「也是，我自己要請她，她總不肯，說我都沒退休金，叫我別浪費錢，我帶上妳，讓妳請，她肯定就同意了，妳做律師的，她也還挺感興趣呢，問了我好幾次妳的事情，正好介紹妳們認識認識。」

一不做二不休，寧婉就跟著寧媽媽出了門，她倒是要會會這立了貴婦人設的是個什麼牛鬼蛇神！

寧婉是抱著戳穿騙子的想法出門的，結果沒想到等到了寧媽媽和對方約定的地點，見了這位姐妹真人，寧婉倒是愣住了——

對方還確確實實，從頭到尾，每個頭髮絲裡，都滿溢著「貴婦」的氣息……

單單對方手裡提著的那個愛馬仕，寧婉就略有耳聞，這價格大概就……一間房吧……太假了，真的太假了。

寧婉差點當場笑出來，雖然知道現在騙子肯定會買點A貨名牌包裝裝門面，可眼前這一位「貴婦」，真的太過了，竟然搞一個價值幾百萬的包來，太浮誇了，真的太出戲了。

不過不得不誇讚，這位老阿姨舉手投足之間的氣場和氣質倒還真的像個真貴婦，自己媽媽有一點沒說錯，這位姐妹身材確實很好，保養也不錯，長得也挺好看，甚至還有點眼熟。

也不知道是不是對方心虛還是怎樣，見了自己，這貴婦相當熱情，從頭到腳偷偷打量了好幾遍，大約在評估自己是不是和自己媽媽一樣好騙，她看了自己一眼，又看向寧媽媽——

「妳女兒可真漂亮！」

漂亮怎麼了？難道主意都打到自己身上了想把自己賣了不成？

「我看了第一眼就喜歡，難怪啊！」

難怪什麼？妳第一眼喜歡又怎樣，寧婉沒好氣地想，自己還第一眼就看這貴婦哪哪不順眼呢！

好在因為電影馬上要開播，對方也沒再糾結寧婉的事，只是不斷在打量寧婉，寧婉每次轉頭，都能見對方笑咪咪一臉慈愛地看向自己，眼神怪微妙的……

寧婉心裡繃著情緒，一路想著怎麼戳穿對方，一開始電影都沒看進去，然而等過了片刻，卻漸漸被電影內容吸引住了——這電影講的是一個女性的一生，從最初被父親打壓、被包辦婚姻、被丈夫打壓、犧牲自己的夢想，到最後堅定做自己，為自己的人生衝出一片天空。

等最後看完，連寧婉都非常動容，而她轉身看向自己媽媽，才發現媽媽的眼裡還有沒來得及收回去的眼淚，這個故事太觸動了，主角的很多細節，自己媽媽都能代入吧……

雖然這個騙子「貴婦」人不怎麼樣，但選的這部電影卻是真的好，寧婉平時也想著和媽媽講講女性找尋自我這些事，然而也不知道以什麼為切入口，而如今這部電影，倒是把寧婉想表達的東西透過鏡頭以自然又不突兀的方式轉達給了自己母親。

寧婉公允地想了想，這騙子也算幹了件好事，自己等等警告下她好自為之就好了，也不報警找人抓她了。

電影散場後，對方倒是挺順利接納了寧婉請客吃飯的要求，而等點完菜，寧媽媽上廁所的間歇，寧婉就不再偽裝，決定來個大的——

「阿姨，我家挺困難的，也窮，我最近吧，投資失敗，炒期貨，全虧光了，還借了小額貸款，都還不出了，這些我都不敢和我媽說，妳人這麼好，能不能……能不能借我點錢過渡一下啊？」

與其等著被對方詐騙借錢，不如主動出擊，先跟對方借錢！

只要這一招，騙子別說繼續行騙了，恨不得遠離妳還來不及。

寧婉覺得自己這些話一出，這位「貴婦」拒絕後，吃完這頓飯，就再也不會找自己媽媽了。

只是令寧婉意外的是，這貴婦不僅沒被嚇退拒絕，竟然還直接從那高仿包裡掏出了高仿錢包：「妳差多少錢呀？」

「？？？」

這發展，不太對吧……

還不等自己開口，這貴婦就從錢包裡刷刷刷抽出了好幾張百元大鈔：「我現金只有這麼點，先給妳。」說完，又抽了一張卡出來，硬是塞到了寧婉手裡，「這張黑卡拿去用，密碼我寫給妳，別客氣，小寧，以後缺錢了就來找阿姨，阿姨有的是錢。」

「？？？」

寧婉一手抓著人民幣一手抓著黑卡，有些恍惚，難道現在騙子膽子這麼大，連人民幣都敢造假了？

這頓飯，寧婉也不知道自己是怎麼吃的，但席間自己母親的這位好姐妹，不僅對自己微笑示意，還關懷備至，又是幫自己夾菜又是幫自己倒茶的，寧婉想著她後來硬是塞進自己包裡的錢和黑卡，心裡都有點惶恐起來了……

要不然吃完飯還是去報警吧？

這「貴婦」看起來不太對勁啊，如此無事獻殷勤……

有問題，很有問題。

等和對方吃完飯，寧婉拉著寧媽媽就走，她先跑去銀行，結果銀行櫃檯非常禮貌地告訴她——

「這些人民幣是真鈔。」

寧婉不信邪：「那這張卡，是你們銀行發的黑卡？」

「是的，請問有什麼可以幫您的嗎？」

「沒……沒了……」

寧婉送母親回家後，有些恍惚地回到自己的房子，才想起傅崢，而也是這時，傅崢的電話就打了進來。

電話那端，傅崢挺委屈：『妳今天和妳媽媽提起我的事了嗎？』

因為寧媽媽這位貴婦姐妹，寧婉今天徹底忘記和媽媽說傅崢的事了，因此此刻寧婉接起傅崢的電話，都有些心虛：「那個，我今天還沒來得及……」

『我什麼時候能見見妳媽媽呢？我媽都見過妳了，什麼時候輪到我啊……』

「就這兩天！我等等立刻和我媽講！」寧婉剛保證完，突然意識到有點不對，「等等，你媽什麼時候見過我了？我也沒見到你媽呢！」

『見過了啊，我媽說都給妳見面紅包了。』

？？？

！！！

寧婉愣了幾秒鐘，終於反應了過來——那個貴婦！是傅崢的媽媽！人家還真的是個貴婦！！！難怪怎麼看起來有點眼熟！！！

電話裡傅崢還在茶言茶語地控訴：『妳都拿到見面紅包了，我呢？我連名分都沒有，難道是我不配嗎……』

寧婉覺得自己需要好好靜靜：「你先讓我緩緩……」

寧婉設想過很多次和傅崢媽媽見面的場景，但從沒想到會是這樣的……令人窒息……

她剛想打電話給自己母親問問平時和這位「姐妹」有沒有說過自己什麼別的，結果寧媽媽的訊息倒是來了。

寧婉拿出來一看，那是一則長長的訊息，她先是笑了，繼而便是想哭——

『我好好想了想，覺得電影裡說得對，女人也要活出自己，今天那個姐妹也一直鼓勵我，讓我得自己去爭取過好日子，不能老是逆來順受，我想想，我也這把年紀了，未來的日子，不想再擔驚受怕看妳爸臉色了，妳也大了，沒什麼需要我再擔心的，以後媽也想自己好好過，和姐妹一起旅遊旅遊，做做「死吧」，逛逛街，媽想通了，媽想和妳爸離婚，妳要是沒意見，能當媽的律師嗎？』

寧婉突然覺得，傅崢媽媽送給自己的見面禮，不僅僅是如今包裡的人民幣和黑卡，而是更為珍貴的東西。

自己何其幸運，能和這樣的人成為未來的家人。

寧婉抹了抹眼角的淚痕，當下站了起來，她現在就要立刻出門，要親口告訴她的媽媽，自己不僅要當她離婚的代理律師，並且要嫁給她好姐妹的兒子，要向她鄭重地介紹傅崢。

番外二　周瑩瑩

周瑩瑩一直以為自己是幾個小輩裡，和表哥傅崢走得最近的人，畢竟表哥跑去社區體驗生活，自己是第一個發現的人，而未來表嫂，在表哥所有親戚裡見到的第一個人也是自己，甚至在表哥和這位未來表嫂的戀愛進程裡，自己還扮演了一個濃墨重彩的角色——要不是自己裝表哥的追求者，表哥能那麼順利就抱得美人歸嗎？

因此，周瑩瑩心理上，覺得自己算是表哥傅崢的親信了，這身分地位是絕對不一樣的。自然，付出就有收穫，表哥一向說話算話，此前自己「傾情出演」後，表哥當即批了一大筆潛水資金給自己，遠遠超出自己的預算，可把周瑩瑩樂得整整兩晚沒睡著。

而自從自己抱上了表哥這條粗大腿，好事就圍繞著她，沒幾天前，表哥就找到了自己，問周瑩瑩潛水學完最近還有沒有別的項目想學——

「有什麼想學的，我最近都贊助妳，去國外跟著正宗的教練學幾個月。」

周瑩瑩相當感動，但最終，親情戰勝了欲望，她搖了搖頭，對傅崢貼心道：「表哥，不了，我不亂花你的錢了，現在你也是有女朋友的人，也正是需要用錢的時候！」

結果自己這麼善解人意，表哥大概也是感念自己的這份情誼，更想要對自己投桃報李了，他抿了抿唇：「沒關係，我不缺錢，妳那點小錢，想玩什麼想學什麼，我都讓妳報銷。」

「我剛學完潛水，晒得有點黑，考完潛水證後也正好想窩在家裡休養生息一下，表哥，真的不用了，錢你省下吧！」

結果自己都說到這分上了，傅崢還挺堅持，他看起來不太高興的模樣，眉心都微微皺起了：「妳再好好想想，肯定有想學的。」

周瑩瑩想了想：「真的沒了。」

結果傅崢倒是替自己提供起選項：「肯定有的，妳還沒學滑翔傘吧？我幫妳到土耳其找個教練，那邊的滑翔傘技術比較成熟，妳去學幾個月，不用擔心錢，想用多少就用多少，我幫妳出。」

周瑩瑩這下是真的感動了，都有點熱淚盈眶了，她伸手握住了傅崢的手：「哥，不用，真的，你的心意我領了！但沒必要！錢你留著吧！以後結婚了，就是要養家糊口的男人了！」

「欸？對了，我上次聽姨媽說，你是不是已經求婚了？對方答應了吧？那是不是快結婚辦婚禮了啊？你婚禮準備怎麼辦？中式還是西式？還是準備海島婚禮？有什麼設想沒？要不要我幫你參謀參謀？」

結果不提婚禮還好，一提，傅崢的臉色就有些不大自然：「暫時還沒有這麼遠的計畫，先不說這個，妳不想學滑翔傘的話，別的呢？或者也別搞這類極限運動了，人要親民點，學點真正對現實生活有用的，我看妳文化水準還有待提高，我這邊有個隔壁市裡的高端法律培訓交流會，妳去上上。」

「？？？」

周瑩瑩一頭霧水：「啊？這……」

結果傅崢卻幫她愉快地決定了：「這次能參加的很多都是各大公司的高管級別，還有一些律所的合夥人，有很多青年才俊，妳不是還單身嗎？多認識認識人，沒壞處，以後打官司也可以用得上。」他說著，掏出手機，俐落地點了幾下，「已經幫妳報名了，另外，妳想上什麼MBA或者EMBA課程嗎？我也可以全力提供資金支持。」

周瑩瑩一時之間有些接受不來：「不是？我暫時不想找男朋友啊……」

「我以前單身的時候也有妳這種天真的想法，但等妳找到男朋友妳就知道了，以前的單身不值得，沒必要，所以下個月好好去上課，千萬別中途回家。」

雖說有些莫名其妙，但自己表哥這麼冷感的人，竟然這麼主動關心自己還督促自己進步，還特地上門找自己說這些，周瑩瑩是很感動的，試問其餘的兄弟姊妹，有誰能得到表哥如此的注意嗎？

等送走了傅崢，周瑩瑩當即就點開了群組，忍不住炫耀起來——

『表哥對我真好，不僅讓我報銷了上次潛水課程的錢，還讓我去學滑翔傘！他說了，只要我有興趣，他都願意掏錢！』

這話下去，群組裡的各位果然不淡定了——

『哇，憑什麼啊？是我平時拍傅崢表哥的馬屁還不夠多嗎？他個人頁面裡每次那麼綠茶地晒恩愛，語氣裝得雲淡風輕，口吻卻那麼賤那麼炫，我可都捧臭腳了！不僅按讚，還留言，狂吹彩虹屁了！我容易嗎我！是我努力的姿勢還不夠專業嗎？憑什麼這種好事就只想著周瑩瑩！我也想學滑翔傘啊！我他媽一個爆哭！』

『我也很努力啊！上次家庭聚會，我在全家面前為未來表嫂站隊，那牛，吹得都和我見過表嫂了似的！』

『嗚嗚嗚，我更慘好嗎？有次表哥在外面出差，結果忘記把買給表嫂的禮物帶在身邊了，還不是我人肉替他跨越整個容市送過去的？他那天晚上的幸福生活，還不是靠我？』

周瑩瑩得意地滑著螢幕，看著意料之中的羨慕嫉妒恨很是舒爽，要的就是這效果，她忍不住繼續道：『你們這種都浮於表面，和表哥能有心靈共鳴的只有會看眼色的我，表哥現在不僅願意替我買單玩樂，甚至還關心我的終身大事，幫我報名了一些高端的培訓呢！』

下面果然又是一堆鬼哭狼嚎的羨慕，周瑩瑩得到了極大的滿足，想了想，做了個決定——

『之前我把表哥踢出群組的行為不太對，作為我輩楷模，我們這一代裡的榜樣和佼佼者，表哥難道沒資格入群組嗎？這說不過去，等等我重新把表哥拉進群組裡吧！』

對於要把傅崢重新拉進群組這件事，各位小輩們顯然想法不一。

『不了吧？讓我又想起了被表哥支配的恐懼……』

『不不，不用怕，表哥自從戀愛後，其實脾氣好了很多，也不罵人了，頂多暗諷暗諷你……』

『可我覺得現在的表哥更可怕啊，你們不覺得他變得好綠茶嗎？陰險程度明顯增加了，以前還是明面罵你，現在就……』

『算了算了，還是把表哥拉進來吧，成為一個戰壕的，總比成為敵人強，何況表哥不是馬上就要帶未來表嫂一起來吃飯嗎？說是下個月就直接辦訂婚宴了！』

周瑩瑩本來正想拉傅崢入群組，結果看到這裡，動作一下子頓住了：『啊？什麼？下個月要訂婚？』她當即就是下意識否定，『開什麼玩笑啊？不可能下個月訂婚的。』

當然不可能，傅崢剛幫自己報名的那個什麼活動，可就是下個月一整個月都在外地的呢，要是他要訂婚，可不得邀請自己嗎？怎麼可能還幫自己報了個衝突的行程呢？

周瑩瑩忍不住搖了搖頭，自己這幫兄弟姊妹啊，就是消息來源不可靠，她當即發言道：

『你們啊，哪裡搞來的假消息，表哥下個月絕對不可能辦訂婚宴！何況他和未來表嫂也沒熱戀多久吧？怎麼這麼快就要結婚了？感覺不太符合表哥的性格？他對這種大事一向很謹慎的！』

可惜周瑩瑩一番話，並沒有喚起群組裡的冷靜，大家還是七嘴八舌地反駁著她——

『妳懂什麼啊？表哥這叫老房子著火！不燒則已，燒起來就一下子都燒光了！火災！知道嗎？』

『是啊！而且我媽已經收到表哥訂婚宴的邀請函了啊，就是下個月啊，還能有假嗎？瑩瑩姊，這次是妳消息不夠靈通了好嗎？』

說這話的是周瑩瑩的小表妹，她說完，為了力證真實，很快就傳了傅崢表哥的訂婚宴邀請函照片來……

周瑩瑩本來還想反駁，結果字還沒打完，就被緩衝出來的照片驚呆了——

還真是下個月？？？

在如山的鐵證面前，周瑩瑩自然啞口無言了，可……可表哥為什麼明明下個月訂婚，卻還叫她去參加那什麼外地的活動啊？自己可是他和未來表嫂結婚的大功臣！理應收個大紅包的！結果傅崢竟然這麼對她？！還是人嗎？！

周瑩瑩停下了想把傅崢重新拉回群組裡的手，並且憤怒地打電話給對方質問——

「表哥你下個月訂婚，結果你把我支走？！你這是打算卸磨殺驢過河拆橋？！我就說呢，無事獻殷勤，果然非奸即盜，突然要幫我報銷這報銷那，建議我學這學那的，你是那麼關愛小輩的人嗎？你根本不是！」

周瑩瑩覺得自己遭到了欺騙，越說越委屈了：「我還以為我們是關係最鐵的，畢竟現在也只有我一個人見過未來表嫂呢……」

結果說到這，周瑩瑩倒是突然一個激靈，傅崢不想讓自己出現在訂婚現場，是不是……是不是不想讓自己和這個未來表嫂見面啊？

所以……

周瑩瑩心裡有了點把握：「哥，你實話說，你是不是不想我見到表嫂？」

電話那端，雖然心機敗露，但傅崢竟然還挺鎮定，此刻倒是很坦蕩地承認了：『是。既然妳知道了，那妳開個價，多少錢？』

「？」

『封口費，或者遣散費，隨便妳怎麼喊，但下個月我訂婚宴，妳就暫時別出現了，想去哪裡旅遊就去哪裡，妳想去北極吧？我幫妳包艘船。』

傅崢的聲音還是很冷靜，但以周瑩瑩對他的了解，還是從細枝末節裡聽出了他的緊張，周瑩瑩覺得自己心裡的猜測差不多落了實：「表哥，你是不是，換了個表嫂了？」

自己見過的是上一任，結果自己表哥已經在短短幾個月裡飛速完成了求婚、分手、無縫進組對接新女友、再求婚、再訂婚的全套流程？

正因為換了個表嫂，而只有自己見過前一任，生怕自己見面後在新人面前露餡，造成不必要的麻煩，所以鐵了心花大價錢才要把自己弄走！

周瑩瑩覺得自己簡直太聰明了，一下子就破案了，可電話對面傅崢的語氣卻是莫名其妙：『妳一天到晚都在想什麼東西？我這種可靠長情的男人怎麼可能做這種事？』

「那……那你為什麼要阻止我見這個表嫂啊……」

傅崢冷哼了聲：『是，妳是見過她，可妳自己想想，妳是以什麼身分見她？是以一個我的狂熱路人追求者的身分，我和她訂婚宴妳要是來了，我怎麼和人家解釋？』

「……」周瑩瑩驚呆了，「就這？你解釋解釋不就完了？」

結果一向歪理邪說很豐富的傅崢竟然沉默了，他頓了頓，才有些煩躁道：『這怎麼解釋？』

「就……就當初為了追人家用了點手段啊？」

『不行。』結果傅崢一口拒絕，『這會影響我在她心裡的形象。』

「可……表哥，你這事不論怎麼洗，你都已經騙了人家了啊？過去都沒辦法改變了，你總不能把我這個表妹賜死，把我殺了滅口吧？未來總是要見到的，與其拖著不解釋，還不如早點道歉說清楚，畢竟談戀愛這種事，不管男的女的，誰不耍點小手段呢？如今你們感情也不錯，表嫂肯定會原諒你的……」

周瑩瑩很不服：「何況憑什麼你們訂婚我不能去呢？我也要去，表弟表妹們都可以去，我怎麼就不行呢？」

『妳確定要來？』

周瑩瑩堅持道：「要！」

她口乾舌燥地說了一堆，對面傅崢聽完似乎挺有啟發，他沉吟了片刻：『妳說的把妳滅口這個，我之前倒是沒想過還有這條路，現在覺得還是可以考慮一下的。』

「？？？」

「哥！就算你現在真的把我人道主義毀滅了，早晚也會露餡。」周瑩瑩難得智商爆棚分析道：「你想，等你訂婚帶著表嫂來，就算我不在，表嫂和現場別的兄弟姊妹都加個好友換個聯絡方式，你能保證他們的個人頁面裡，就不會出現我了？」

「哥，你想一想！你拖得了一時，拖得了一世嗎？你把矛盾和地雷都往後埋，那等引爆的時候，威力只會更大！」周瑩瑩動之以情曉之以理道：「我勸你還是提早和表嫂坦白，該跪榴槤就跪，該寫檢討書就寫，該痛哭流涕就痛哭流涕，總之賣賣慘，你還不會嗎？你在訂婚宴表嫂見到我之前，就把這事處理完了，到時候豈不是皆大歡喜？」

周瑩瑩說到這裡，恨不得當即拍拍胸以示自己的熱情主動：「放心吧表哥，你要是用得上我的地方，儘管說！需要我配合你和表嫂解釋那絕對沒問題！你就真誠點！」

電話那端的傅崢大約也終於直面了現實，他沉吟了片刻，最終『嗯』了一聲，對周瑩瑩的提議表示了肯定：『妳說的也不是沒道理。』

周瑩瑩第一次在和傅崢的談判上獲得了階段性勝利，掛了電話，當即差點忍不住又在群組裡炫耀起來。

表哥傅崢的辦事效率果然很高，一天後，傅崢就再次打了電話給自己。

他相當言簡意賅地通知周瑩瑩：『下個月訂婚宴，妳可以來了。』

「你解釋好啦？表嫂都原諒你了？」

『嗯，訂婚宴的時候妳配合點。』

周瑩瑩當即保證：「沒問題沒問題！」

自己配合點什麼？無外乎就是替自己表哥佐證他是愛表嫂太盛才想出了找自己假扮追求者引表嫂吃醋這種事，自己還能怎麼樣呢？當然是一通吹捧啊！

『妳土耳其的滑翔傘課程，還想學嗎？別的有什麼，我也都可以贊助。』

這下周瑩瑩是出奇感動了，沒想到如今傅崢已經用不太上自己了，表嫂都息怒了，還願意幫自己買單這買單那，看來自己確實誤會表哥了，他對自己好，並不是非奸即盜，還真的是出自那濃濃的親情！

「不用了表哥！」

可惜對自己的婉拒，傅崢倒是很堅持：『那我轉點錢給妳，妳收下，我們就這樣說好了，訂婚宴，配合，記住了？』

周瑩瑩看著即時到帳的轉帳訊息，心裡充滿了感動：「記住了！」

周瑩瑩自詡是表哥表嫂的愛情親歷者，在一個月後的訂婚宴上，被眾人圍著噓寒問暖的表嫂寧婉也確實給予了她最多的關愛——擠出了幾個姨媽重重的包圍，這位小表嫂特地走到了自己的面前和自己打招呼——

「妳是傅崢的表妹瑩瑩吧？」

一想到對方是自己未來表嫂，以後就是一家人了，周瑩瑩競爭的心思一下就沒了，如今看寧婉，只覺得哪都漂亮，哪都完美，自己表哥人不怎麼樣，結果眼光倒是挺好，找老婆一找一個準……

周瑩瑩當即熱情回應了對方，並且也開始道歉起來：「對不起啊表嫂，當初我就是……」

結果自己有些尷尬的事，對方倒是一下善解人意地接過了話頭：「我知道，不用解釋。」

周瑩瑩見表嫂這樣，算是鬆了口氣，看來自己也不需要再多說什麼了，然而只是她剛想轉移話題講點別的，就聽對方繼續道——

「我知道你們家的習慣是，年紀大的孩子必須先成家，下面年紀小的才可以成家，是論資排輩來的。」對方義正辭嚴道：「我是完全不認同這種陋習的，妳和妳男朋友都戀愛那麼多年了，結果就因為這個死板的家規，沒有辦法結婚，所以妳為了能和男友早日成婚，想著趕緊幫傅崢也脫單找個女朋友，因此用力過猛，死活威逼傅崢配合妳，讓妳偽裝成他的追求者來刺激我，我……雖然我現在回想確實有點介意，但設身處地站在妳的立場，也可以理解和原諒。」

「？？？」

自己單身狗一條，哪裡來的相戀多年迫不及待結婚的男友？

還有，家裡什麼時候還有年紀大的要先成家的規定？？？

對面的小表嫂發表完觀點，倒是很關心自己，她左右環顧了下：「欸？不過妳男朋友呢？怎麼沒帶過來？是有事出差了？」

「……」

垃圾表哥，賣妹求妻！人性缺失，道德淪喪！

就在周瑩瑩張口結舌內心吐槽之際，傅崢卻來到了小表嫂的身邊，他伸手溫柔地攬過對方的腰，然後一臉威嚇意味地看向了周瑩瑩，嚇得周瑩瑩立刻就閉嘴了。

行吧，配合，好的，自己配合。

傅崢見穩住了自己，才轉身看向了自己的小嬌妻：「妳就不要當面問瑩瑩這種事了，我怕她難過，她男朋友就因為還不能和她結婚，和她剛吵架，生悶氣一個人去旅遊散心了，說要分手呢。」

「那、那怎麼辦？」

傅崢親了親對方的臉頰，一臉無奈和焦慮的模樣，像個真心替周瑩瑩擔心的稱職表哥：「只能我們快點結婚了，這樣瑩瑩才能早日獲得幸福和男友解開心結……」

他說著，攬著懷裡的女孩就往外走，周瑩瑩只聽到最後傅崢斷續的聲音——

「所以我們趕緊挑個日子結婚，我自然是不急的，可周瑩瑩和她男友都等不及了，妳看下個月十日怎麼樣？正好也是個良辰吉日……」

「啊，好，不過下個月十日會不會太晚了？要不然再早點？」

「也行，那就這個月好了，這個月的二十號，也挺好的，飯店什麼我都可以安排……」

「那我們結完婚後，最好和你家裡談談，把這個論資排輩的陋習改革了。」

「我都聽妳的……」

「……」

周瑩瑩目瞪口呆地看著自己表哥走遠，她算是理解為什麼有些男人會喜歡綠茶女了，因為性別對調，綠茶男看起來也十分受歡迎，很多直男分辨不出綠茶女，很多直女也分辨不出綠茶男啊！

她沒再說一句話，只是當即打開手機，幫自己買了一本——《鑑茶達人——教你如何分辨茶藝小王子》。

找男人，還是不能找綠茶啊……以史為鏡！自己可要擦亮眼睛！

番外三　盛萌萌

盛萌萌是今年考入悅瀾社區委員會的工作人員，她學的是法學，一個就業率不太行的科系，又趕上此前擴招，畢業生如過江之鯽，競爭激烈，雖然她的初心是想考入大公司當個法務專員或者做個律政佳人，可現實是殘酷的，最終她費了九牛二虎之力，才勉強考上了這個社區工作者的崗位——錢少事多還不是正式員工！

甚至就連這個不怎樣的工作，都競爭激烈！

作為一個應屆畢業生，盛萌萌是很受打擊的，她並不是一流法學院的畢業生，拿著張三流法學系的畢業證書，想去律所也沒人收，第一天去悅瀾社區報到，就挺喪氣。

更讓人喪氣的是現實比自己想得還骨感——悅瀾社區的社區工作者辦公室根本不坐落在什麼高大上的辦公大樓裡，周邊穿梭的也不是什麼菁英白領，完全相反，這辦公室就在悅瀾社區內的便民大樓裡，隔壁倒是有個社區律師辦公室，可往來的，根本不是什麼西裝革履或者妝容精緻的客戶，而都是嗓門奇高、口吐芬芳的社區大媽大爺……

盛萌萌往往剛坐在辦公室想靜下心來寫個資料，隔壁社區律師辦公室裡的吵架聲就響起來了——

「妳這個死婆娘，我今天撕爛妳的嘴！」

「好啊，看看我擰下妳的頭塞馬桶裡！」

光是這些，一下子就把盛萌萌的未來願景徹底打破了，工作第一天，她不僅沒愛上自己的工作，反而失望至極。

自己一個年輕人，想不到就要耗在這種雞毛蒜皮的低端工作裡了，身邊接觸的人也都這麼廉價，盛萌萌只覺得都快哭出來了。

但自己的上司季主任，彷彿早就習慣了這個工作氣氛，面對撕扯著打進社區辦公室的鄰里，也能三下五除二就搞定勸架，他倒是成天笑咪咪的，甚至還語重心長地拍了拍盛萌萌的肩——

「萌萌啊，好好幹，這工作是有意義的！」

能有什麼意義啊？！盛萌萌簡直欲哭無淚，日子太難混了！

可惜季主任大概是看出了她的心不在焉和不快活，過了幾天，又請盛萌萌吃了飯，席間，自然又開始洗腦起來——

「萌萌我和妳說，妳別看不上我們這基層工作，其實這塊很鍛鍊人，妳是學法律的吧？好好幹，空閒了可以去隔壁社區律師辦公室和人家學著點，未來說不定有機會去律所的！我這邊幫妳推薦推薦，妳以後說不定可以轉行啦！」

盛萌萌能看出來，季主任是真心熱情，他喝了點酒，此刻說的也是真心話：「我和正元所的關係好，隔壁都是他們的掛職律師，妳要是真的幹得好，我肯定成人之美，雖然站在我的立場是希望年輕人能留在我這邊幫我分攤工作，可也不能阻礙你們發展前進的路，妳就把這當成平臺，好好磨練，只要自己努力，總是有機會的……」

盛萌萌這次沒忍住，抱怨起來：「季主任，你就不要騙我了，我們基層工作，做的都是什麼鄰里糾紛調解，什麼找的家政偷錢了，請的保姆偷偷虐待老人了，還有鄰居為了裝潢噪音吵架，中年夫妻出軌對罵，都是這些小事，我感覺自己這麼年輕，已經像個管委會大媽了！」

「隔壁是正元所的掛職律師不假，可人家也就是為了應付律協的任務過來瞎弄的吧？正元那種大所，裡面的律師還能真心實意把時間都投入到我們社區這種雞毛蒜皮的事上？」

盛萌萌越說越委屈了：「何況我在基層積累的經驗，怎麼能拿到檯面上說啊？正元所可都只招一流法學院畢業的，怎麼都輪不上我……」

「那妳就大錯特錯了！妳知道吧？隔壁那個辦公室，正元所的高級合夥人還過來親自掛職過！妳季主任我，和人家關係可好了！人家的房子，還是我幫他找人託關係買的呢！」

一說起這，季主任中氣十足，連聲音都變大了：「別說房子了，人家的老婆，都是在我們悅瀾社區找的！」

正元所近幾年勢頭很猛，幾個合夥人在法律市場上都是有名有姓的，甚至盛萌萌隔壁的頂尖法學院還請過其中幾個去客座講解律師職業道路的一些問題，盛萌萌還去蹭了那幾場講座，因此對正元所裡幾個高級合夥人都大約了解，其中她印象最深刻的是一位叫傅崢的合夥人，不僅年輕，還帥！那個風度，簡直沒話說！舉手投足都充滿魅力！

於是聽到這裡，盛萌萌沒忍住，好奇問道：「季主任，是哪位高級合夥人啊？還來悅瀾掛職？」

「傅崢啊。」

「傅崢？！做商事很出名的那個？不僅商事做得好，民事也相當厲害！是那個嗎？」

盛萌萌一下子之間都有些恍惚了，她是見過傅崢的，覺得那樣的人，離自己應該是十萬八千里的，人家是在雲端的，自己則是在泥地裡的，然而現在季主任告訴自己，其實傅崢離自己並不遙遠，甚至以前就在悅瀾社區隔壁那個律師辦公室裡工作過？

「對啊，小傅剛回國，可就是在我們悅瀾社區成長起來的！我可見證了他談戀愛到結婚的全過程！嘖嘖嘖。」

盛萌萌一下子就好奇起來：「你說傅律師結婚找的是我們社區的？是什麼人啊？」

「是啊，傅崢他老婆以前就是我們社區律師辦公室的律師啊，在這裡幹了兩年了，結果傅崢一來，兩個人就天雷勾地火的好上了，幾個月時間就在一起了，後面沒滿一年就結婚了，現在孩子都生三個了……」

季主任一邊說，一邊忍不住搖頭：「妳說這些年輕人，速度也太快了吧？上次見到寧婉，她還大著肚子過來辦案呢，竟然已經是二胎了，結果聽說前階段生了，這第二胎是對雙胞胎，兩個人一下子有三個孩子了，他們這速度都趕上坐火箭了……」

「寧婉？這是他太太的名字？」

「對，寧婉也是我看著漸漸成長起來的，人真的不錯，踏實肯幹，辦事賣力，腦子又靈活……」

能嫁給那麼帥那麼有魅力的男人，也太幸福了吧！盛萌萌內心豔羨的同時，也酸溜溜的：「季主任，我真恨自己晚生了幾年，怎麼人家在社區能遇到傅律師這種高級合夥人來『微服私訪』，我就遇不到呢？別說高級合夥人了，連個帥哥都沒有！」

「怎麼沒有帥哥了？妳眼前不就有一個老帥哥嗎？」

「……」

季主任自我陶醉道：「妳別看我現在這個樣子，頭髮好像不太多了，我年輕時候真的很帥的！當初還是校草呢！好多小女生為我要死要活的！也不比傅崢差好不好？」

「……」

盛萌萌假裝自己信了，然後又忍不住有些沮喪起來：「季主任，現在隔壁正元所來掛職的律師，也都是一流大學一流碩士畢業的，就是你之前說的寧婉律師，也是先進了正元所，才有機會去掛職遇到傅律師啊……可我這學歷……」

「寧婉不是一流大學畢業的。」季主任卻笑了笑，「她和妳一樣，也是很普通的大學院校，雖然當初運氣好擴招進了正元所，但一直被排擠在主流業務外，別看現在隔壁律師都有辦案補貼，正元所也保證這些掛職律師的收入，可當初是沒人來社區掛職的，既沒補貼也沒錢，事多還煩人，也就寧婉被派過來了，說實在的，雖然現在回頭是可以感慨，她運氣好遇到了傅崢，可她當初根本不知道傅崢是高級合夥人，完全是憑自己努力贏得了傅崢的喜歡，最後還一舉把人家征服了！」

「所以萌萌啊，妳呢，別擔心，只要好好幹，在這邊表現好，我就幫妳內推給傅崢！他不是那種只會看學歷錄用人的人，只要能力強，妳的畢業院校不是阻礙！」

「那這個寧律師，是不是長得很漂亮啊？」盛萌萌被季主任一番話講的，又重新燃起了點鬥志，但忍不住又好奇起來，「會不會她其實是因為長得漂亮才讓傅律師動心啊？」

季主任當即擺手，義正辭嚴道：「沒有！寧婉就是一個平平無奇的普通女生，怎麼說呢？如果我的帥氣程度是十分，那麼對應寧婉的漂亮程度就是六分吧！人家和妳一樣，就是個普通人，中人之姿！人家完全是用人格魅力征服了傅崢的！所以妳努努力，也是很有希望的！我下次幫妳打聽打聽，正元所裡還有哪幾個合夥人沒結婚的……」

後面的酒話盛萌萌也沒再認真聽，她的內心只覺得重新湧起了希望——如果寧律師也是一般法學系出身長相普通的女孩子，但憑藉自己的努力得到了高級合夥人的賞識甚至還贏得了愛情，那自己為什麼不可以？

自己也要努力起來！

社區不是終點，而是人生的起點，確實，基層工作繁瑣複雜，但誰說這不是鍛鍊呢？好好磨練自己的技能，保持努力保持向上，自己是不會只局限於社區的！

盛萌萌一下子振奮了，她各處以寧婉為目標，開始真正投身到自己的工作中，得了空，也常常跑去隔壁律師辦公室討教切磋，本來社區的糾紛案，很多時候除了社區律師需要參與，她這樣的社區工作者也要負責調解，一來二去，倒是真的和對面正元所的掛職律師越發熟悉起來。

盛萌萌也才知道，對方提起寧婉確實都是一致的有口皆碑——

「寧婉人真的不錯，能力真的很強，這都是社區摸爬打滾來的。」

「我以前沒來社區前，覺得社區的工作能有多難，真的來了，才發現寧婉在這裡堅持兩年真的非常厲害，能搞定這麼多難纏的客戶，還能有什麼案子搞不定的？」

「是啊是啊，對了，你看到傅 Par 前幾天動態晒娃了嗎？三個寶寶都好可愛啊！」

「你們發現沒？傅 Par 最近好像都沒那麼冷酷了？感覺眼神都變得慈祥了？」

「哈哈哈哈，是的，沒錯，不過他三個娃裡，老大是兒子，老二老三是龍鳳胎，終於有一個是女孩，感覺他都高興壞了，成天口頭禪是『我女兒』怎樣怎樣，上次竟然還和我們一起討論中小學教育了，也太未雨綢繆了吧？」

「……」

盛萌萌聽著社區掛職律師們七嘴八舌的討論，腦海裡漸漸勾勒出了傅崢更豐滿的形象，雖然對方根本不認識她，但盛萌萌卻覺得自己已經認識對方了——

對方不再是冷酷的菁英的遙不可及的高級合夥人，而是一個亦師亦友般寵愛妻子疼愛孩子又十分有親和力的男人，更重要的是，他還是一個不看臉的男人，妻子寧婉只是個長相普通學歷普通的女孩。

這簡直就是灰姑娘現實版！

盛萌萌心裡就衝著這份信念，在社區真的靜下心埋頭苦幹起來，幹活積極，不嫌髒不嫌苦不嫌累，這麼穩紮穩打了一年半，季主任也一諾千金地真幫自己寫了推薦信直遞了傅崢，盛萌萌本來只是抱著試一試的態度，然而真沒想到，傅崢願意給自己一次筆試和面試的機會。

雖然學歷不算高，畢業院校不算好，但在社區摸爬打滾這一年半，盛萌萌積累了很多實踐經驗，雖說她做的多是社區調解工作，但對民事案件裡很多處理方式，也一直跟著隔壁掛職律師學習，最終皇天不負有心人，盛萌萌還真的被錄取了！

當她懷著忐忑又激動的心情正式告別季主任入職正元所後，第一件事就是想找到寧婉——正是這位不曾見面的律師給了自己精神支柱，指引了自己前行，讓自己知道醜小鴨也有春天！平凡的女孩也有機遇！

「寧律師是哪個？」

「寧婉啊？出去開庭了，就坐那個辦公室的，等等四點多應該就回來了。」

盛萌萌問了同事後，就乖巧地坐在大辦公區翹首以盼。

她想了很多，心裡有很多話想和寧婉說，雖然萍水相逢，但正是她冥冥之中給了自己前進的動力。

盛萌萌等著「長相平凡」但足夠努力的寧婉出現，然後直到四點半，她等到了一個……

一個長得漂亮到讓人過目不忘的女律師，英姿颯爽地走進了寧婉的辦公室……

「？？？」

盛萌萌呆了：「剛才那個……」

「是寧婉啊，漂亮吧？說實在的，雖然我也是個女的，但都有點羨慕傅Par了，而且生了三個孩子，身材還超級好的，問題是工作一樣也沒落下！」

「？？？」

說好的平平無奇普通人呢？盛萌萌的腦門上充滿了問號和一連串差點脫口而出的粗話，季主任是瞎嗎？這叫平平無奇？這麼好看還叫平平無奇？？？

盛萌萌頓時覺得自己被欺騙了，本來進入正元所後，還雄心壯志要看看哪個高級合夥人可以和自己來一段寧婉式的戀愛，現在她覺得自己徹底冷靜下來了。

自己缺的是寧婉早點出生的幸運嗎？自己缺的是寧婉那張臉！

算了算了，盛萌萌平靜地想，自己還是好好努力工作吧，泡高級合夥人這種事，還是消停吧……

不過正元所裡帥哥確實挺多，比如自己團隊這個陳爍律師，長得倒是陽光高大，對自己也很關照熱心，非常對自己胃口，盛萌萌特地打聽了，對方還是單身！

不泡高級合夥人，那自己退而求其次就泡個資深律師嘛！嘿嘿嘿，陳爍律師，就是你了！

——《勸你趁早喜歡我》全系列 完——

高寶書版集團
goboOKs.com.tw

YH 210
勸你趁早喜歡我（04）
作　　者　葉斐然
封面繪圖　單　宇
封面設計　單　宇
責任編輯　楊宜臻
內頁排版　賴姵均
企　　劃　何嘉雯

發 行 人　朱凱蕾
出　　版　英屬維京群島商高寶國際有限公司台灣分公司
Global Group Holdings, Ltd.
地　　址　台北市內湖區洲子街88號3樓
網　　址　goboOKs.com.tw
電　　話　(02) 27992788
電　　郵　readers@goboOKs.com.tw（讀者服務部）
傳　　真　出版部(02) 27990909　行銷部 (02) 27993088
郵政劃撥　19394552
戶　　名　英屬維京群島商高寶國際有限公司台灣分公司
發　　行　英屬維京群島商高寶國際有限公司台灣分公司
法律顧問　永然聯合法律事務所
初版日期　2025年07月

原著書名：《勸你趁早喜歡我》由北京晉江原創網絡科技有限公司授權出版。

國家圖書館出版品預行編目(CIP)資料

勸你趁早喜歡我 / 葉斐然著. -- 初版. -- 臺北市：
英屬維京群島商高寶國際有限公司臺灣分公司,
2025.07
　冊；　公分. --

ISBN 978-626-402-299-6(第4冊：平裝)

857.7　114008131